あくまでも、話の中に出てくる地名、人名、企業名、団体名等は架空の名前です。
　実際の指名業者数（メンバー）は、発注金額によって異なります。
　本編は、登場人物を減らすために、指名業者を減らしています。ご了承ください。

*

私の『談合』シリーズは、
　第1作　実録編『秘密会議・談合入門』（2015 文芸社）
　第2作　実録編『秘密会役員・基本と応用』（2016 静岡新聞社）
　第3作　武闘編『他言無用・秘密会議秘話』（2016 静岡新聞社）
　第4作　攻防編『裏と裏・秘密会議秘話』(2016 静岡新聞社)

　そして、第5作の本編が、女談合屋です。実体験をもとにした、女談合屋二人の誕生物語です。

用語解説

　出てくる言葉のなかに、隠語ではありませんが、業界専門用語とも言える言葉があります。まずこれをご説明します。

＊

【話し合い、お話し合い、研究会、仲良し会】談合のこと。
　　（※実際の日常的な会話においては、「話し合い」を使用します。そして、会議を行うときは「研究会」と言います）
【〇ランク】受注予想金額を体重別のように分けてあります。
【現説】発注者側が行う現場説明会のこと。
【件名】発注者が付けた建設工事名のこと。
　　（※本編においては、全てを「件名」という言葉にしました。通常は「物件」と言っていることが多いのです）
【入札番号】発注者が付けたその件名の発注番号のこと。
【入札日】発注者が行う入札の日のこと。
【メンバー】発注者より指名された施工業者のこと。
　　同時に指名された相指名（あいしめい）業者のこと。
【ルール】その談合組織で決められたこと。
【ルールブック】談合の運営指針となっている秘密協定書
【窓口】ルールのなかで、発注団体毎に区分されたもの。
【議長、進行役】その件名の談合会にての議事進行の責任者。
【経費】その談合会にての会場使用料・飲食代のこと。
【お任せ】出席できないときに全ての決定事項を委任すること。
【申告制】進行役の発言よりも、進行役の許可を得て、自ら願い事を発言するもの。
【特殊事情】その指名された件名において、ルールよりも優先される決議事項。

【先行工事】特殊事情の条件で、既にその件名の一部分を施工している事実があるとき。

【関連工事】特殊事情の条件で、工事内容や発注者との関係すること。

【設計協力】特殊事情の条件で、発注者からその件名の設計を頼まれたこと。

【審議】特殊事情などが出たときに、その発言者を除いてその事項を検討すること。

【却下】審議したものが、採用や承諾されなかったときの言葉。

【貸借（たいしゃく）、貸借制、貸借ルール】各会社間での件名毎の貸し借りのこと。

【点数、点数制、点数ルール】各社の受注金額毎に点数を付けて、そのポイント数にて勝敗を決める方法。

【回数、回数制、回数ルール】各社の指名を受けた回数のみをカウントして、その数で勝敗を決める方法。

【点数、回数制】【点数、回数ルール】点数のみでなく、指名された回数も加味して勝敗を決める方法。

【待ち回数】指名を受けた回数のこと。

【防衛回数】新規参入者が、決められた指名回数を過ぎるまで、受注活動ができないようにしている回数のこと。

【優先回数】そのメンバー数より、決められた一定数を過ぎた待ち回数があれば、優先的に受注できる権利のこと。

【優先順位】上記のときに、同じ回数の会社間に於いても、決められた順位が定められている。

【零点（ぜろてん）】点数が全くないときの点数のこと。

【零回（ぜろかい）】回数が全くないときの回数のこと。また一度落札すると、次回の発表は零回となる。

【零点、零回】初めて指名を受けたときのカウントである。

【実績】過去に指名を受けた、工事を受注施工した事実のこと。

【消化】持っていた点数・回数などを使ったとき。
【立候補、立候補者】受注を希望する会社のこと。
【希望します、お願いします】立候補をするときに、議長・進行役に伝える言葉。
【遠慮、協力、結構、お任せ、降りる、降りた】受注の意思がないときの言葉。
【チャンピオン】談合のなかで、認められた受注予定者のこと。
【トーナメント】立候補者が複数あるときには、トーナメント形式で、順次勝ち残っていって、頂点に達する方式のこと。
【不戦勝】トーナメントで立候補者が奇数のときに生じる。
【平行線】二者間で話し合って、話が着かない状態のこと。
【決着】二者間で話し合って、どちらかが勝敗すること。
【仲裁】二者間で話し合って、どうしても無理だと判断されたときに、役員に頼んで、その仲裁をしてもらうこと。
【決勝戦】トーナメントの最終戦のこと。
【頂きました】話をして、相手方が譲ってくれたときの発言。
【取った、取れた】チャンピオンになったときの言葉。
【取られた、譲った、遠慮した】チャンピオンになれなかったときの言葉。
【スポンサー、S（エス）】企業体を組んだときのスポンサー側のこと。
【パートナー、P（ピイ）】企業体を組んだときのパートナー側のこと。
【出資比率、工事比率】共同企業体の『S』と『P』との工事施工比率のこと。
【スポンサー料】『S』が『P』からもらう経費手数料のこと。
【短冊、札】入札書への記入金額を各社毎に配るメモのこと。
【札順】チャンピオン以外の参加するメンバーの入札書の金額の安いものから、高いものまでの順番のこと。
【二番札、〇番札】チャンピオンより二番目に安い金額札、あるいは何

番目かの札のこと。
【落とす、落ちない】入札書を提出して、その落札結果のこと。
【誤入札】与えられた短冊に書かれた金額以外を書いたりして、チャンピオンでない者が落札してしまったとき。
【同札】入札会場で、チャンピオンと同じ金額の入札書を提出したとき。
【抽選】上記の場合に、入札執行側が何らかの方法で、その二者に抽選させて、落札者を決定するときのこと。
【あみだ、あみだくじ】受注落札予定者以外の入札書の金額順をランダムにするためにつくるもの。また、トーナメントの組み合わせをつくるときに使う。
【落札】入札書を提出して最低価格などで受注決定したとき。
【不調】入札金額の最低値が、発注先の予定価格に達しなくて、落札できないこと。
【随意契約、随契】最低価格者が予定価格に達していなかった場合でも一定の範囲内の入札価格の場合に、見積書の提出により契約するもの。
【ペナルティー】ルール規定以外の事項をした者に対しての罰則のこと。
【下を潜る】約束したチャンピオンの入札金額より安い入札金額を出して、裏切り行為で落札すること。
【工事保証人】落札業者が契約書を発注者に提出するときの工事完成保証人のこと。
【使用材料表、メーカーリスト】契約書の一部で、受注物件において、使用する材料の製造会社名を記載した書類のこと。
【江京、縦浜、居至】他県・他都市の名称（本書用）
【居至ルール】居至で使われているルール
【AC会】海山県電技研協会の談合のための秘密裏組織名である。
【入札結果報告書】入札して落札した結果を『AC会』へ報告する書式である。

【入札書】発注者により決められた書式があり、それに金額を記入して、封筒に入れて提出するもの。略して『札』というときがある。
【委任状】会社代表者以外が入札に参加するときは、会社代表者からの委任状を入札書と同時に提出する。

　同じ意味でも、【遠慮、協力、結構、お任せ、降りる、降りた】のように個人ごとにその性格に合った言葉をそれぞれに用いている。
　どういうわけなのか？　わからない。

目　次

1　女談合屋1号 …………………………………… 10
2　特訓 …………………………………………… 20
3　初談合 ………………………………………… 31
4　ライバル ……………………………………… 51
5　実体験 ………………………………………… 63
6　女談合屋2号 ………………………………… 83
7　特殊事情 ……………………………………… 92
8　絆 ……………………………………………… 110
9　DC会発足 …………………………………… 118
10　DC会議 ……………………………………… 133
11　岩波グループ ………………………………… 154
12　顔合わせ ……………………………………… 184
13　マキ誕生 ……………………………………… 200
14　話し合い ……………………………………… 214
15　事前会議 ……………………………………… 223
16　1号&2号 …………………………………… 230
17　殺陣 …………………………………………… 236
18　決戦 …………………………………………… 248
19　女の噂 ………………………………………… 266

1　女談合屋1号

　岩波電業の岩波が皐月電業の誠にアポイントをとって、皐月電業の道場に現れた。
　岩波電業としては、この先の諸官庁の受注営業を一人娘に任せるということである。
　そのためには、『話し合い』の『ルール』を詳しく教えてほしいということである。さらに『忍体術』も教えてほしいということである。
　※前作『裏と裏・秘密会議秘話』（2016 静岡新聞社）第 23 話参照

岩波・岩波「このあいだ頼んだ娘だが、この娘なんだよ。頼むよ」
皐月・誠「岩波さんが強引だから、断り切れなかったのですが、やっぱりやめた方がいいと思います」
岩波・岩波「そう言わずに、頼まれてもらいたい」
岩波・忍「岩波忍（しのぶ）と申します。どうぞよろしくお願いします」
　目の大きな美人なのである。
　誠は一瞬、見とれてしまった。
　口元に目立つほくろがある。
　女優やタレントで、口元にほくろがあるものは、90% が美人である。
皐月・誠「初めまして、皐月です」
　そのほくろを確認して、ちょっとあいさつが遅れてしまった。
岩波・岩波「実は、できちゃった結婚だったのだが、そのだんなが暴力亭主で、もう耐えられなくて離婚をしたんだよ。だからうちの方に戻ってくるようになったのだが、子供を抱えての生活だから、自由時間のきく親の会社に再就職となったわけなんだよ。前に話

したように、この子の親がうちの会社の創業者だから、この子が実の後継者ということだよ」

皐月・誠「そうなのですか。結婚前は御社に勤務していたのですか？　それとも他の会社とか？」

岩波・岩波「大学を出てから、ずっとうちの経理の方をやっていたんだよ。そして、できれば後継者として育てたいのだよ」

皐月・誠「そういうことですか。しかし、『話し合い』の世界には女性は一人もいませんよ。そういう世界ですから」

岩波・岩波「だから、前に話したように、何らかの武器があれば、それはそれなりにやっていけるはずなんだよ。その武器が『ルール』だよ。できれば護身術で『忍体術』というわけだよ。本気なんだよ頼むよ」

岩波・忍「私が父に頼んだのですが、男の暴力には慣れましたから、くじけることなく頑張りますから、どうぞよろしくお願い致します」

皐月・誠「わかりました。まず重要な『ルール』から勉強ですね」

岩波・岩波「ありがとう。それでな、俺がもう決め込んでいたから、OKだと言ってしまったのがマズかったのだが、娘がこの話を岩蔵電業の美香という同級生に話をしてしまったのだよ。そうしたら、その娘が社長に話をして、"うちもそうしよう。中村の交代で美香が行け"となったのだそうだよ。連絡があるかもしれない」

岩波・忍「すみません。有頂天になって、つい美香に話してしまったのがいけなかったのですが、まさかという話に発展してしまいました。勝手なことをして申し訳ありません」

皐月・誠「その話をしたのはいつですか？　あの岩蔵さんなら、もう決めたからということで、すぐにも実行するでしょうね。困った」

岩波・忍「電話したのは、昨夜なんです"明日皐月さんのところに行く

よ"って言ったのです」
皐月・誠「あの美香という人は、岩蔵さんの身内ですか？」
岩波・忍「美香はただの従業員で、親戚ではありません。家が近いということで就職したと聞いています」
皐月・誠「そうすると、非常にマズいですね。もしも退職したら、その『ルール』などの秘密が外部に漏れる可能性が大きいですね。そして、もしものときの公取委・裁判所・警察などの取り調べに対して、どこまで耐えられかが問題ですね。ですから簡単には『ルール』は教えられませんね」
岩波・岩波「そうだな。永久就職者なら安心だけど、結婚して世界が変われば、責任がないからペラペラしゃべることもあり得るな」
岩波・忍「美香も私と同じで、バツイチです。でも再婚の可能性はありますね」
皐月・誠「再婚の可能性は、忍さんにもありますが、あなたは会社を守る立場だからいいのですよ。それで、もしも美香さんが同じ件名であなたと当たったときに、みにくい争いになるから、友達ではなくなりますね」
岩波・岩波「じゃ〜、うまく断るしかないな。こっちに責任があるから、俺の方で芝居をするよ」
皐月・誠「どういう芝居ですか？」
岩波・岩波「だから、"はっきり断られた、それで諦めた"って言えば、どうだろうか？」
皐月・誠「どうでしょうか？　あの岩蔵さんは、"そっちが駄目でも、俺の方を何とかしろ"ぐらいは言ってくるでしょうね」
岩波・忍「私が深く考えていなかったから、マズかったですね」
岩波・岩波「俺はその岩蔵という人を知らないのだが、しぶとい男かね？」
皐月・誠「しぶといだけでなく、岩波さんによく似ていますよ。そう兄

弟のようですね」
岩波・忍「え〜、お父さんに似ているのですか。それじゃ〜簡単には諦めませんね」
皐月・誠「そう、わかるでしょう〜。まずは、忍さんには約束しますが、美香さんは無理ですね。仕方ないから、"断られた"とすぐにも伝えてください」
岩波・忍「私には教えてもらえるのですね。じゃ〜美香には嘘をついておきます」
皐月・誠「忍さんのお父さんとは、先ごろ一緒に戦った仲間でした。いわば戦友ですし、武道仲間ですから、構いませんが、美香さんには上手に話をしてください。その方があなたのためにもなると思います」
岩波・忍「私に注文はありますか？」
皐月・誠「あります。明日からはスカートはやめましょう。そして自分の会社の過去の実績の調査を行います。まずはそこからです」
岩波・忍「わかりました。頑張ります」
皐月・誠「私の方から、近々にお宅の方に伺いますよ。ここで教えたらバレますから」
岩波・岩波「そうしてもらえるか。ありがたい。悪いな〜、迷惑掛けるけれど、よろしく頼むよ」
岩波・忍「あの〜、知らない武器のような物がいっぱいあるのですが、これってどう使うのですか？」
皐月・誠「これは空手で使う"隠し武器"です。この内のどれか一つは習得しましょう。もしもの時の護身用に」

　琉球古武術の武器は数多くある。
　農具を改造したような武器もある。
　ヌンチャク・釵（さい）・トンファーなどがある。
　※武集館道場ホームページ　武器術参照

＊

　翌日になると、岩蔵電業の岩蔵が社員の美香を連れて、皐月電業に来社した。

岩蔵・岩蔵「頼みたいことがあって来たんだよ。聞いていると思うけれど、うちの美香の同級生の忍さんに"『ルール』と『忍体術』を教える"って聞いたのだが、うちの美香にも教えてほしいんだよ」

皐月・誠「そういう話もあったのですが、考え直して断りました」

岩蔵・美香「昨夜、忍から"断られた"って聞いたのですが、約束したことを断るなんて、皐月さんらしくないですね」

皐月・誠「どう思われようと、どう言われようとも、企業秘密と一子相伝を簡単には教えられませんよ」

岩蔵・岩蔵「それはわかるけれど、『ルール』はいいじゃないのかな」

皐月・誠「どうしてですか？」

岩蔵・岩蔵「だって、だれもがそれを使ってやるのだから、それを広めないことには『話し合い』が成り立たないと思うのだが」

皐月・誠「私も何も知らないところからの出発でした。知りたい知りたいと思っていました。あるときに役員さんに聞きました。そうしたら"『ルール』というものはない！ ということになっている。必要なときに、その席上だけで説明するから、そこで覚えなさい。その説明もメモをとったりしないこと"と言われました」

岩蔵・岩蔵「じゃ～、メモをとらないから、知っているだけを話してくれよ」

皐月・誠「それがですね～、何回も何回も改訂をしていて、どれが残っていて、どれが消えたのかというのがよくわからないのですよ。うっかり話をして、間違った方向にいっても困るし、"だれに聞いた"と言われて"皐月から聞いた"と言われても困ります」

岩蔵・岩蔵「もしも間違った方向にいっても、自分のせいだとして諦め

皐月・誠「でも、もうおたくの中村さんが既に学習しているから、それで十分間に合うはずですが」

岩蔵・岩蔵「それが、中村に聞けば、自信なさそうにはっきりと答えられないのだよ」

皐月・誠「それはそうでしょうね。だれも分かっているなんていうのはいませんよ。役員だって、私が質問すると"待ってくれ、調べてくるから"なんていうのもよくありますよ」

岩蔵・岩蔵「そういうものかな～、それで、岩波さんのところの話を聞いて、俺も思ったのだけど、順番で『取って』くるのだから大の男が出席しなくても女でいいんじゃないかと思うのだよ。その辺はどうだね」

皐月・誠「その話は、岩波さんにも話をしたのですが、会社の運命線ですから、しっかりと責任がとれる者を出席させた方がいいと思います。それから、もしもの時に公取委・警察・裁判所の調べに対しても耐えられる者を選んでください、この二つを考えてくださいと伝えました」

岩蔵・岩蔵「そうか。そこまでは考えなかったけれど、それでも岩波さんは娘さんを出席させるのだそうだね」

皐月・誠「お子さんがその娘さんだけだそうで、その娘を後継者にするので、自分が元気な内に教育したいようです」

岩蔵・岩蔵「この美香では駄目かね？」

皐月・誠「駄目ってことはないですけれど、セクハラ・暴力・嫌がらせなどに、どこまで耐えられるのか？　うっかり挑発に乗れば、逆に相手の思うつぼにはまるかもしれないし、難しいですね。この話は岩波さんに話したのですが、同じことを話しますから、聞くだけ聞いて下さい」

食い下がる岩蔵電業に、誠は本気で思っていることを言った。
一、まずは、違法行為であることを認識すること。
一、会社の運命を決める最前線であると意識すること。
一、経営者の親族が行うこと。
一、もしもの発覚があったときに、自分一人の責任とすること。
一、もしもの発覚があったときに、隠し通すこと。
一、精神的・肉体的苦痛があったときも、自分自身で処理すること。
一、知り得た情報は、他人に話さないこと。
一、他人に見られて困る書類は残さないこと。
一、同業者との共存共栄はあり得ない。商売敵として意識すること。
などの重要なことを言っておいて、身近な例を出した。

皐月・誠「よく青梅電業の摩崎のことを"皐月さんがいるときは良いけれど、いないときには、ひどい！"というような話を聞きますが、すきあらばと狙うのはだれも本性であって、摩崎だけではないです。私は決められた『ルール』のなかで、絶対的に曲がったことはしない！　というだけでやってきているけれど、そのもの自体が違法行為であるのに、正しいも悪いもあるはずがない。御社と弊社は同じ地域にいるから仲間と思うのは自由だけど、いざとなれば商売敵であって、すべてに協力するとは限りませんよ」

岩蔵・岩蔵「どうだ美香、今の皐月君の話を聞いていて、どう思う？」

岩蔵・美香「忍ができるなら私もと思ったことと、皐月さんが教えてくれるなら間違いないと思ったのですが、私の考えが甘かったことは反省します。でも、やってみなければわかりませんよね」

皐月・誠「それはわかりませんね。責任がとれるとか、社長が承認するならいいでしょうね」

岩蔵・美香「相指名で皐月電業さんと一緒だから、そこで応援してもらえれば大丈夫ですよね」

皐月・誠「だから、今話したように、その考え方が間違いですよ。いつも同じ『窓口』で同じ相指名をもらうとは限りませんよ。もしも同席しても、自社だけがかわいいのであって、他社のことは関わりもちませんから、そういう希望は初めからないとしなければなりませんね」

岩蔵・岩蔵「俺にも考えの甘いところがあった。いちいちもっともな話で、今、ちょっと恥ずかしい気持ちになっている。俺は逆に中村にやらせることではなくて、俺自信がやるべき仕事かもしれない」

岩蔵・美香「それって、もし社長が行くなら、私も同席してもいいですよね」

皐月・誠「それは駄目です。一社一名の出席ですよ。そしてすべての発言に責任を持つこと。発言を訂正しないこと。厳しいですよ」

岩蔵・美香「うちの中村さんは、それを実行していて、何点くらいの評価でしょうか？」

皐月・誠「それはお答えできませんね。本人の作戦は読み込みできませんから」

岩蔵・美香「え〜、作戦があるのですか？」

皐月・誠「それはありますよ。会社の受注状況が多忙なのか、暇なのか？　それによって、本気を出すのか、ジェスチャーなのか、逃げ切るのか？　ただ出席したら何とかなるでは駄目ですから」

岩蔵・美香「今、社長が恥ずかしいって言ったけれど、私も自分が恥ずかしくなってきました。でも、そんな中に、忍は参加するのですよね〜」

皐月・誠「随分と、忍さんを気にしているようですが、ライバルですか？」

岩蔵・美香「いいえ、そんなふうに思ったことはないですよ。ただ離婚して子供を抱えて、どうして生きていこうかという環境で、やれ

ることはやってみようというその行動力がうらやましいのです。私もバツイチだから」
岩蔵・岩蔵「そうなんだよ。美香も自分の生活のために、何か新しいことに挑戦しようとしているんだよ。それも男に負けないような何かをしたいのだよ」
皐月・誠「そうですか。岩蔵さんが、ものすごく熱心に私に頼んできたので、いったんはOKしたのですが、今のような話をして"親子で話し合ってください"と伝えました。その結果はまだ正式には聞いていませんが、岩波さんも、会社で話し合って決めたらいかがでしょうか？ その結果美香さんが出席となれば、それはそれで他の業者に問題はないはずですから」
岩蔵・岩蔵「これは電話でなくて、直接話をして良かったよ。全部納得したよ。会社で、中村と三人で話してみるよ」
皐月・誠「そうしてみてください。それから、交代制でやるのは駄目ですよ。他の業者が何を言ったのかをしっかり記憶して、その相手を観察する必要があるので、専属を一人にした方がいいですよ」
岩蔵・岩蔵「そうだった。皐月君の手帳を見ると、どこにだれが座ったかまで書いてあったもの。そういうところから始まっているんだな。確かに前にAと言っていて、次にBと言うやつがいるよ。そこを突くのか。なるほどね。それで、皐月君なら、うちの三人の中では、だれが一番の適役だと思う？」
皐月・誠「それは社長でしょうね。さっき話したなかに、"親族が行うこと"とありましたが、他人はワイロをもらって受注しないという可能性があります。その点では社長が一番の適役ですね。そしてすべての責任者であること。会社運営を左右することを他人任せではマズいと思います。だけど、美香さんがいいかな」
岩蔵・岩蔵「なんだよ〜、はっきり"俺がいい"って言ってくれよ〜、おまけの名前は言ってほしくなかったな〜」

皐月・誠「だって、だれかのように、簡単にだませますよ。だけど女性が参加してきたら、どういうふうに会議が変わるのか？　みたいものですよ」
岩蔵・岩蔵「変わるかな〜、無視されてそれで終わりかも」
岩蔵・美香「そうですね、最初は大事にされても、日がたてば嫌われ者になって、最後はボロボロかも知れませんね」
皐月・誠「最初はチヤホヤして、後は無視、最後は"黙っていろ"なんて言われちゃうかも。だけど、どこかで一発ドカンと花火を上げたら、男どもがビックリして、最後は女王様になっているかも」
岩蔵・美香「きゃっ、やっぱりやりたい」
岩蔵・岩蔵「お前、単純だな〜、あきれるよ」
皐月・誠「ゆっくり考えてもらうとして、岩波さんの方はどうなったのでしょうかね？」
岩蔵・美香「きっと、女王を目指していると思います」
皐月・誠「そこで、女王と女王がぶつかるとどうなるのでしょうか？」
岩蔵・美香「……」

　美香は、ただやりたい、という気持ちが強くて、誠の細かい注意事項は聞いていなかった。
　今まで他人任せだった岩蔵社長は真剣に聞いていた。
　さて、岩蔵電業の三人の会議は、だれに決めるのであろうか？

2 特訓

　誠は約束どおりに岩波電業に出向いた。
　日曜日をまるまる一日使うつもりで出掛けてきたのである。

岩波・岩波「悪いね～、せっかくの休みを、申し訳なく思う」
皐月・誠「いいですよ。では岩波さんも一緒に勉強しましょう」
岩波・岩波「俺も一緒に？」
皐月・誠「そうですよ。二人で聞けば間違いないですから」
岩波・忍「よろしくお願い致します」

　誠が知っているかぎりの『ルール』をすべて教えた。
皐月・誠「これは、何回も何回も改訂されているので、人によっては"前の『ルール』のときの精算処理が終わっていない"からと言って、改訂『ルール』を用いない場合もあるから、そこは注意するように」
　その他の誠自身が経験したことを、すべて話した。
　会議の進め方。
　正式会員なのか、非会員なのかの確認。
　歴史のある会社と最近の会社との扱い方の重要性。
　『特殊事情』の判断の仕方。
　ありとあらゆることを説明したのである。

岩波・岩波「先生！　参りました。俺も長年やってきたけれど、ここまでは知らなかった。その基本から応用まで、本当にためになった。これは財産になったよ」

岩波・忍「私は体験がまだ一回もないから、理解しているかどうか不安だけど、これって"虎の巻"ですよね。その応用編はすごいですね。そして失敗談があったなんて、皐月さんでもあったのですね」
皐月・誠「その失敗があったからこそ、いろいろな応用術まで覚えました。失敗も必要ですね。でもそれがないようにしてください。さて、午後は体育の時間ですから、稽古着に着替えてください」
　午前中の『ルール』の勉強会が終われば、午後は武道の時間である。
　昼食をごちそうになって、食事しながら武道談義となる。
　三人が武道を行っているので、話は尽きない。

＊

　空手の試合方式を決めるときに、「剣道の竹刀試合」を参考にして決めたという。これにより、完全なるスポーツ化となって、発展していった。
　危険な技（術・業）の使用をなくして安全面を重視すれば、だれもがやることが出来て、世間に広まり発展していく。
　「生涯スポーツ」といわれている現在では、「年齢別」の試合まであって高齢の方々も試合に参加している。
　しかしながら、このスポーツ化によって、古来の唐手から「一撃必殺」「必殺技」「秘伝技」「口伝技」は消えていった。
　各流派で名称は異なっても、その技は似ているものがあった。
　【眼切り】【貫手止め】【三角飛び】【波返し】【膝落とし】などなど、これらの危険な技（業・術）を使えば、試合ではなくて決闘となる。むかしの剣道試合では、足払い・体当たり的な技もあったようだが、今は姿勢を強調するような内容に進化してきている。
　そこへ最近甲冑を着けて、刃引きの日本刀で戦う「撃剣大会」が行われている。構え方、攻撃方法が違っている。しかし、これも甲冑を外して、真剣で戦うなら、また変わってくる。

試合のルールというものを変えれば、いくつでも競技が生まれてくる。
　江戸時代の後期に白井亮という剣客がいて、"剣客は星の数ほどいるが、40歳を越えると皆一様に衰える。剣の道が若い内だけのものならば、こんなくだらん営みはないではないか"という疑念をもった。
　この時代にして40歳ということだが、現代においてプロのスポーツ選手が35歳を過ぎると引退をすることが多い。継続・持続は難しい。スピードを重視する競技においては、特にこの傾向がある。

　顔立ちの話をするのは失礼だが、『恐い顔』イコール『強そう』というふうに思いがちである。しかし、それはイコールではない。
　恐い顔の人が強いと決まっているのであれば、悪役スターはみんな高段者やチャンピオンとなる。現実、試合の優勝者インタビューなどを見ると、良い顔立ちをしている者が多い。
　自信というものがそのようにさせるのかも知れない。

　2013年3月26日に、NHKの「BS歴史館」で歴史学者・磯田道史氏（当時茨城大学准教授）がこういう話をした。
　幕末のころの武士の話である。
「敵の武器は何だ？」⇒「鉄砲だ！」⇒「飛び道具とはひきょうだな」⇒「こっちの武器は何だ？」⇒「刀だ！」⇒「どっちが勇敢だ！　刀に決まっている」⇒「刀で戦う方が勇敢に決まっている」⇒「勇敢な者と臆病者が戦ったら、勇敢な者が勝つ」。
　という頭の中の論理構造が、武士たちにあったそうである。
　その結果、その武士たちは、戦をして、破れた。という話であった。
　鉄砲と刀とでは、刀が勝つはずがない。
　精神力・正義・体力というものでなく、武器一つで勝つのである。

＊

休憩も勉強も区切りがないような時間が過ぎて、午後となった。

皐月・誠「話し合いに出席するときは、スカートはやめて、動きやすいパンツにして、上着も動きやすいものにしてくださいね。それから、持ち物はアタッシェケースのような物を必ず持っていってください。今、ありますか？」

　琉球古武術のなかに、ティンベー（楯）とローチン（手矛、手槍、小刀）というこの二つを一組として使う術がある。

　防御用の楯は、鍋のふた（カマンタ）から、海亀の甲、木製、竹製、鉄製等がある。

　攻撃用のローチンは、手矛・手槍・小刀・短剣・短棒等がある。

　片方で受けて、もう片方で攻撃するという技である。

皐月・誠「いつもカバンを持っていれば、それが当たり前に見えて、違和感はなくなる。そのカバンを振り回せば、それだけで武器になります。ぶつけることもできます。ですから、アタッシェケースのように硬めの物がいいのです。次に、これを楯として使うことができます。当然その中には武器を忍ばせることもできます。ただし、銃刀法違反にならないものを入れてください。それから、カバンを持つ手を決めないこと。左手だけとか右手だけとかにしないことです。相手に攻撃の方法を想像させないようにしてください」

　女性が、左手でカバンをもって楯として、右手に武器を持って戦うのは難しいので、カバンの扱い方だけを教えた。

　身近な物を武器にするのが一番である。

　そして、秘武器といわれる物を忍に与えた。

　もしもの時の護身用武器である。

　しかし、現実は武器を使わず、相手を制することを教えなければならない。

皐月・誠「忍さんが習得した合気道をやってみてください。私が攻撃しますよ」
岩波・岩波「皐月君、その忍さんはニンでいいんだよ。呼び捨てで構わないから」
岩波・忍「そうですよ。こっちが気になってしまいます。『忍体術』のニンですから、そう呼んでくださいね」
皐月・誠「はい、わかりました。ではニンで行きます」
岩波・忍「あれ、あれ…」
　誠が打っていく。つかみにいく。
　合気道としての対応は、確かに合気道初段は見事である。
　ところが、誠の身体は動かない。逆手も効かない。飛んでいかない。
岩波・忍「どうしましたか？　痛くないですよ。技が掛かっていませんよ。では、同じことをお父さんとやってください」
　岩波社長が娘の忍に、誠がやったことと同じことをした。
　岩波が逆手を取られて少し痛がってはいるが、投げ飛ばされない。
岩波・忍「なぜかな〜？…」
皐月・誠「お父さんだと思って遠慮しているからですよ」
　今度は力を込めて行ったが、痛がっても投げ飛ばすことができない。
皐月・誠「いつも稽古している仲間は、それがどういうものかを知っているので、自分から痛くなる前に受け身をとりますが、一般の方はその場で止まります。投げ飛ばしたければ、ここをこうします」
　誠が忍に技を仕掛けると、忍は飛んだ。
岩波・忍「本当に痛いです。本気で飛ばないと腕が折れます」
皐月・誠「わかりましたか、普段の稽古と実戦は異なりますので、投げるなら今の投げ方です。しかし"投げ飛ばさない"で、こうやって"絞め落とし"てください。相手を身近において、地面に寝か

せて、腕を絞めて肩を痛めるようにして、つかんだその腕を離さないでそのままにして、上から踏みつけるとか蹴落とすとかしてください。くれぐれも相手を投げ飛ばして終わらないこと。相手が再び攻撃してくるのを防ぐためです」

　一般の合気道道場では、お互いにけがのないように円運動で転がっていくのだが、"相手を直下に落とす"というのが理想的である。

　これは、ちょっと意識を変えればできることである。

岩波・忍「どうして手首の絞めが効かなかったのですか？　技が掛からないです」

　誠が忍に技を掛けさせても、誠には掛からない。

皐月・誠「今までが、スポーツ的にやっていたから、実際のときに、こうなることがあるということを知っておいてくださいね」

　忍が今まで学んだ合気道の技を、若干変えて指導をした。

　そして、逆の立場になったときの防御法も教えたのである。

岩波・忍「教える先生によって、こんなに違うなんて知らなかったです。これっていいですね〜」

皐月・誠「いちおう、そういうことで、だれかを相手にして、訓練をしておいてくださいね」

岩波・岩波「そのだれかって、俺のことだよな」

皐月・誠「そういうことになりそうですね。忍が学んだ技を、私の方法に変えて、一通りやってみれば、もう覚えたと同じですから、せめて一回だけ知っている技を私の方法で稽古してみてください。いや、やっておくように」

　忍が合気道経験者なので教えるのは楽である。

　次は『忍体術』である。

　そのむかし、忍者の『くノ一』が使った術でもある。

皐月・誠「『話し合い』ですから、腕力を使うのではないのですが、自

分の思いどおりにしようと思えば、脅かしてやろうかと思う不ら
　　　ちなのがいます。それがゴツイとか強そうだとかとなれば、遠慮
　　　はするでしょうが、女性と思えば、なめて掛かってくる者もいる
　　　ことでしょう。お父さんが後ろにいるからといって安心はできま
　　　せんよ」
岩波・忍「どういうときに考えられますか？」
皐月・誠「その席に座れば、もうそこからその危険性は生じます。最初
　　　に威圧して発言を止めることが考えられます。次に『トーナメン
　　　ト』のときの一対一のときです」
岩波・忍「具体的に言ってもらえますか？」
皐月・誠「まず人間は大きな音に弱いから、大声でどなるでしょうね。
　　　それでおびえてくれればしめたものですね。もしも泣かれたら、
　　　それもしめたものでしょうね」
岩波・忍「そういう人がいるのですか？」
皐月・誠「いますよ。お父さんに聞いてごらんなさい。お父さんが顔を
　　　真っ赤にするかもしれませんよ」
岩波・忍「お父さん、そんなことするの」
岩波・岩波「な〜に、皐月君には負けるよ」
岩波・忍「えぇ〜、先生も……」
皐月・誠「大きな声を出されたら、さらにそれより大きな声で言い返し
　　　なさいね。それが一番です。だけどなかなか声が出ないかも」
岩波・岩波「そう、言い返した瞬間にけんかとなるわけだから、腕力に
　　　自信がないとそれができないのだよ」
岩波・忍「そうですね。私も言い返して主人に殴られました」
皐月・誠「さて、そこで、そういうときには…」
　ここで、そのときの対応策を伝授したのである。
皐月・誠「次が、『トーナメント』のときに、ほとんどが別室で一対一
　　　になりますが、相手が何をしてくるのか？　想像がつきますか？」

岩波・忍「セクハラですか？　やはりどなる？」
皐月・誠「おそらくそうでしょうね。そのために、必ずボイスレコーダ（小型録音機）を携帯しておくことですよ。そして、接近してきて何らかのことをしてくることが考えられますから、そこで『忍体術』が使えます」

　誠は実技を直接に忍にするのではなくて、岩波に掛けているのである。
　忍はそれを見学して覚えて、それを岩波に試験的に実行する。
　そういう手ほどきをして、約五つの『忍体術』を教えたのである。

　誠が、家伝の『庵原・忍体術』を他人に伝授したのである。
岩波・忍「わぁ〜面白い。これを美香が言っていたのですね。どれも接近戦で女子にはいいですね」
皐月・誠「次はですね。岩蔵さんを倒した技をやりましょう」
　※前作『他言無用・秘密会議秘話』（2016 静岡新聞社）第1話参照
　誠が岩蔵を相手にした秘伝『鬼崩し』を岩波に行ったのである。
皐月・誠「これは使わないにこしたことはないけれど、もしものときのために知っておいてください。ただし手加減すると逆襲が怖いので、その時は目をつぶっても攻撃すること」
　もしかしたら、相手はどうなるのか？　その技まで教えてしまった。
　どうせ美香から聞いていると思ったからである。
　そうかといって、すべては教えない。
皐月・誠「さて次は、女同士のけんかは、髪をつかんだ方が勝ちです。それは男でも同じです。髪の毛をつかめば、思うように相手が動かされます。そういうひきょうな手段が必要と心得てください」
　そう言って、実践を数秒やれば、もう納得したようである。
岩波・忍「面白い技から怖い技まで、全部初めて知りました」
岩波・岩波「それはそうだよ。一子相伝となれば、だれも知らないよ。

俺だってビックリしているよ」
皐月・誠「さて、次は女性ならではの技です。チークダンスのような接近をされたら、逆らわずに自分の利き足を相手の脚と脚の間に入れて下さい。今回は右脚とします。そうです、ダンスのようにです」
　岩波が立って、誠にチークダンスのように抱きついてきた、男の脚が股間に入ってきたら違和感があるが、女性の脚が入ってきたら、他のことを考えて油断をする。
皐月・誠「これは私がやったら、お父さんが気持ち悪がって逃げるけれど、女性がしたら男は喜んでもっと接近してきます。そこで、自分の右脚を左に倒します。相手の右脚が外側に崩れます。傾いたのを感じたら、すぐさまその脚を右に倒します。相手は上半身が沈みます。しりもちをついたような格好になります。そこで股間を膝で蹴り上げます」
岩波・忍「ちょっと恥ずかしいけれど、できるかしら」
皐月・誠「女性は、いつも膝と膝を合わせて座るようにしていますから、その最初の技は力が入るはずです。反対側への筋肉がないので、そちらは難しいかもしれませんね。その場合は右側に倒すのはやめて、そのまま股間を膝で蹴り上げてください」
　忍が実験してみると、確かに左側（自分の内股側）への力は強いことを実感した。やはり外側への力は弱かった。これが男なら両方とも簡単なのである。
岩波・岩波「これは、確かに"くノ一"の術だな。術の名前はなんていうのだね？」
皐月・誠「そのとおりです。"女天"です。『忍体術』は接近戦の技が多く、女子の武術といえます」
岩波・岩波「ジョテン？」
皐月・誠「漢字で書けば、女の技で天の字のように脚を広げさせて、ズ

バリ天を突くということでしょうか」
岩波・岩波「いくつか教えてもらったけれど、どれも非力な者でも使えていいね、女性でも使えていいと思う。これを全部教えてくれって頼んだら、怒るだろうな」
皐月・誠「怒る前に泣いちゃいますよ。幾つか知っていれば、とっさのときに間に合うと思います。相手にとっては予想も付かない技ですから使えると思います。でも合気道で何とかできると思います」
岩波・忍「もう終わりなんですか？」
皐月・誠「岩蔵電業の美香さんと同じことを言いますね〜、もうこの辺でやめましょうよ。実は神経が疲れます」
岩波・忍「あまり体力は使わないから、疲れないとは思いますが、神経が疲れるのですか？」
皐月・誠「それは疲れますよ。若い女性と接近していて、ましてお父さんが見ているから、手を触るにも気を遣いますから」
岩波・岩波「そんな心配いらないよ。子持ちの女性だから、安心して稽古をつけてやってもらいたい。それで、さっきの合気道だけど、時々忘れないように稽古相手を頼みたいのだが、無理だろうか？」
岩波・忍「私からもお願い致します」
皐月・誠「さっき教えたので十分だと思うのですが、では時々ですよ。時々、くれぐれも。トキドキですよ」

あれやこれやと、夕日が傾くまで稽古したのである。

岩波・岩波「まるまる一日をうちのために使わせて申し訳ないが、せっかく来たから、何か他の注意事項でもあれば言ってほしい」
皐月・誠「そうでした。同じ中部地区ですが、弊社はどちらかというと東寄り、御社は西寄りだから、市町村の件名では相指名にはならないと思いますが、県と国の件名だと顔を合わすと思います。ど

こで会っても、私は忍とは初対面ということにして会話をしない。忍もそうしてください。美香さんにはうまく対応して下さいね。それから、自社のカウントが『0点0回』のときに、それと同じ業者がいたら、必ず先に取ること」
岩波・忍「それって、どうしてですか？」
皐月・誠「0点の0回は、初めてということですよね。もしかしたら、その次の指名があるのか？ ないのか？ ということもありますよね。それを受注すると、不思議にその後は、何回も何回も指名をされることが多いのです。だから、金額に関わらず、受注してしまえば、もう後はなんとかなるような窓口となります」
岩波・岩波「そこだよ。みんなが同じ0点0回のときに、どうしたら取れるの、ちょっと教えてほしい」
皐月・誠「それを、次回の講義の1時間目にやりましょう～」
岩波・忍「わぁ～い、また来てくれるのですね」
皐月・誠「そうですよ。生徒さんが素直でかわいいから」
　こうして、たった一日だが、特訓は終わったのである。
　そして、その後も、時々講義に行ったのである。
　武道の稽古は、皐月道場へ来てもらうこともあった。

3　初談合

　岩波電業が海山県の出先機関からの指名を受けた。
　相指名業者（メンバー）は地元のAクラスの10社である。
　忍が現場説明会（通称・現説）へ出かけた。
　建設現場のことはわからないが、まず出席して説明をそのまま聞いてくればよいのである。
　後は、帰社してそのまま報告をすればよい。
　現説は、直接屋外の現場のときもあるし、屋内で机上説明のときもある。
　「あれ！　知らない女がいる」「どこのだれ？」「俺も知らない」
　「もしかしたら岩波さんのところかな？」
　「このあと会館へ行くから、そこでわかるよ」
　「確か、岩波さんの娘さんだと思うよ」
　「岩波さんが都合が悪いから、先に行かせておいて、後からくるのだと思うよ」
　現説では見たことのない、女性の出現に男どもが注目した。

　どこの地区にも電設会館があって、建設現地での現場説明会（現説）が終われば、無言のうちにここに集合となる。
　そして、どこの会館にも話し合い用の会議室があって、約15人が座れるほどの部屋があった。

青島電業「あんた岩波さんとこの娘さんだよね。今日はおやじさんはどうした？」
岩波・忍「ええ、これからは、この業務は私が務めることになりまし

た。どうぞよろしくお願い致します」

岩波忍が新しくできた名刺を出した。

岩波電業（株）・営業部・岩波忍と書いてある。

メンバーの９人に配ってあいさつをした。

赤城電業「あんたは確か、前に経理をやっていたよね。結婚して辞めたんだよな。それで名字はそのまま？」

緑川電業「あんた現説に来たけれど、現場のことがわかる？」

白井電業「おやじさんはどうした？　身体の具合でも悪いのかい？」

黒木電業「この世界で女性を見たのはあんたが初めてだけど、大丈夫ですか」

紺野電業「子供は何人いるのですか？」

灰田電業「この世界のルールは知っているだろうね」

黄月電業「あんたいくつだね？」

茶畑電業「だんなは何やっているんだね？」

それぞれがそれぞれの質問である。

「父は元気です」「離婚しましたので」「少しずつ勉強します」

「すべて社長に報告して、同時に教えてもらいます」

「毎日剣道が忙しいようです」「いちおう父から聞いてきました」

「女の子がひとりいます」「32歳です」

「今は何をしているのか知りません」

いちいち面倒だが、短い言葉で答えた。

黒木電業「今回の件名は、前の続きみたいなものだね。それで、前回の一番最後に『もらった』のがうちだから、議長は俺かな？」

紺野電業「ああ、そうだよ。俺が役員さんに聞いてきたから間違いないよ」

黒木電業「それじゃ〜、何回やっても慣れない議長をやるよ。みなさんよろしくお願いします」

公営住宅とか、同じような建物が何棟もあるときなどは重要だが、たった1件名のときでも、どの件名の話し合いなのかがはっきりわかるように確認をとる。

黒木電業「確認を行います。海山県中西土建事務所発注の、入札番号・第86号、件名・県営緑ヶ丘団地8号棟電気設備工事、入札日時・○月○日○時から、よろしいですね」

　だれの手帳にも、海山県中西土建事務所からもらった通知書の事項が、書き写されていた。その手帳を見ながら、議長の話を聞いて、うなずいているのである。

黒木電業「次に、順不同ですが、出席を確認します。赤城電業さん、青島電業さん、緑川電業さん、白井電業さん、灰田電業さん、茶畑電業さん、紺野電業さん、黄月電業さん、岩波電業さん、そして私の黒木電業、以上の10社です。これもよろしいですね」

　名前を言われて、だれもが小さな声で「ハイ」と答えてうなずいた。

黒木電業「今回のメンバー（相指名業者）は、全員が海山県電技研協会の会員ですので、『ACルール』で行います。みなさん同調してくださいさいますよね」

　話し合いと承知して出席しているので、だれも異論はない。

黒木電業「今回の研究会（話し合い）のチャンピオン（落札予定者）は、この会館の使用料金と飲食代金の負担をお願いします。そして、落札後は、落札金額の0.3％を本部に、0.3％を支部に賦金として海山県電技研協会へ。そして0.2％を工事保証料として同じく海山県電技研協会に納めていただきます。振り込みする場合は手数料は業者が負担してください。そして、電技研協会への入札結果報告書の提出をお願いします」

　『AC会』（談合の秘密組織名）の『ルール』を使うことの確認と、経費の確認、支払いの確認、報告書という受注者の最後の仕事を忘れないようにとの通達である。

紺野電業「なんだよ～、"何回やっても慣れない"なんて言っておいて、うまいじゃないか」

黒木電業「冷やかすなよ。実はさ～、花木市にうるさいやつがいるじゃないか、それも数人。そいつらの司会ぶりを観察していたら、各人がちょっとずつ違うのさ。そこでその中に皐月っていうのが良かったので、それをメモして、それを実行しているのさ。もし間違っていたら、その皐月に言ってくれ」

白井電業「それじゃ～、間違いないわけだよ。その皐月っていうのが結構うるさくて、間違ったことはさせないっていうこと聞いたよ」

緑川電業「おいおい、皐月だなんて呼び捨てにして大丈夫か？　この岩波さんとこのおやじさんが戦って、引き分けって聞いたぜ。口も達者だけど、腕っぷしも達者なんだってさ」

白井電業「嘘をつけ！　岩波さんはあっちこっちの大会で優勝している人だぜ。信じられない。忍さん知ってる？」

岩波・忍「はい、父から聞いています。かなりの使い手だそうです」

緑川電業「それみろ、嘘じゃないだろ～。後でその話をしようぜ」

　忍は初参加で、どういう会議の進め方をするのか、話には聞いてきているが、うっかり余計なことを言わないように聞いていたが、まさかの誠の話が出てくるとは想像もしていなかった。

　おまけに、父親との試合のことも知っている業者がいたのである。

黒木電業「だれだかがからかうので、ちょっと脇道に行ってしまいました。本筋に戻ります。窓口ですが、いかがですか？」

白井電業「それは間違いなく、海山県の出先機関という『窓口』だよ」

黒木電業「今の、県の出先機関でよろしいですか？」

　ほとんどの者が「異議なし」と答えて、窓口は決定した。

黒木電業「では、この件名で、特殊事情のある方はいらっしゃいますか？　申告をお願いします」

　特殊事情があるものは、自ら申告することになっている。

だれからも返事がない。
　特殊事情は全員が持っていないということである。
黒木電業「では、特殊事情は"全社なし"とします。次にランクですが、どうでしょうか？」
緑川電業「それ前回もあれこれあったけれど、入札結果が２千万を切った結果だったから、今回も同じＢランクだと思うよ」
紺野電業「そうだったな。毎回ＡランクかＢランクかでもめたけれど、落札金額はどれも２千万以下だった。今回も同じだろうな」
　Ｂランクとは１千万円以上〜２千万円未満であり、Ａランクとは２千万円以上〜５千万円未満という設定がされている。
白井電業「だけど、２千万ギリギリのような金額だったから、物価上昇っていうので、今回は２千万円を超えているかもしれないぞ」
緑川電業「それもあるけれど、同じ年度の発注だから、前回と同じだと思う」
　各社が勝手に自分の意見を言った。
黒木電業「では、皆さんの意見が出たところで、それを参考にして、多数決で決めたいと思いますが、いいですか？」
白井電業「その多数決っていうのは、俺はあまり好きではないけれど、仕方ない、それでやるか」
黒木電業「それでは、ＡとＢの意見の差が２対８とかのようならそれで決めて、その差が４対６とか、５対５のときに、もう一度話し合うとしたらどうですか？」
白井電業「おい，黒木さん、あんた頭がさえているね〜。それって自分で考えた？　それともさっきの皐月っていう人の知恵？　どっちなんだね？」
黒木電業「そんなこと決まっているじゃないですか。俺がそんな利口なことを思いつくと思いますか？　皐月のまねですよ」
白井電業「やっぱりな」

思わず、笑いたくなるような会話が出ていた。
　いつも顔を合わせているうちに、年齢差を忘れて、友達感覚になってきているようである。
　挙手によって、多数決をとったら、Ｂランクの２千万円以下との意見が全員であった。
　忍もＢランクの方に手を上げたのである。
緑川電業「なんだよ～、みんな同じだったじゃないか、ま～間違いないよな」
黒木電業「それでは、県の出先機関の中部地区のＢランクの点数と回数の発表をしてください」
紺野電業「それでは、役員さんから点数と回数を聞いてきたので、俺の方から発表します」
　この件名に『AC会』（話し合い組織名）の役員が指名されていなかったので、この地域の役員である満月電業の山畑部長から教えてもらったものが発表された。
　発表者以外の全員が自分の手帳に書き込んだ。
緑川電業「それでさ～、参考までにＡランクも教えてくれよ」
紺野電業「それは、必要なとこだけでいいでしょう～」
緑川電業「だけど、この会議をやる前に聞いてきたはずだから、まだＡかＢか？　わかっていないのだから、両方を聞いてきたはずだぜ。それはないだろう。紺野さんだけが知っているのは不平等じゃないかい」
紺野電業「そういわれると、仕方ない、言うよ。Ａランクだよ」
　あまり発表したくない点数と回数だが、発表した。
　自社の点数と回数はわかっているのだが、同業他社の点数と回数のデータを知りたいのである。
黒木電業「では、優先回数の申告となると、この回数では該当者はいないから、次に進みます」

優先回数はそのときの指名業者数に達した回数でなければならないので該当者がいないということである。

　今回は10社の指名であるから、この発表が9回であれば、今回が10回目となるので、優先回数の権利を有するのである。

　優先回数に達しているときは、自ら申告をしなければならない。

入札番号・　第86号
発注者・　海山県中西土建事務所
工事件名・　県営緑ヶ丘団地8号棟電気設備工事
現場説明会・○○年○月○日○時
入札日時・○○年○月○日○時
　赤城電業　　－764.5　　3回
　黒木電業　　－1074.4　 0回
　青島電業　　－799.2　　3回
　岩波電業　　＋1140.3　 6回
　緑川電業　　－1020.8　 1回
　白井電業　　－568.9　　4回
　灰田電業　　＋1140.3　 6回
　茶畑電業　　＋770.4　　4回
　黄月電業　　＋750.5　　4回
　(10社)
草花電設会館にて、○年○月○日○時より
議長・黒木電業・黒木社長
窓口・県・出先機関・中部地区
ランク・Bランク (1千万〜2千万)
チャンピオン・

```
点数計算方法の例
（例）落札金額 1000 万円として指名業者 5 社の場合
1000 ÷ 5 社＝ 200・・・（＋）点
他の 4 社（＋）200 点加算する。
200 × 5 社＝ 1000・・・（－）点
落札者（－）1000（＋）200 ＝（－）800 点とする
端数が出る場合は四捨五入し、小数点 1 位までとする。
　※運営指針より抜粋
```

　この回数については、何回も問題を起こしている。
"達した回数"
"越えた回数"
"100％以上の回数"ということと、
"過去に受注実績がある場合"
"過去に受注実績がない場合"ということ、
　結局のところ、だれでもわかりやすいように、"100％以上の回数"という表現に変わっていった。
　たかが1回というものではない。
　この1回でも、重要なのである。
　点数でももめるが、回数でももめることは多い。

岩波・忍「あの〜、優先回数に達していなくても、現在使用のルール以前、すなわち改正前の回数とかがある場合には、その方が優先されると思いますので、いちおう各社に聞くべきだと思います」
「なに〜」「なに？」そういう声が聞こえた。
　今までおとなしくしていたと思ったら、いきなり耳を疑う発言である。今日が初参加なのに？
緑川電業「それはだれに聞いた？」
岩波・忍「父から聞きました」

緑川電業「えぇ～、お宅のおやじさんが？　あまりルールに詳しいとは思えないけれど、あぁ～ごめんね」
紺野電業「あぁ～、言われてみれば、そういうのがあったような気がする」
緑川電業「気がするじゃ～困るんだよよ。紺野さん、重要なことなんだから、今すぐに役員に電話して確かめてくれよ」
　紺野電業がすぐに満月電業の山畑部長に電話して確かめた。

紺野電業「確認したよ。間違いないそうだ。申告がなければそのまま無視することが多いとも言っていた」
緑川電業「こりゃ～会社に戻ったら、過去を調べる必要がある。それにしても、よく岩波さんがそんなことを知っていたもんだ」
紺野電業「聞いたときに、"だれが言った"って聞かれたから、岩波電業さんからの発言だと言ったら、"あそこは意外なところにも指名されているから、そこで勉強したと思う"って言っていたよ」
黒木電業「そういえば、この前の業界新聞にも載っていたな～、善統電工と皐月電業が『取った』やつに参加社名が載っていたっけ。ところで、今のに該当する会社はありますか？」
白井電業「緑川さんじゃないけれど、会社に戻ったら調べてみるけれど、今は無理だ。考えたこともなかった」
黒木電業「では、その該当者からの申告がありませんので、そういう方は次回ということで、今回は次へ進ませてください。岩波さんいいですか？」
岩波・忍「はい、結構です」
黒木電業「何か、今ので俺は、議長をやるのがつらくなっちゃったよ。え～と、次は何だったけかな。あぁ『立候補者』だったね。どうしようかな？」
緑川電業「何だよ？　そのどうしようかな？っていうのは？」

黒木電業「これがさ〜、議長を中心に時計回りに聞いていくのと、反時計回りに聞いていくのと、各自に名乗りをあげてもらうとかあってさ、どれにしようかと思ったのさ」
白井電業「その皐月っていうのは、どうやっているんだね？」
黒木電業「そうだっけ。じゃ〜それでいくよ。立候補をなさる方は申し出て下さい」

　さていよいよ、各自が自ら受注希望のあることを表明するときがきたのである。
岩波・忍「岩波電業です。立候補を致します」
　忍がきっぱりと発言をした。
灰田電業「うちも立候補します」
黒木電業「他にいらっしゃいませんか？　ないようでしたら、今のお二人でトーナメントをしていただきます。別室がありますから、そちらで話し合ってください」
　『立候補者』が複数あるときは『トーナメント』戦を行う。
　『くじ引き』などでなくて、お互いに話し合うのである。

＊

　忍と灰田電業の灰田社長が、別室の応接間が今日は使われていないということであったので入った。
灰田電業「あんたは初めてだから分からないと思うけれど、いろいろあるから、これはうちでやらしてもらうよ」
岩波・忍「いいえ、これは弊社が受注させていただきたいと思っています」
灰田電業「お宅はさ〜、他の入札もいっぱいあるし、忙しいのだから、今回はうちが先にやって、次回にお宅っていう順でいこうよ」
岩波・忍「いいえ、是が非でもいただこうと思います」
灰田電業「だったらさ〜、何でおやじさんがこない？　今回は譲ってもいいということだから、あんたに出席させたんだと思うよ」

岩波・忍「それは違います。私でも取れるということで行かせたと思います」

"受注・やる・いただく・譲る・取る"などと言葉をいろいろに使うが、どれも『受注する』『受注しない』という意味のものである。

灰田電業「何で、お宅が取れるのさ？　同点同回だよ！　同じ立場じゃないか」

岩波・忍「違いますよ。弊社の方に優先権があります」

灰田電業「何だって、どういうことだ！　初めて参加して、何もわかっていないくせに勝手なことを言うなよ」

毅然として物おじせずに、堂々と話をしているが、灰田からみれば小娘なのである。

少しおとなしく言ってやれば、引き下がると思ったのが間違いで、自分が攻撃されていることに気が付くのが遅い。

*

白井電業「今ごろ、灰田さんがセクハラなんかしてないだろうな」

黄月電業「あんたも、スケベ心で何かしないようにね。あのおやじさんはものすごいのだから」

白井電業「確かにすごいよ。剣道は『殺人剣』で攻撃専門でものすごく激しいんだよ。それで、みんなに言われて『活人剣』の柳生流の古流剣術を修行したんだよ。だからどっちも使える人なんだよ」

緑川電業「それでさ〜、岩波さんと皐月っていうのが戦った！っていう話を聞きたいのだけれど、だれか詳しく知っている人いる？」

青島電業「実は俺は、その辺に詳しいんだよ」

緑川電業「それなら言えよ。さっきから黙っているから、何も知らないと思っていたよ」

青島電業「俺の従兄弟が海山市で電気工事屋に勤めているのだけど、そこには花木市の業者が出入りしていて、話し合いのときのニュースが頻繁に入ってくるんだよ」

緑川電業「それって、秘密のことが全部外部に漏れているっていうことじゃないか。とんでもないことだぞ」

青島電業「そうじゃないのだよ。その皐月とかだれでもが、会議中に暴れたりすると、それがああだこうだという話になって出てくるんだそうだよ。だれがチャンピオンだろうかという話ではないのだよ。安心して」

緑川電業「そう言われても、安心はできないけれど、そんなに皐月っていうやつの話が出てくるのか？」

青島電業「どうしてかって言うと、普段に見られないような、妙な技を使って、相手を倒すのだそうだよ。説明を聞くと、それほどでもないけれど、それを目の前でされると、不意を突かれたような、奇想天外な技で、面白いとでもいえるもので、話題になるのだよ。それは『忍体術』っていう名前で、俺もいくつか耳だけだけど、聞いて覚えたよ」

緑川電業「どれ、それをちょっと見せてくれよ」

青島電業「それが、頭とかでは理解できるのだけれども、実戦となると、歳と筋肉と練習と経験と…だから無理だな」

緑川電業「なんだよ。だらしないな〜、今度どこかで会ったら挑戦してみようかな」

青島電業「あぁ、これだけは言っておくよ。手加減しない男だから、死ぬのは覚悟した方がいいよ」

緑川電業「そんなすごいのか？　そんなのいる？」

青島電業「いや、身体は小さいそうだよ。だけど技だから」

　誠が、口攻撃ではなくて、身体攻撃をした話は、各所に広まっていた。

　最初に、"暴力事件で会社を首になった"という話から、すべてオーバーに表現されていたのである。

　誠は、すべてに言い訳をしないので、噂は拡大して広まっていた。

Dai Takeno 竹乃大

女談合屋
おんなだんごうや

発売元 静岡新聞社

女談合屋

はじめに

　この話に、皐月　誠という男が登場します。

　戦前からの老舗で、市内上位、県下でも上位に位置する、電気工事業Aランク業者、皐月電業（株）の社員です。

　昭和46年に入社して、現場作業の実習後に設計監督になっている時に、にわかに営業を兼ねさせられて、そして営業専門となり、やがては専務取締役となりましたが、昭和63年には退職となりました。

　業界には17年間在籍していました。

　その内の、昭和52年からの約10年間が『談合』担当でした。

　約800回以上の入札に参加し、同時にその数だけ『談合』（話し合い）をしてきました。

　途中から談合組織の地区代表となって、他地区業者の防衛、仲間内の調整、独断行動の防止等々を行い、地元のまとめ役としての役割は果たしていましたが、昭和63年に退職となって業界より離れました。

　この物語は、こうした実体験をもとにしたものです。

*

　企業規模を分かり易くするために、大手支店業者を○○電工（株）とし、地元企業を○○電業（株）、○○電気（株）としています。

　公共事業においては、経営規模に応じて、会社を等級別に区分しています。

　AランクからDランクまであります。

　この名称を使いますと、談合のルールにある金額の『Aランク』『Bランク』等と混同してしまいますので、会社の規模を表すときは「Aクラス」というように、「クラス」という名称に変えてあります。

　文中各社の株式会社・有限会社・合資会社はすべて省略致しました。

黄月電業「この中では、黒木さんが一番の色男だから、どうかな？」
黒木電業「俺は、変なことはしないさ、変なことしたら岩波さんに殺されるよ。さて、今回の戦いは年齢差がありすぎて話しにくいとは思うけれど。ま〜年の功でうまく言って、すぐ戻ってくるだろうな」
緑川電業「だけど、よく岩波さんが娘さんを出席させたもんだね。俺じゃ〜やらないよ」
茶畑電業「俺もそうだけど、あの娘は本当の子供じゃないからなのかな〜」
白井電業「実子でないって、どういうこと？」
茶畑電業「長男夫婦が交通事故で亡くなって、残ったあの娘を引き取って、岩波さんが会社を引き継いだのさ」
紺野電業「今時の若い娘にしてはしっかりしているね。見てると緊張しているのか？　気が強いのか？　何か自信たっぷりに感じるよ」
緑川電業「俺は、ず〜っと黙って見ていたけれど、手に汗をかいてるようでもなかったし、焦ったような話し方もしないし、もう何回か経験しているかのように感じた」
茶畑電業「おやじさんと同じ剣道でもやっているのかね？」
赤城電業「あの娘は合気道だよ。むかしからおとなしい娘だったよ」
白井電業「さっき、緑川さんが話した岩波さんと戦ったというのは試合？　けんか？　どういうこと？　詳しく聞きたいよ」
青島電業「つい最近の花木市からのニュースだけど、そのどっちだかで、引き分けとなって仲直りしたっていうんだ。皐月っていうのは変に戦闘意識があるとかないとか、そういうのも聞いた。本気でけんかするとも聞いた。また聞きのまた聞きだから、今度はしっかりと聞いてくるよ」

　忍たちの留守の間に、誠の噂話が広がっていた。

*

灰田電業「ちょっと悪いけれど、確かめてもらえないかな〜」
　別室に行った灰田が、一人だけ部屋に戻ってきて言った。
黒木電業「何ですか？　もう終わったのですか？　どういうこと？」
灰田電業「あのさ〜、俺たちは同点同回じゃないか。それなのにあの娘は自分の方に優先権があるって言うんだよ。それを説明してくれたんだが、それって、そういうルールが本当にあるのかないのか、初めて聞いたもので分からないのだよ」
黒木電業「わけの分からないルールというなら、確かめてもいいけれど、まずそれはどういうこと？」
灰田電業「それが、聞いたんだけど、理解出来ないんだよ。直接あの娘から聞いてくれないかな。困ることにおやじさんから聞いているっていうので、うっかり"違う"なんて言えないんだよ」
白井電業「だけど、トーナメントに入ったからには、他人は立ち入りできないからな〜、余計なことをして、後で岩波さんに怒られたら嫌だな〜、怖いもの」
黒木電業「それはそうなんだけど、俺としては議長なんだから、変なルールを使われたら迷惑だ。俺が聞くよ」
紺野電業「ちょっと待った。そのルールの確認に、また俺が聞く役だから、俺も一緒に聞くよ。まてよ〜、俺も岩波さんに怒られるかな〜」
緑川電業「みんなが聞きたかったので、みんなで聞いたって言えば、怒られないかもしれない。そうしよう」
黒木電業「そうしてくれれば、俺も助かる。それじゃ〜呼んできてよ」
　　　　　　　　　　　　＊
　忍を別室から呼び戻して、忍の言い分を全員で聞くことにした。
黒木電業「すみません。ちょっと異例かもしれませんが、ルールに関することだというので、確認をしたいと思います。決して"岩波さんの意見が間違っている"と決めつけているものではありません

ので、ご理解をください」
紺野電業「あのさ、嘘だとか疑うとか、そういうことじゃなくて勉強したいという意味にとってもらいたいのだよ。誤解しないでちょうだいよ」

　忍の父親に遠慮して、話し方に注意した。
岩波・忍「それでは、私が灰田さんにお話ししたことを、ここでもう一度お話しするということですね」
灰田電業「そうそう、そうしてもらいたい」
岩波・忍「では、お話しします。今回の発表は、同じ点数と同じ回数ですが、そのデータになったのは、弊社の方が早いのです。なぜならば、今回の緑ヶ丘団地は8棟目ですが、その第1棟目に弊社が指名を受けました。そのときに灰田電業さんは指名されていませんでした。お互いに6回の指名をいただきまして、6棟目の時に弊社が今の点数と回数になりました。灰田電業さんは7棟目のときに今の点数と回数になりました。たまたま参加した件名の落札金額の合計が同額だったために、点数が同じになりました。よって先に弊社が点数と回数を計算されています。そして"指名年月日の早い方を優先する"という文面がルールブック（秘密会の運営指針）に記載されています。この理論をもってこの根拠として主張致しました。どこが間違っているのでしょうか。あったら教えて下さい」

　全員が忍の説明を聞いていたが、理解出来たのは数人であった。

　初耳であること・堂々と話すこと・理屈は合っていること、感心したというのが正しかった。

1号棟	岩波電業指名あり	指名なし
2号棟	岩波電業指名あり	灰田電業指名あり
3号棟	岩波電業指名あり	灰田電業指名あり
4号棟	岩波電業指名あり	灰田電業指名あり
5号棟	岩波電業指名あり	灰田電業指名あり
6号棟	岩波電業指名あり	灰田電業指名あり
7号棟	指名なし	灰田電業指名あり
8号棟	今回の指名	今回の指名

紺野電業「なるほど。俺には岩波さんの意見がよく飲み込めた。じゃ〜、それがどうなのかということを、悪いけれどこの地域の役員である満月電業の山畑部長に確認をとらせてもらいたい。いいよね？」

大きな声をあげて泣かれてもこまるし、疑ったなどと思われたら後々が厄介なので、慎重に対応した。

黒木電業「どうだった？　わかった？」

紺野電業「うん。そこまで細かくは記載してないけれど、理論としては間違いなく合っていて、間違ったことを言っているのではないそうだよ。ただ、今までにそれを主張した者は過去に1社しかなくて、今回が2回目なのだそうだよ。ビックリしていたよ」

緑川電業「そうか〜、そうだったのか〜。岩波さんはすごいな〜、こっちがビックリしたよ」

灰田電業「そう言われても、俺は納得できないな。記載されていないというなら、ルールじゃないのじゃないのか。理論っていうなら屁理屈じゃないのか。その前にそれを使ったのか言ったのか知らないけれど、それはどこのどいつだ？」

岩波・忍「細かく記載はされていなくても、その文面はありますよ。皆

さんもご覧になったことがあるはずです」
黒木電業「紺野さんご苦労さん、ありがとう。そういうことだから、灰田さんはそれを頭に入れて、チャンピオンを決めて下さい」
灰田電業「じゃ〜、どうしろって言うのだ！」
黒木電業「ですから、お二人で決めてくださいよ」

*

白井電業「その、初めにそれを言ったのはだれなんだね」
紺野電業「花木市の皐月電業だそうだよ」
白井電業「そうか〜。やっぱりな〜、そんな気がしたんだよ。たいしたもんだな。岩波さんは、その話は皐月から聞いたのかな〜？ きっとそうじゃないのかな〜」
黒木電業「あれ、まだそこにいるのですか？ 早く決めてきて下さいよ」
灰田電業「分かったよ」

　くそ面白くないといういう態度で椅子から立って入り口に向かった。そのすぐ前を忍が歩いている。
　ふて腐れて大手を振って忍を抜くように歩いた。
　その腕が、忍の背中の脇に当たった。
　忍は押されたようになって、前につんのめった。
岩波・忍「何をするのですか？ 危ないじゃないですか」
　忍が態勢を元に戻しなら、振り向いて言った。
灰田電業「ノロノロ歩いているから悪いんだ！」
　灰田が忍に接近して、上から見下ろしながらどなった。
岩波・忍「……」
灰田電業「だれも知らないような、訳のわからないことを言いやがって、いい加減にしろよ。先輩をたてるっていう、そういうものがあるだろう。親が剣道をやっていて、そんなこともわからないのか、バカヤロウ」

よほど面白くなかったのか、忍を女だから、非力だからとなめきったのか、軽く膝蹴りをした。
　またも、忍が後ろにヨロヨロと倒れかかった。
岩波・忍「やめてくださいね。仲良くしてくださいよ」
　これをこのままにしていたら、3度目の暴力が出てくると感じた忍は、灰田に接近して手を灰田の腰に回した。
　若い娘が灰田に接触したのであるから、灰田の興奮が他のものに変わった。
灰田電業「う～～～」
　忍は、『忍体術』の『女天』を使った。
　灰田が急所を押さえて大騒ぎである。

＊

紺野電業「何やってんだ。女を相手に腕力なんか使って、あんたが悪いよ。あんたこんなことして、岩波さんが黙っていると思う？　俺たちは知らないよ。俺たちは関わりないからね。言っておくよ。な～みんな」
「そうだ」「そうだよ」「みっともない」「なんで」
　そういう声が聞こえていた。
黒木電業「岩波さん、ごめんね。頭にきたと思うけれど、間違いなく灰田さんが悪いんだよ。それで、この話は岩波さんには内緒にしてほしいけれど、な～、そうしてくださいよ」
岩波・忍「冗談じゃないですよ！　それで、この件名はどうなるのですか？　どうしてくれるのですか？」
　忍がヒステリックに叫んだ。
　だれも答えられない。
紺野電業「これはもう岩波さんがチャンピオンですよ。さっき説明したとおりでいいんですから。灰田さんが理解出来ないだけなのですよ。ね～議長、そういうことでいいんですよね。みんなもそうで

しょう〜」
灰田電業「冗談じゃない。こっちが被害者じゃないか。なめんなよ、こ
　　の野郎」
　灰田は、この話を聞きながらも、股間を押さえながら、このままおとなしくしていたら、男の沽券に関わるとばかりにどなった。
岩波・忍「まだ、やる気ですか。本気になりますよ」
　忍は灰田に近づいて、その腕をつかんで逆手をとって、腕をつかんだまま灰田を床に腹ばいにして、腕を天井に向けて肩口を攻めるつもりでいた。
　誠に教えられたことが、そのままイメージされていた。
紺野電業「待って〜。それ以上は駄目ですよ〜」
　灰田の腕をつかんだときに、紺野が飛び込んできて、忍に抱きついた。
　そして、椅子に座らせた。
紺野電業「灰田さん、あんたも、もういい加減にしなさいよ。あんたは
　　今、合気道で絞められるところだったんだよ。下手をすれば骨は
　　折れるよ。勝負したけりゃ、他のところでやってもらいたい！」
黒木電業「そうですよ。さて、え〜と、どうですかみなさん、この件名
　　はルールどおりで、岩波さんのチャンピオンと決めていいです
　　か？」
　灰田を除いた者たちはうなずいた。
黒木電業「それでは、ほとんどの方が承認したということで、この件名
　　は岩波電業さんに決定致します。それで、『短冊』ですがチャン
　　ピオンにお任せして、チャンピオンは入札日の前日までに、各社
　　に配ってください。それでは解散としますが、今日の会議の内容
　　はくれぐれも他言無用とということでお願いします。以上です」
灰田電業「ちょっと待ってくれ。俺がかっかしたもんで、俺が悪かった
　　よ。みんなすまなかった。今後は気をつけるからよろしく頼む

よ」
黒木電業「今、灰田さんから話がありましたので、そういうことで、今後もよろしくお願いします。あぁ～岩波さん、会館使用料とコーヒー代金を事務室で支払っていってくださいね」
岩波・忍「はい、わかりました」
　ゾロゾロとみんなが帰って行った。
　忍が支払いを済ませたところに、灰田が待っていた。
灰田電業「本当に悪かった。謝るよ。すいませんでした」
　黒木と紺野も待っていた。
黒木電業「悪かったよ。俺がしっかり議長ができなかったので、迷惑掛けたと思うけれど、今度はしっかりやるから」
紺野電業「見事だったね。もう今度からは大丈夫だから、安心して出席してくださいよ。あのね～、岩波さんにも責任があるよ。それはね～、若くて・独身で・きれいだからだよ」
岩波・忍「……」
　まずは、初回・初体験にて、見事にチャンピオンになったのである。

＊

　何はさておいても、この報告は誠にしなければならない。
　忍が誠に電話を掛けた。
「ニン（忍）です。今日、取りました。ありがとうございました。近いうちに父とお礼に伺います。本当にありがとうございました」

　岩波電業は、皐月電業より格下であるが、近いところに位置する。しかしながら、地理的に離れているので、相指名メンバーになる確率は少ない。
　もしも、競争相手になっても、誠には自分の知恵で勝つという自信があった。

4 ライバル

　忍が会社に帰ってきて、父親で社長である岩波に、今日の話し合いの一部始終を話した。

岩波・忍「そういうわけで、皐月さんのおかげなのよ」

岩波・岩波「そうだったのか。それじゃ〜皐月君の方に足を向けて寝られないな」

岩波・忍「そうなのよ。すごい人っていうのを実感したわ。ここまで噂が飛んできているし、ちょっとしたアウトローっていう感じ。それから、みんなお父さんのことを怖がっていたわよ。面白かった」

岩波・岩波「おまえ、それは安心できないぞ。地元なら俺を知っているのがいるからいいけれど、他の地域に行ったらそうはいかないぞ。全国的な知名度ではないからな。それにすごい者はどこにもいるから、用心しろよ。ちなみにだれもが知らない皐月に俺は敗れている。これは俺が認める。認めたくないけれど」

岩波・忍「わかりました。気をつけます。それで、今日の『女天』は本当にうまくいったわ。あんなに簡単にいくなんて、気持ちよかったわよ」

岩波・岩波「おいおい、だからさ、困っちゃうな〜」

岩波　忍「どうして困っちゃうの？」

岩波・岩波「やっぱりな〜、最初は苦労するとか大変だったというのがいいんだよ。あまりに順調にいきすぎて有頂天になるのは、心配さ」

岩波・忍「そうか〜、できすぎだったかもね」

岩波・岩波「そうさ〜、100点満点で200点みたいなものだからな」

親子二人は、なんだかんだと言いながらも笑顔であった。
＊
数日経過したら、岩蔵電業の美香から忍に電話があった。
「忍、業界新聞見たわよ。『取った』のね、すごいね。メンバーを見たら、地元同士だったんだね。私の会社で知っている会社があったので、電話してその経緯を聞いたのよ。同点同回で取ったんだってね。どうやったのよ？」
「美香、大変だったのよ。怖かったよ。男に囲まれて、泣きたいくらいだったよ、だれも助けてなんかしてくれないからね。何とかやったけれど、会議が終わったら、それこそ腰が抜けたよ」
「だって話し合いなんだから、そんな怖いことなんかないでしょう〜、会議なんだから」
「違うわよ、暴力振るわれたわよ」
「え〜、そうだったの、まさか襲われた？」
「みんなが見ているから、そこまではなかったけれど、でも、みんなの前で膝蹴りとか突き飛ばされたりしたわよ」
「嘘！　そんなことされたの？」
「いちおう開放されてはいても密室だから、だれも助けてなんかしてくれないよ。私は必死だったよ」
「でも合気道をやっていたから、簡単だったでしょう〜」
「冗談でしょう〜、合気道で膝蹴りとか突き飛ばしなんていう稽古はしていないわよ」
「それじゃ〜どうしたのよ？」
ここで、忍は返答に困った。
まさか、誠から教授された『忍体術』を使ったとは言えないのである。
「だからさ〜、泣いて許してもらったのよ」
「うそ〜、灰田電業の社長とかが、急所を蹴られてうずくまったって

聞いたわよ」
「それは違うよ。たまたま体当たりしたらそうなっただけだよ」
「そうなの？　随分と武勇伝となって伝わっているのよ」
「え〜、やめてよ。女が男に勝つわけないでしょう〜。私はだんなで懲りているから、男は苦手よ」
「そうだったわね。暴力亭主だったわね。思い出させちゃったね、ゴメンね」
「もう、いいのよ」
「それでさ〜、同点同回のときに、どうして取れたのよ？　それを教えて？」
「どうして？」
「どうしても」
「それは、出かけるときに、父が教えてくれたのよ、ただそれだけだよ」
「でもさ〜、言っては悪いけれど、忍のお父さんって、あまりルールに詳しくないから、きっと皐月電業の皐月さんに教えてもらった、という話が出ているのだけれど」
「ああ、そうなの。そういうことは知らないけれど、私は父が言ったことをそのまま会議で言っただけよ」
「最近お宅と皐月電業さんが、相指名を受けていた件名があって、そこでけんかはあったけれど仲直りしたっていうのがあって、それからは、ず〜っと交流が続いているのじゃないの？」
「それは知らない。私はその皐月っていう人に会ったこともないから」
「そうなの？　変わっているように見えて、面白い人なんだよ。うちにも来て、私は何回か話をして、私としては恋人気分なのよ」
「そうなの。私は知らないから…」
「私さ〜、好きになっちゃったの、取らないでね」

誠がもてるわけがないのに、こういう話になっていた。
　これは、美香が忍を誠に近づけさせたくないという気持ちが強かったからである。
　なぜかというと、美香は、忍に嫉妬していた。
"あんなに地味で目立たない子が、受注できた"
"あの娘ができるなら、自分だってできるだろう"
"誠のノウハウを学習すればいい"
"それは私だけが必要なことである"
"忍にそれをされては困る"
"自分は脚が不自由なのである、だけど忍は健康体である"
　ライバル意識が芽生えていた。

　この美香の競争心は激しかった。
　何ゆえに、そういう気持ちなのかがわからない。
　なんであんなひ弱な子が、合気道初段なのよ？
　学校の成績は、いつも自分の方が良かったのよ。
　ただ、見下げていた者が自分より優秀だった・幸せだったということに我慢ができなかったのである。
"親がいない。なのに他人の世話で楽な生活をしている。許せない。自分には親がいる。だけど生活は大変である"
　特に、自分もやってみたい官庁営業を忍ができて、自分はやらしてもらえない。できない。
　こういう思いが、美香の行動を変えた。

　かたや、忍にはそういう闘争意識はない。
　両親が交通事故で亡くなってから"自分は世間様とは違う存在"だと意識していた。そこへ暴力亭主との離婚によって、ますますその意識は大きくなっていた。

"自分自身が最低なんだ、競争するものはない"
ただ、"生きていたい"それだけであった。
＊

岩蔵・美香「社長、同級生の忍が受注出来ました。あの娘ができるくらいなら、私でもできます。今度から話し合いは私に行かせてもらえませんか」

岩蔵・岩蔵「だから、この前に話をしただろう。これはやっぱり俺の仕事なんだと。だから中村も現場に専念してもらって、一番時間に融通のきく俺が行くんだよ」

岩蔵・美香「だけど、社長は忙しいのですから、私が行けば、少しの時間でも有効に使えるじゃ〜ありませんか」

岩蔵・岩蔵「お前の言っていることが理解出来ない。素人のお前が出席して何ができるんだ。中村が出席しても、今日まで何も受注できなかったじゃないか」

岩蔵・美香「でも、業界新聞を見たら、岩波電業が落札って載っていましたよ。出席したのは忍で、初めての参加でしたよ」

岩蔵・岩蔵「それは、たまたま、その会社の点数と回数が良かったからだよ」

岩蔵・美香「いいえ、同じ点数と回数だったそうです」

岩蔵・岩蔵「それは、後を狙うか？　先を狙うか？　の会社の方針だから、第三者がああだこうだは言えない」

岩蔵・美香「いいえ、きっと皐月さんがアドバイスとかしたはずです」

岩蔵・岩蔵「皐月が…何を根拠に？」

岩蔵・美香「同業者に聞いてみると、そういう感じなのです」

岩蔵・岩蔵「お前はそれを他社に聞いたのか？　よく教えてくれたな。それにしても確かな証拠もないのに、世間の噂だのを信じて、俺のようになるなよ。ひどい目にあうぞ」

※前作『他言無用・秘密会議秘話』第2話参照

岩蔵・美香「皐月さんが私には、そんなことはしませんよ」
岩蔵・岩蔵「なんだお前。皐月とどういう関係なんだ？」
岩蔵・美香「だって、うちに来たときも皐月さんは穏やかに私と接触してくれるじゃないですか」
岩蔵・岩蔵「ばか野郎！　あいつはばか堅いやつで、お前が思っているようなヤワなやつじゃ〜ないんだよ。いったんその話し合いの席に座ってみろ。石か岩か山かというほど動かない。表面上の柔らかさにだまされるな。いい加減にしろ」

　岩蔵は、誠に会って話したことから、話し合いは他人任せでないで自分自身がやるものだと認識していた。

　何で、あれほど言われたのに、美香がやる気になっているのかが理解出来なかった。

＊

　青梅電業の摩崎に美香がアポイントを取って面会に来た。
岩蔵・美香「この界隈では、御社が一番大きくて、公共事業の参加も多いと聞いています。私をその営業担当に採用してもらえませんか？」

　青梅電業の花木営業所の摩崎所長は、飛び込み就職者の履歴書を眺めていた。
青梅電業・摩崎「今、岩蔵電業さんにお勤めですが、どうして弊社をご希望なのでしょうか？」
岩蔵・美香「はい、私は官公庁の営業をやりたいのですが、弊社の都合で、それができません。その回数が少ないからです。その点では御社ならば、その回数が多いはずですので、人員の補充で採用していただけないかと思いまして」
青梅・摩崎「"その回数"って言いますが、それって何ですか？」
岩蔵・美香「公共事業なら当然、その会議があって、ですから、そのです」

青梅・摩崎「何を言っているのでしょうか？」
岩蔵・美香「ズバリ『話し合い』ですが、やりますよね？」
青梅・摩崎「そういうことですか。では伺いますが、その世界にはいろんな人がいると思うのですが、親しく知っている方はいますか？」
岩蔵・美香「はい、『短冊』を届けに来る方なら知っています」
青梅・摩崎「ちなみにどなたを知っていますか？」
岩蔵・美香「そうですね、皐月電業さんとか…」
青梅・摩崎「はいはい、皐月さんですね。親しいですか？」
岩蔵・美香「他の方は『短冊』をもらうだけですが、皐月さんとは話をしたことがあります」
青梅・摩崎「どんな話ですか？」
岩蔵・美香「え〜と、うちの社長と親しいようで、武道の話なんかします」
青梅・摩崎「業界の話なんか聞きませんか？」
岩蔵・美香「そういう話は聞いたことはありません。それって何かあるのですか？」
青梅・摩崎「グダグダ話をしても無駄になりますから、ハッキリとお話ししますと、弊社と皐月電業さんとは、完全なるライバル関係になります。私もこの世界ではちょっと名が知れた者ですが、皐月さんが現れてからというもの、彼がスターになってしまって、私の存在は薄れました。これからも全面的に激しい競争をすると思われます。"最も敵に回したくない男"それが皐月誠ですが、それが手ごわくて、うちの社員も手も足も出ません。そういう私も同じです。そういう状況ですので、あなたが強力なパワーをお持ちな方なら、うちの社長に相談して採用ということも考えられますが、今の段階では難しいです」
岩蔵・美香「摩崎さんの噂も聞きますが、そんなにあの皐月さんはすごいのですか？」

青梅・摩崎「その会議室に入ったらわかります。あなたは生きて帰ってこれますか？ それくらいすごいのです」

岩蔵・美香「え〜、そんなに。皐月さんの印象はそういう風に思えないのですが」

青梅・摩崎「あなたね〜、この際だから言いますがね〜。物事には"融通""応用""手加減"とかってありますよね。それがまったくないのが皐月で、ちょっとしたことも許さない、鉄のような男で、おもしろみもない。冗談も通じない。遊び心もない。あれじゃ〜女にももてないと思うけれど、とにかく普通じゃないですよ。そんな変なやつがいる世界に入るなんて、男でも無理なのに、女では無理ですよ」

岩蔵・美香「でも、最近は、岩波電業の娘さんが参加していると聞きましたが」

青梅・摩崎「ああ、あれね。もうすぐにもメチャクチャになってボロボロでしょうね。意味がわかりますか？」

岩蔵・美香「もしも、その彼女が皐月さんと親しかったら、どうなりますか？」

青梅・摩崎「馬鹿な〜。そんなことはあり得ない。あの男には話し合いをどうするかということしか頭にない。他のことは何にも考えていない。おそらく家庭も家族も忘れて、ただ毎日話し合いのことだけを考えている。そういう男ですよ。ハッキリ言って、狂人です」

　美香は、この摩崎の話を聞いて、忍と誠との関係について疑っていたことが消えた。

　"やっぱり、自分には無理"だと悟った。

岩蔵・美香「お話をありがとうございました。私が転職を希望という話は、うちの岩蔵電業には内緒にしてもらえないでしょうか。お願い致します」

青梅・摩崎「はい、いいですよ。それなら、私が皐月の悪口を言ったのも、内緒にお願いしますよ。何たって怖いから」
　　　　　　　　　　　　　　＊
　その夜に、美香が忍に電話した。
「私さ～、すごいこと聞いちゃったのよ」
「何？　すごいことって？」
「あの皐月電業の皐月さんのことよ」
　忍は、何か気になって、テープレコーダーのスイッチを入れた。
　まさか自分の話が、相手側で録音されているとは知らずに、美香は勝手に話しまくった。
　それは、青梅電業の摩崎から聞いた、誠に関する話を、そっくりそのまましゃべったのである。
「だからさ～、あんまり近づかない方がいいわよ。危ないよ」
「その話って、だれに聞いたの？　間違いないの？」
「そうよ。だれとは言えないけれど」
「発信元がだれだかわからないような話はガセネタだから、美香も信用しない方がいいよ」
「それじゃ～言うわよ。こっちで一番大きな会社で青梅電業っていうのがあるのよ。そこの摩崎という所長からの話だから間違いないわよ」
「その会社は、うちのお父さんに言えば、わかるの？」
「知っていると思うよ」
「そう、ありがとうね」
「お父さんにも言って、"交際しない方がいいよ"って言ってあげたら？　それじゃ～、また電話するよ」
　さすがの美香も摩崎から聞いた"ああ、あれね。もうすぐにもメチャクチャになってボロボロでしょうね。意味がわかりますか？"は言えなかった。
　　　　　　　　　　　　　　＊

「お父さん、美香から変な電話があったの」
「どんな？」
「皐月さんのこと」
「話してごらん」
「うん、テープに採ってあるから聞いて」
　岩波が録音された内容を聞いた。
「なんだこれ。これを忍に聞かせて、その美香っていう娘は何が目的なんだ」
「目的ね〜？　何でしょう？　女の井戸端会議かな？」
「その青梅電業の摩崎はこの前に俺たちの反対に回ったやつだよ。皐月君のライバルみたいなヤツだよ。そりゃ〜悪口は言うだろうよ。そんなもんさ」
「美香は、前にはいい人って言っていて、今度は悪い人って言って、訳がわからない」
「今のテープを聞いてわかるのは、
　"彼がスターになって"⇒これはそうかもしれない。
　"私の存在は薄れました"⇒これもそうだろう。
　"これからも全面的に激しい競争をすると思われます"⇒これもそうなるだろう。
　"最も敵に回したくない男"⇒これもそうだろう。
　"手ごわくて、うちの社員も手も足もでません"⇒これもそうだろう。
　"融通・応用・手加減とかがまったくない"⇒これは間違っている。違うな。結構考えて行動しているよ。
　"ちょっとしたことも許さない鉄のような男"⇒これはいいじゃないか。何が問題なんだ。
　"おもしろみもない・冗談も通じない・遊び心もない"⇒これは仕事を真面目にやっているという証拠で、問題はない。
　"あれじゃ〜女にももてない"⇒そんなの気にしていたら上品過ぎて

仕事にならないぞ。
　"とにかく普通じゃない"⇒逆に言えば才能があるということだよ。
　"変なやつがいる世界"⇒この摩崎がいなければ、変にならないという考えだってあるだろう。
　"男でも無理"⇒そうなら辞めろよ。
　"女では無理です"⇒それは人によりけりだろう。
　お父さんは、こう思う。どうだ、違うか？」
　美香が話した内容を、一つ一つ分析して忍に話した。
「お父さんの言うとおりだね。その摩崎っていうのが皐月さんが邪魔者だからそういうことを言うのよ。それを美香が聞いてその気になったなんていうのが変よ」
「ちょっと待った。その美香っていう娘、うちの岩波電業と皐月電業が仲良くすることが困るとか、岩蔵電業からの差し金だとか？　何か感じないか？」
「そう言われてみれば、美香も営業をやりたいと言っていたけれど"会社が許してくれないからできない"って言っていたよ。その辺でなにかあるのかしら？」
「皐月君の悪口を言うのは勝手だけど"この俺にも言っておいてくれ"っていうのが変だな〜？　やっぱり会社から頼まれたのかな？　どう思う？」
「そうね、お父さんにまで伝えてということだから、聞きようによっては、遠ざけようとしているわね」
「冗談じゃないぞ。こっちは全面的に皐月君を信頼しているのに。面白くないな〜。同期だとかといっても、あまり信用しない方がいいな〜。今度からもしっかり録音しておいてくれ」

　自分の身内の悪口を言われたら、面白くないのである。
　自分が信頼している友人の悪口も、言われたら面白くないのである。

岩波は、過日の件名で誠と一緒に行動をしたから、その本人をよく見ている。
　※前作『裏と裏・秘密会議秘話』参照
　忍は、教えてもらったとおりにやったら受注できたという実績が信頼と結びついている。
　美香が感情的に動いているが、そう簡単には操作されない・できない。

5　実体験

　岩蔵電業の美香は、毎日不機嫌そうに仕事をしていた。
　岩蔵社長は、その原因が何であるのかはわかっていた。
　つい最近に自分がチャンピオンになったときから決めていた。
"受注した後はただ参加するだけだから、試験的に美香に出席をさせて、実体験で諦めさせよう"

岩蔵・社長「美香、今度の件名は、お前が見学者として話し合いに行ってみろ。実体験をすれば、どういうものかわかるから」
岩蔵・美香「本当ですか。わかりました」
岩蔵・社長「それから、この前に俺が取ったばかりだから、議長というものを頼まれるが、できないからと言って、だれかにやってもらえ」
岩蔵・美香「いつ、どこへ行くのですか？」
岩蔵・社長「ここに、指名通知書をコピーしておいたから、この件名で、現場説明会なしと書いてあるから、明日の10時に電設会館へ行ってくれ。見学だから気楽に見てこい」
岩蔵・美香「他にもっていく物はないですか？」
岩蔵・社長「そのコピーの裏にメンバーが書いてあるから、そこに発表された点数と回数を書いてきてもらいたいから、筆記用具は持って行けよ。昼食は出ると思うから、弁当はいらないぞ」

*

　美香は、指定された日時に花木電設会館へ着いた。
　前任者の中村から、少しは説明を聞いてきたから、そのように入室した。

他の会館と違って、花木市だけが和室である。
青梅・摩崎「みなさんそろいましたか？　始めませんか？」
椎名・椎名「やるか〜。あれ、あんた岩蔵さんとこの人？」
岩蔵・美香「そうです。初めまして、神田美香と申します。よろしくお願いします」
竹中・竹中「いいね〜、いつもの男ばかりじゃ色気がなくてさ〜これからも毎回おいでよ」
樫山・樫山「最近、中村さんから、岩蔵さんに戻って、また代わったのかい？」
岩蔵・美香「正式ではないのですが、今日はとにかく」
青梅・摩崎「それで、前回の受注者が岩蔵さんだから議長をやってもらいたいのだけれど」
岩蔵・美香「えぇ〜、それについては社長から"できないからだれかにやってもらえ"って言われています」
竹中・竹中「そんなじゃ困るな。そういうのは決まり事で、みんなやっていることだから、そういうのをズルイって言うんだよ。社長に言っておいてくれ」
椎名・椎名「あぁ〜そうだ。今日は皐月さんがいないね。珍しいね指名がないなんて、この間、大きいのを取ったから、抜かされたかな？」
竹中・竹中「あれもこれも誠君だけが取っていかれたじゃ〜困るよ。今日は狙い目だな。彼がいたら取れないからな」
　美香が、ここでみんなが笑っているすきに隣の手帳を見れば、右も左も、同じように書いてあった。
　自分の物は、指名通知書の裏に、指名業者名が書いてある。
　内容は、同じことである。

樫山・樫山「それじゃ〜、しょうがないから、慣れた摩崎さんやっても

らえないかな」

```
入札番号：　第72号
発注者：　　花木港管理事務所
工事件名：　花木港管理棟電気設備工事
現場説明会：なし
入札日時：　○○年○月○日○時
　椎名電業
　竹中電業
　樫山電業
　章桂電業
　岩蔵電業
　青梅電業
　春風電気
　夏木電気
　秋月電気
　冬霜電気
　（10社）
花木電設会館にて、○年○月○日○時より
議長・青梅電業・摩崎所長
窓口：
ランク：
チャンピオン：
```

青梅・摩崎「しょうがないな～。それじゃ～やりますよ」

　一週間ほど前に、自分を売り込んできた美香が座っている。

　しかし、摩崎は素知らん顔でいた。

　美香も、とぼけて知らん顔でいた。

青梅・摩崎「ではまず確認のために出席をとります。返事をお願いします。椎名電業さん、竹中電業さん、樫山電業さん、章桂電業さん、岩蔵電業さん、春風電気さん、夏木電気さん、秋月電気さん、冬霜電気さん、みなさんおそろいですね。そして弊社の青梅

電業を含めまして、合計10社指名です」
　会社名を呼ばれた者が、小さな声で「はい」と返事をする。
　誠は、件名の確認から入るのだが、摩崎は出席の確認から入る。
　誠は、"この件名ですよ。他の件名の方は別ですよ〜"という意味。
　摩崎は、"みなさんそろいましたか？　始まりますよ〜"という意味。
　どちらも間違ってはいない。どちらでもよいのである。
青梅・摩崎「確認を行います。花木港管理事務所発注の、入札番号・第72号、件名・花木港管理棟電気設備工事、入札日時・〇月〇日〇時から、この件名の話し合いを行います。よろしいですね」
　だれの手帳にも、役所からもらった通知書の事項が、書き写されていた。その手帳を見ながら、議長の話を聞いて、うなずいているのである。
青梅・摩崎「今回のメンバー（相指名業者）は、全員が海山県電技研協会の会員ですので、『AC会ルール』で行います。みなさんよろしいですね」
　話し合いと承知して出席しているので、だれも異論はない。
青梅・摩崎「今回の研究会（話し合い）のチャンピオン（落札予定者）は、この会館の使用料金と飲食代金の負担をお願いします。そして、落札後は、落札金額の0.3％を本部に、0.3％を支部に賦金として海山県電技研協会へ。そして0.2％を工事保証料として同じく海山県電技研協会に納めていただきます。振り込みする場合は手数料は業者が負担してください。そして、電技研協会への入札報告書の提出をお願いします」
　『AC会』の『ルール』を使うことの確認と、経費の確認、支払いの確認、報告書という受注者の最後の仕事を忘れないようにとの通達である。
青梅・摩崎「窓口ですが、海山県の出先機関の中部地区と設定します。これもよろしいですね」

美香がまわりをみれば、ほとんどの者がうなずくだけである。

日常会話ではない。普通の会議でもない。知らない用語が出てきて、訳がわからないが、だれもが黙って議長の話を聞いている。

裁判所の傍聴席にいるかのような雰囲気である。

青梅・摩崎「では、この件名で、特殊事情のある方はいらっしゃいますか？　ある方は申告をお願いします」

特殊事情があるものは、自ら申告することになっている。

だれからも返事がない。

特殊事情は全員が持っていないということである。

青梅・摩崎「では、特殊事情は"全社なし"とします。次にランクですが、どうでしょうか？　私の席から時計回りにお聞きしますのでお答えください。積算してないとか、分からないという方は、分かりませんという回答でも構いません」

議長の摩崎の左側から順に意見を言っていった。

美香はわからないので、正直に"わかりません"と答えた。

青梅・摩崎「ほとんど方が500万円以下ということですので、これを採用致します。Dランクの2百万円以上〜5百万円未満と決定致します。よろしいですね」

章桂・田沼「それでは点数と回数を発表します。順不同で敬称を略させていただきます」

だれの手帳にも、この点数と回数が記載された。

美香の紙にも記載された。

椎名・椎名「"ご確認ください"なんて言われても、自分のところしかわからないよ」

章桂・田沼「それはそうですよ。ですから、ご自分の点数と回数を確認してくださいということです」

椎名電業	＋422.8	5回
竹中電業	＋345.9	4回
樫山電業	＋105.8	2回
章桂電業	＋87.5	1回
岩蔵電業	－621.7	0回
青梅電業	－115.2	2回
春風電気	＋78.3	1回
夏木電気	0.0	0回
秋月電気	0.0	0回
冬霜電気	0.0	0回

青梅・摩崎「それでは立候補を募ります。今度は反時計回りでいきます。どうぞ発言してください」

竹中・竹中「立候補します」

椎名・椎名「お願いします」

岩蔵・美香「私も立候補します。お願いします」

　美香の隣の席から立候補の声が聞こえたら、何を思ったのか、美香があわてたように発言した。

　全員がビックリした。

青梅・摩崎「では、最後に青梅電業も立候補させていただきます。よって議長の交代をお願い致します」

竹中・竹中「ちょっと待てよ。何だそれ！　始めに議長をやらないというのは、最初から立候補する気があったから、やらなかったのか？　取ったばかりで、また取る気かよ。それに摩崎君、あんただってマイナスじゃないか！」

青梅・摩崎「お言葉ですが、岩波さんが立候補できるなら、弊社もしても不自然ではないはずです」

竹中・竹中「そういうことか。なるほど。だからその元になっている岩蔵さんのところがおかしいのだよ。本気なのか？」

全員がザワザワと騒ぎ出した。

本来ならば、0回の者とマイナス点数の者は立候補はしないのである。

冬霜・冬霜「うちはこれが初めてなのですが、マイナスの人が立候補できるということは、うちも0点0回ですが立候補してもいいですよね？」

章桂・田沼「あぁ〜、ちょっと待って下さい。待って下さい。誤解されると困るので、まず先に冬霜電気さんの話を説明しますから聞いてください。あの〜、申し上げにくいのですが、防衛回数というものがありまして、新規参入の方は、指名回数が3回を越えないと立候補できないことになっています」

秋月・秋月「その新規参入っていうのは、どういうことですか？」

章桂・田沼「それはですね。昭和51年以降に入会した方々です」

春風・春風「じゃ〜、俺もだ。3回も待つのかね？　長いね〜」

章桂・田沼「いえいえ、むかしは10回だったのですよ。あまりに長すぎるということで改訂したのです。ですから、今回の中では、春風電気さん、夏木電気さん、秋月電気さん、冬霜電気さんがこの該当者となります」

夏木・夏木「それで、0回って、取るとそうなりますよね。その後でも今のように立候補してもいいのですか？」

章桂・田沼「えぇ、防衛回数を経過すれば、いつでも良いのですが、果たして結果はどうなるのか？　それはそのメンバ〜で決めますので、ちょっと見ていてもらえますか」

椎名・椎名「だけど、ちょっとおかしくない？」

章桂・田沼「ですから、立候補なさるには、何らかの事情っていうものがあって、すると思うのですよ。だから、話し合っていただいて、決着をつけてもらいたいと思います」

美香は、反射的に立候補をしてしまったのである。

心底には、"忍にできるなら私でも"、という心理があった。

そうはしたものの、周りの苦情で気が付いて、どうしようかと思っているところに、役員である田沼の説明があった。
　聞きようによっては、非常に有利な内容なのである。
　もう、このまま進もうと決めてしまった。
竹中・竹中「俺から確認したいのだけど、岩蔵さんは本当に立候補するんだね？　間違いないのかな？」
岩蔵・美香「はい、立候補しています」
　美香は、もう意地にもなるような格好になっていた。
竹中・竹中「だ！　そうだから、トーナメントをやろうじゃないか」
章桂・田沼「わかりました。私が摩崎さんと議長を交代します。ではトーナメントを組みます」

　あみだくじを作って、2組のグループができた。
　岩蔵電業・美香・A（－ 621.7　0回）
　青梅電業・摩崎・A（－ 115.2　2回）
　竹中電業・竹中・B（＋ 345.9　4回）
　椎名電業・椎名・B（＋ 422.8　5回）

章桂・田沼「では、Aグループは女性だから応接間の方へ。Bグループは2階の大会議室で話し合ってください」

＊

　2階の大会議室へ竹中と椎名が入った。
　何年も付き合っているから、友達のような話し方になっている。
椎名・椎名「いったいどうなっているんだね。岩蔵さんのところは？」
竹中・竹中「この前に取って、この件名がそれに関係しているわけでもないし、なぜほしいのかがわからない」
椎名・椎名「おそらく摩崎さんが勝って、今ごろ諦めているだろうけれど、今度は摩崎さんと当たる訳だけど、それも頭が痛いよ」

竹中・竹中「おい、まだ俺たちは決着していないぜ。もう自分が２回戦へ進むと思っているのか？　お前だと若い娘にコロリとやられる。俺に譲れ、その方がいいよ」
椎名・椎名「何言っているの。点数も回数も俺の方が多いのだから、諦めてもらいたい」
竹中・竹中「しょうがないな。俺とお前ではけんかできないものな」
椎名・椎名「あまり簡単に決着すると、新規参入の４社に、話し合いは簡単だと思われるから、時間を稼いでから降りていこうよ」
竹中・竹中「それもいいけれど、向こうのグループはもう終わっているのかな？」
椎名・椎名「そうだね。向こうが決まれば、こっちに連絡がくるから、それまで待っていよう」

＊

　会館の応接間に、美香と摩崎が入った。
岩蔵・美香「先日はお邪魔しました。ありがとうございました」
青梅・摩崎「あんたさ〜、どうしてこの仕事がしたいのさ〜、考えられないけれどね」
岩蔵・美香「よくわからないけど、やってみたいのです」
青梅・摩崎「よくわからないのに、やってみたい？　というのがおかしいよ。今日は皐月電業さんが指名されていないからいいけれど、いたら、あんたひどい目に遭っていたよ。ま〜私はそこまではしないけれど、今のうちにおとなしく引き下がった方が身のためだよ」
岩蔵・美香「それって脅かしですか？」
青梅・摩崎「冗談じゃない、時間がたてばわかるよ」
岩蔵・美香「時間ですか？　時間？」
青梅・摩崎「さて、お伺いしますが、点数と回数で決着をつけるというルールだということは承知していますよね？」

岩蔵・美香「はい」
青梅・摩崎「では、点数が多い方が有利な立場になるということは知っていますね」
岩蔵・美香「はい」
青梅・摩崎「では、－621.7と、－115.2ではどちらが有利な立場にあるのでしょうか？」
岩蔵・美香「どうして、そんな子供に算数を教えるような話をするのですか？」
青梅・摩崎「お答え下さい」
岩蔵・美香「ばかばかしい」
青梅・摩崎「ばか野郎、ふざけんな。答えられないなら帰れ」
岩蔵・美香「え！」
　摩崎が大声でどなった。隣の部屋にも聞こえるほどだった。
　眼光鋭く睨みつけた。初めの顔とはまったく変わってしまった。
青梅・摩崎「……」
岩蔵・美香「あの～、答えればいいのですか？」
青梅・摩崎「そうだよ。答えられないなら参加資格はない。ちなみにこの質問はまだまだ続く。今までに全部正解したのは皐月電業の皐月誠だけだった」
岩蔵・美香「簡単じゃないですか。－115.2の方が０に近いから」
青梅・摩崎「そうですか。間違いないですね」
岩蔵・美香「間違っていません」
青梅・摩崎「それならば、その点数は弊社のものですが、－621.7は御社の点数です。比較すれば、今あなたが言ったとおりに弊社が有利ということですね。すなわちあなたは弊社に負けたということです。納得しましたか？」
岩蔵・美香「だけど、点数の少ない人でも、取る人がいると聞いています。それでも駄目なのですか？」

青梅・摩崎「じゃ〜、あなたにそれができる材料がありますか？」
岩蔵・美香「そういう材料がいるのですか？」
青梅・摩崎「ありますか？」
岩蔵・美香「わかりません」
青梅・摩崎「それでは、諦めてもらいましょう」
岩蔵・美香「あの〜、それでは皐月さんならどうするのですか？」
青梅・摩崎「彼は常にそれを作っているのです。その用意周到なところは、だれもまねができません」
岩蔵・美香「摩崎所長さんでも、まねができないのですか？」
青梅・摩崎「それではね〜、最近の実例を話しましょうか。桔梗電業が質問しました。"10を3で割ると、3.3333となります。これを元に戻そうとして、3を掛けると、9.9999となります。元の10になりません"そう言いました。言われてみれば、確かにそのとおりで、9.9999であって、元の10ではないです。だれもが頭を悩ましているときに、皐月はその証明をしました。あなたできますか？」

　※前作『裏と裏・秘密会議秘話』第6話参照

岩蔵・美香「皐月さんはそれができたのですか」
青梅・摩崎「いつも，何でも考えていて、理論理屈なら太刀打ちできませんよ。すべての質問に答えを持っていますよ。だけどあなたは簡単なことも答えられない。そうでしたね」
岩蔵・美香「すいません。あまりに簡単な質問だったので、まともに答えませんでした。じゃ〜、あれをまともに答えたら、次の質問は何ですか？」

> x = 0.99999・とする　　(A)
> 両辺に 10 を掛けると
> 10x = 9.99999・となる　(B)
> (B) から (A) を引く
> 10x − x = 9.99999・− 0.99999・
> 9x = 9
> 両辺を 9 で割ると
> x = 1　となるが、元が　x = 0.99999・なので
> 1 = 0.99999・となる。

青梅・摩崎「では、聞きましょうか。その点数の差は金額にするといくらでしょうか？」

岩蔵・美香「− 506.5 点ですから、約 5 百万ですか？」

青梅・摩崎「違いますね。あなたの方は 0 回ですから、今の時点の物価でいいですが、私の方は、2 回過ぎていますから、その当時の物価を換算すると、点数イコール万円とはなりません。その細かい計算をやめたとしても、その約 5 百万円の価値を、今あなたは無駄にしようとしています。なぜなら私はそれを有効に使いたいのに、あなたが使わせてくれないからです」

岩蔵・美香「そういう会話を延々とやるのですか？」

青梅・摩崎「そうですよ。理論・理屈・屁理屈、何でもかんでも並べて、相手が参るまで、何時間でもやりますよ。特に私と皐月さんは」

岩蔵・美香「何時間もですか？」

青梅・摩崎「そうですよ。何日間というときもあります。あなたはこの営業活動が希望でしたが、できますか？」

岩蔵・美香「知らなかったです」
青梅・摩崎「この1点の差でも、やるのです。それが0点同士でもやるのです」
岩蔵・美香「その0点同士で取ったという会社知っています」
青梅・摩崎「ああ、岩波電業さんですね。さっきの計算式をやった現場で岩波さんと皐月さんは仲が良くなったから、きっと皐月さんが教えたのでしょうね。他にそういう知恵が浮かぶ人物はいないよ」
岩蔵・美香「それで、この件名は、私では無理でしょうか？」
青梅・摩崎「だから、あなたが私より優位であることを証明して下さい。それでなければ譲れませんよ。その500万円でもくれれば、同等となりますから、それ以上の金をくれるなら譲ってもいいですが、そもそも、その金を支払ったら、この件名は赤字になりますね」
岩蔵・美香「お金はありません」
青梅・摩崎「大丈夫。今現在は、そういう取引はなくなりました。むかしはありましたけれど」
岩蔵・美香「むかしはあったのですか？」
青梅・摩崎「"出し金"と言って、たくさんお金を出した人がその件名をもらえるのです」
岩蔵・美香「今は、その点数と回数なのですね」

　トントンとドアがノックされて、田沼が入ってきた。
章桂・田沼「どうですか？　決まりそうですか？　さっき大きな声が聞こえましたが、どうしましたか？」
青梅・摩崎「もう少し時間をもらえればいいかと思うのですが。あの声はですね〜、この方が私の質問を真面目に答えないから、真剣ということをわからせようとしたのですよ。だれかと違って暴力

は使っていませんから」
章桂・田沼「実は、向こうのグループもまだなんですよ。これはいったんみなさんに戻ってきてもらった方がよいかと思うのですよ。これは長時間かかりますね。あなたね〜今夜ここに泊まるかもしれませんよ」
青梅・摩崎「じゃ〜、あと 10 分ください。10 分後には、決着がついてもつかなくても戻りますから」
章桂・田沼「じゃ〜そういうことで、頼みます」
　田沼が部屋から出て行った。

岩蔵・美香「駄目でしょうか？」
青梅・摩崎「あなたは先が読めないのだね〜、いいですか、ここで勝ち残っても、次の相手がいますよ。そこはプラスとマイナスの差があるのですよ。どうやって説得しますか？　色気でも使ってやるのですか？」
岩蔵・美香「でも理解さえしてもらえれば」
青梅・摩崎「あのね〜、理解してもらったら、その次はあなたが相手の理解をすることになりますよ。すなわち、今は私の一人ですが、この先に進むと、2 人になりますね。この先の件名であったときに、いくらあなたが最高点でも遠慮することになります。それでよければ、譲ります。かえってその方がうちは得だから」
岩蔵・美香「それはその時で、またお話をすればいいじゃないですか」
青梅・摩崎「ばか野郎！　お前、俺だから良いけれど、皐月さんの前でそんなこと言ったら、本当にひどい目にあうぞ。一言一言が"契約書"なんだぞ。ナメているんじゃないぞ。相手にできない。戻る」
　もう我慢できないとばかりに、摩崎は部屋を出て行った。
　美香もその後についていった。

＊

章桂・田沼「あれ、まだ10分経過していませんが、決まりましたか。大きな声が聞こえましたが」

青梅・摩崎「みなさんに聞いてもらいたい。できればAC会の役員さんを全員呼んでもらいたい。それから岩蔵電業の社長も頼みたいです」

章桂・田沼「何ですか？　大きな声が2回も聞こえているから、よほどのことかと思いますが、穏やかではないですね。ま〜、ここはわれわれのメンバーだけで聞きますから、それでお願いしますよ」

　そういう事情ならと、別のグループを部屋に呼び戻して、全員が席に着いた。

青梅・摩崎「あのさ〜、ルールを知らないような者は参加しないでもらいたい。それから"その時はその時"でなんて、気楽に言っているのだけれど、ここに皐月さんがいたら、この娘は蹴っ飛ばされるよ。きちんとした責任感を感じない。その場だけ。何とかなると思っている。今から詳しく全部話すから、ここの社長にも伝えてもらいたい」

　この世界ではプロ中のプロとまで言われている摩崎が、おとなしく話をしたら、なめられていたということだが、つい相手が女性だと気が緩んでしまうのもわかる。

　意見の主張を交換するのが、"駄目ですか？　どうですか？　なんとかして"では結論は出ない。

　それでいいなら、駄々をこねた者が勝ってしまう。

　本来は、トーナメントの中の会話は外部に出さないが、この時摩崎はすべてを話した。

章桂・田沼「そういうことですか。よくわかりました。はっきり言って岩蔵さんが悪いですね。まずそこまでほしいなら、理由を持って社長がくるべきです。次にルールの基本を深く理解することで

す。さらにしっかりとした自分自身の根拠をもっていることです。ただ参加していればもらえるというものではありませんよ。ここにいないからって言うのではないですが、もしもここに皐月さんがいたなら、この部屋を全部壊すくらいに暴れますよ。女子供でも別扱いしませんからね。美香さんね、今すぐ社長に連絡してきてもらってください」

　そんな騒ぎになるとか夢にも思っていなかった美香は、あわてた。
　まさか自分の話した内容が全部さらけ出されるとは思いも寄らなかったので、その恥ずかしさで身が震えた。
　どうしていいのかわからなくなった。
　そして泣きだした。

椎名・椎名「俺たちのいる部屋まで、摩崎さんの大きな声が聞こえたんだが、そういうことだったんだね。これは泣いても泣かれても、俺たちが悪いのではないから、しらないよ」

竹中・竹中「泣かしておけよ、そのうちに涙がかれるよ。今、田沼さんが良いこと言ったよ。最近参加している４社にも頼みたいのだけれど、こういうことにならないように、参加の仕方っていうのを勉強してもらいたい。頼むよ」

章桂・田沼「それはありがとうございます。私も役員をやっているものですから、責任を感じますが、みなさんもこの美香さんだけでなく、スムーズな運営ができますようにお願いします」

　最近参入の４社が同時に頭を下げた。

春風・春風「前にも聞いているけれど、皐月さんていうのはそんなに暴れるのかね？」

竹中・竹中「ほら、田沼さんがオーバーに言うから、また誤解されるよ。今度はあんたが蹴られるよ。そうじゃなくて、彼はキッチリ・シッカリというか、曲がったこととかいい加減なことが我慢できないのだよ。だから返答がいい加減だとか、嘘だとか、とい

うようなのが嫌いなんだよ。なんなら今ここへ呼んで、この話をしたら、どうなるかっていうのを見れば、一目瞭然だけど、そこまで見たい？」
春風・春風「いやいや、見たいとは思わないから」
青梅・摩崎「それでさ、トーナメントの中で、私が負けたら、色気だの・口説かれた・とか変に解釈されるから、みんなの前で言うけれど。このトーナメントは私が遠慮して、彼女に譲るから、そっちの方の勝ち残った人とトーナメントをやってもらいたい」
竹中・竹中「それじゃ～、おい椎名さんよ、俺もあんたに譲るから、彼女と仲良く決勝戦をやっておいで」
椎名・椎名「やだよ～。そういうのは竹中さんがいいじゃないの。俺も降りたくなったよ」
章桂・田沼「おい、美香さん、いつまでも泣いていないで、あんたはどうするの？　どうしたいの？」
岩蔵・美香「……」
　美香は、下を向いて泣いているだけである。
樫山・樫山「それじゃ～、この中で一番の年寄りが出番のようで、俺が岩蔵さんに電話するよ。そしてどういう希望かを確認して、こっちの説明もして、それから決めようか。こんな年寄りが言えば、怒りはしないだろう」
　まだ若くても、このメンバーでは一番の年寄りが岩蔵電業に電話をした。
　電話を掛りに行って、しばらく掛かって戻ってきた。
樫山・樫山「岩蔵さんが言うには、"そういうつもりで行かせたのではなくて、最初から見学させるつもりだった" というんだよ。事故でもおこすと困るから迎えをよこすそうだよ。謝っていたよ」
章桂・田沼「すいませんね～樫山さん。それじゃ～まだ会議は終わってないので、続けたいのですが、だれか、この娘を応接間の方へ連

れて行ってくださいな」

　そして、美香は黙って自分から部屋を出ていった。
青梅・摩崎「私はもう降りたから、先へ進んでください」
竹中・竹中「俺も降りたから、椎名の決まりだな」
椎名・椎名「だけど、あの娘がまだ『降りた』って宣言していないじゃ
　　　　　ん。それで決めていいのかい」
章桂・田沼「岩蔵社長からのメッセージももらっているから、いいと思
　　　　　います。どうですか？　みなさん」

　全員がうなずいて、異議の申し立てもなくチャンピオンは決まった。
椎名・椎名「何か、後味悪いね。気になるね」
章桂・田沼「それでは、短冊の方は、チャンピオンに任せますので、入
　　　　　札日に間に合うように手配してください。本日はご苦労さまでし
　　　　　た」

　普段にない騒ぎとなって、いつもなら昼食をとるのに、それさえも忘れていた。
　解散はしたものの、岩蔵電業からの迎えの者がくるまでと、数人が残った。
竹中・竹中「いったいなんで、ああなったのかな？」
青梅・摩崎「実は、この前に、うちに飛び込んできて"官公庁の営業を
　　　　　したいから採用してほしい"って言ってきたんだよ。こっちは
　　　　　ビックリしちゃって帰したんだけど。まだ岩蔵電業に籍があるの
　　　　　に来たんだよ。辞めるつもりだったとは思うけれど、女の談合屋
　　　　　なんて聞いたことないし、焦ったよ」
椎名・椎名「そんなことがあったのかね。それって岩蔵さんは知ってい
　　　　　るのかな。知らないだろうな。だけど、今日のことで、話し合い
　　　　　への参加という難しさがわかっただろうから、落ち着くんじゃな
　　　　　いかな〜」

章桂・田沼「音がしたね〜、だれがきたかな？　岩蔵さんか中村さんか、どっちかな？」

　岩蔵と中村が一緒に来て、今度は中村が美香の車に乗って美香を連れて帰った。

　岩蔵が会議室に入ってきた。

岩蔵・岩蔵「悪かったね〜、迷惑掛けたそうで、さっき樫山さんから聞いたんだけど、なぜ立候補したのか？　それ自体がわからないのだよ。前からこの世界に興味があって"やりたい・やりたい"て言っていたから、見学のつもりで来させたんだけど、まさかのことで、本当に悪かった」

青梅・摩崎「まさかの立候補だったもので、あの点数で立候補するなら"俺だって"というわけで立候補してトーナメントを組んだけれど、話が思うように進まなくて、どうみても、そこにいればなんとかなるっていう感じに見えちゃったので2回もどなってしまったんだけど、すいません」

岩蔵・岩蔵「いや、しかたないよ。でも良かったよ。皐月君がいたら、悲鳴を上げるまで脅かし続けたかもしれないもの。あの娘は最近何かおかしかったんだけど。さらにおかしくなるかもしれないな」

椎名・椎名「女は扱いづらいからね」

岩蔵・岩蔵「何か"うつ"っていうのか、そんな感じだったんだが、その原因に思い当たることもあるんだが、これは完全な"うつ"になるような気がする」

青梅・摩崎「実は話して良いのか悪いのか迷うけれど、この際だから言いますと、弊社に"使ってほしい"って来たのですよ」

　摩崎が、美香が来社した内容をすべて岩蔵に話した。

岩蔵・岩蔵「そうだったんだ。なぜなのか？　変にやりたがっているんだけれど、俺も正直に言うと、皐月君に相談に行ったんだよ。そ

うしたら、"中村でも駄目で、社長がやれ"って言うんだよ。それで最近は俺が来ている訳なんだけど、そのあたりから美香がおかしいんだよ。みんなが嫌がることが何で良いのかわからない」
青梅・摩崎「皐月さんがそう言ったのですか。女は駄目だと言うことですよね。そうだろうな。私も同じ意見ですよ」
章桂・田沼「男でも大変なのに、女がね〜。最近西の方で出てきたと聞いてはいるけれど、それも長続きはしないでしょうね」
岩蔵・岩蔵「俺も聞いたけれど、そうだよな。無理だよ。泣いたって叫んだって、相手にしないもの。だけど、あの娘は執念深いところがあるから、他県に引っ越してまでもやりたいと思うかもしれない」
青梅・摩崎「そこまで思い込む娘なのですか？」
岩蔵・岩蔵「何をやらせても、気が済むまで、最後までキッチリやっているから、自分から残業するよ」
章桂・田沼「それじゃ〜時間外手当が掛かりますね」
岩蔵・岩蔵「それが、その申請をしないのだよ。"自分の仕事が遅いのだから"って言うんだよ。そういう娘だよ」
椎名・椎名「いい社員だね。そんなのうちにはいないよ。あの娘、かなり泣いていたから、慰めてやってくださいよ」
岩蔵・岩蔵「そうだね。ありがとう。またよろしく」
　これで、全員が解散となった。

6　女談合屋２号

　美香が退職願を持って岩蔵電業に出社した。
　昨夜は眠れなくて、目を張らしての朝寝坊である。
　手には封筒をもって社長の部屋に入った。

岩蔵・美香「おはようございます」
岩蔵・岩蔵「おはよう。なんだ今日はゆっくりだな〜、お前のお客様が待っているというのに」
岩蔵・美香「私のお客様？」
　社長の机の前の応接セットに背を向けて座っているのは、誠である。
岩蔵・美香「えぇ〜、皐月さんですか〜」
岩蔵・岩蔵「今日はお前のために朝早くから待っているんだよ。なんだ化粧もしないで、そんな封筒よりも、コーヒーを頼むよ。早く着替えてこいよ。特訓するぞ〜」
岩蔵・美香「特訓？」
岩蔵・岩蔵「夕べ、俺が皐月君の家に行って、土下座して美香のための勉強会の講師をお願いしてきたんだよ。"美香のためなら"ってことで、こうして朝早くから来てくれているんだよ。お前からもお礼言ってくれ」
　誠が振り返って、ニコリと笑った。
　化粧のない顔を見られたくないのか、美香はあわてた。
岩蔵・美香「はい、今すぐ参ります」
　あわてて部屋を出て行った。

岩蔵・岩蔵「皐月君ちょっと待ってもらいたい」
皐月・誠「いいですよ。やっぱり持っていましたか？」

岩蔵・岩蔵「う〜ん、そうだと思ったんだよ。辞めたい気持ちもわかるけれど、何とか立ち直らせてやりたいよ。俺にも責任があるから」
皐月・誠「それを言われちゃうと、私にも責任がありますね」
岩蔵・岩蔵「皐月君にはないよ、気にしないで。頼むよ、何とか普通でいいから、それなりの話し合いができるように教育をしてほしい。別に格別な受注は考えてないのだよ。そういう感覚で頼みたい。あの娘の欲望はなぜか大きすぎると感じている。頼むよ。普通だよ。普通でいいから」

　何ゆえに、美香に対しては愛情を込めたことをするのか？
　業務優先を弱めてまでも、希望を聞いてやるのか？
　他の方法としては、どうでもいいところだけ美香を行かせて、重要なところを社長なりが行けばいいのである。
　社長の愛人なのか？　隠し子なのか？　誠にはわからない。

岩蔵・美香「すいません。遅くなりました」
　美香が化粧をして、制服に着替えて、コーヒーを運んできた。
　それも笑顔で和やかに。
皐月・誠「すいませんね。ケーキは後でいいですからね」
岩蔵・美香「あぁ〜、すみません。後ほど」
岩蔵・岩蔵「ばか。ふざけて言っているから心配するな、それより授業だ。それも特訓だぞ。では皐月先生、よろしくお願いします」
皐月・誠「それでは、ここに座って、昨日のようにやってみましょう」
岩蔵・岩蔵「まず、そこ座って、皐月先生の言うとおりにしろ。俺は出かけるから、しっかり聞いて覚えろよ。いいな。じゃ〜皐月君、失礼」
皐月・誠「あれ、二人だけですか」
岩蔵・岩蔵「そうだよ。頼みます」

皐月・誠「じゃ～、仲良くやりますか。昨日のトーナメントで摩崎とどういう話をしたかを再現して下さい」

　美香は、自分の失敗をとやかく言われるかと思っていたのだが、現実は事務的な会話で、現場検証のようなことであった。

岩蔵・美香「…と、いうようなことで、私にすれば、幼稚な質問だったので、馬鹿にされたような、訳のわからないことで、無視というか、いい加減に対応していました」

皐月・誠「やられましたね」

岩蔵・美香「どういうことですか？」

皐月・誠「美香さんは、それが嫌らしいおじさんが、ネチネチと女をからかっていると思いませんでしたか？」

岩蔵・美香「実は、そんな気持ちでした。馬鹿みたいって思いました」

皐月・誠「その質問に全部答えましたか？」

岩蔵・美香「いいえ、他の話をしました」

皐月・誠「それが、失敗の元でしたね。誘導されました」

岩蔵・美香「え～、誘導ですか？」

皐月・誠「居酒屋で、隣に座った酔っぱらいに絡まれたくらいに思ったのでしょうね」

岩蔵・美香「そうなんです。もっと肝心な話はないのかと思いました」

皐月・誠「それが"手"なのです。"こちらが真剣に話をしているのに、相手が真剣に対応していない、これでは話にならない"という実績を作るための演出なのです」

岩蔵・美香「えぇ～、嫌らしいおやじが若い娘をからかっているように感じたのですが、違ったのですか？」

皐月・誠「大きな声は出なかったですか？」

岩蔵・美香「そう、大きな声でどなっていました」

皐月・誠「なんと、私の専売特許を勝手に使っていましたね」

岩蔵・美香「それじゃ～、皐月さんも、ああいうことをするのですか？」

皐月・誠「しますよ。そうすれば、他人が聞けば、"どなった方を注目する"という心理がでます。もちろんその前には、その本人の話しぶりは冷静であったという前提を作ります。先から怒っていたら、その効果は逆になります」

岩蔵・美香「ということは、いつもどなっていれば"またか！"ですが、静かにしていてどなれば"何かされた！"と思うのですね」

皐月・誠「そういうことです。美香さんはそう思いませんか？」

岩蔵・美香「あの人、ばかだと思っていたのですが、違ったのですね」

皐月・誠「摩崎はプロですよ。彼は日本一ですよ。私はず～っと観察しています、最後までかなわない相手です」

岩蔵・美香「皐月さんがそう思うのですか？　だからか…」

皐月・誠「何ですか？　思い当たることありますか？」

岩蔵・美香「そうか～、私って、単純だと、いま思いました」

皐月・誠「単純でいいのですよ。私のようになると狂人になりますよ」

岩蔵・美香「そういう内容の話もありました。でも皐月さんって頭が良いのですね。それは摩崎も褒めていました」

皐月・誠「彼に褒められたということは、少しは近づいたかな」

岩蔵・美香「いいえ、もう乗り越えていると感じますけど」

皐月・誠「では戻って、美香さんが質問された内容を続けてください」

岩蔵・美香「点数と回数の話で、その価値というか重要性というか、そんな話でした」

皐月・誠「全部、答えられましたか？」

岩蔵・美香「くだらない話だと思っていました、だから、中途半端な回答をしたかもしれません」

皐月・誠「それが"罠"ですよ。わけなく簡単にはまりましたね」

岩蔵・美香「私は罠にはめられたのですか？」

皐月・誠「そうですよ。だれでもわかるような質問をされると、馬鹿にされた気持ちになりませんか？　逆に難しい話をすると、逃げた

くなりませんか？　その心理を突くのです。刑事の尋問もそうだと思います」
岩蔵・美香「そんな〜、私がばかだったのですね。"あんなばかに、ばかにされた"と思っていたのですが、逆だったのですね」
皐月・誠「今ごろでも遅くないですよ。分かって良かったですね。そういうことなんですよ。それでは、そのときに、逆に美香さんの方から"あれは？これは？"と聞けば、摩崎の方は"こんなのを出席させた"といって、イライラしてどなったかもしれませんね。そこで、その時に泣くべきだったのです。いちおう密室のようなところで女が泣けば、男が不利になりますよ。そうですよね。だれも見ていないのだから、"痴漢"と言われても弁解のしようもない。きっと摩崎も困ったでしょうね」
岩蔵・美香「逆に、こちらから聞けば良かったのですか。まともに答えないで難しい質問のとかですか？」
皐月・誠「だから、こちらが刑事になるのです。美香さんは犯罪者の方にされてしまった、ということです」
岩蔵・美香「彼は、皐月さんの悪口をかなり言いましたけれど、褒めるところもありました。皐月さんって本当にすごいのですね」
皐月・誠「そんなことはないですよ。さて重要なことですが、まず認識することは、見た目・ファッション・言葉遣い・能力等々などが99％で、体力・腕力は1％だと思ってください」
岩蔵・美香「だけど、皐月さんの評判は、そういうことではないじゃ〜ないですか」
皐月・誠「それは、美香さんが見ない世界を過大評価しているのです。その1％が、普段見ないことだから大きく輝いて見えるのです。早い話が花火です。その瞬間です」
岩蔵・美香「そうなんですか？　100％が腕力っていうふうなイメージですが」

皐月・誠「冗談でしょう。このチビを見て、だれがそう思いますか？　お宅の社長ならわかりますが、失礼だけど、以前に会ったときと、今日の化粧が変わりましたね。今日は眉毛が上がっています。これは自分自身を相手に"私は強いんだ"という印象を与えようとする心理が隠されています。それは人前で泣いたから、弱虫に見せたくないという防衛本能が出たということです」

岩蔵・美香「そういうところまで見ているのですか。元の方がよかったかしら」

皐月・誠「今度は、"ジワジワ攻撃作戦"とでもいう方法でいくのです。"摩崎さんにいじめられた"というのをチラチラと出していきます。今度は"自分もそう言われたくない"という気持ちになって、だれもが親切になることでしょう。わざと弱者になって、相手が強く出ないように仕向けていくのです。腕力無用、逆に相手を抑えることができます」

岩蔵・美香「なんか私の思っていることと、まったく逆なのですが」

皐月・誠「おそらく、美香さんの頭の中には、最近の岩波電業さんの成功例が強い印象になっていると思います。あれは、私が岩波社長に教えたことを、岩波社長が娘さんに伝えて、それを聞いた娘さんが実行したということです。いわば攻撃型ですね。知識のなかった大人が、小娘に馬鹿にされたという思いが、いらだちになって思わず手を出してしまった、ということです」

　親しくなって"忍（しのぶ）さん"が"忍（ニン）ちゃん"になっているのだが、それを出したら怪しまれると思って、わざわざ"娘さん"などと、慣れない言葉を使ったのである。

岩蔵・美香「そういうことだったのですか。今、私、腰が抜けたような感じで…」

皐月・誠「ギックリ腰とかねんざくらいなら、私がすぐにも治せますが、その他は無理ですが」

岩蔵・美香「え〜、ぎっくり腰を治せるのですか？」
皐月・誠「はい、簡単ですよ。もう何人も治していますよ」
岩蔵・美香「何でもできるのですね。お茶を用意しますから、少しお待ち下さい」

　美香が出て行った。

　入れ替わりに社長が入ってきた。

岩蔵・岩蔵「わるいね〜。でも優しい教育法で良かったよ。ちょっと気になって、外で聞かせてもらったよ。感心しちゃったよ。俺が勉強になったよ」
皐月・誠「私は真面目にやっているだけですから、変なことしないから大丈夫ですよ」
岩蔵・岩蔵「いや、そういうことは気にしていないけれど、美香がどうかと思ってね」
皐月・誠「あまり深入りしたくないのですが、岩蔵社長と美香さんの関係は、ちょっと疑問がありますね。普通の社長と従業員ではありませんね」
岩蔵・岩蔵「そうか〜、そういう風に思う？」
皐月・誠「それは感じますよ」
岩蔵・岩蔵「そのうちに話すから、今日はこのまま続けてほしい。頼むよ」

　岩蔵は、またも出て行ったが、おそらく気になって、廊下で聞いているのかも知れない。

　美香が、お茶と茶菓子を持って入って来た。

　最初の顔よりも、明るくなっている。

　眉毛の化粧も、変えてきた。

岩蔵・美香「私は岩波忍のように武道経験がないのですが、私にもできる護身術って知りたいのですが、例の『忍体術』って教えてもらえますか？」

皐月・誠「さっきの1％のために、それをやりたいの？」
岩蔵・美香「だって、もしもの時ってありますよね。それが不安だから」
皐月・誠「大丈夫だよ。話し合いは、口での攻撃で"口撃"だから、それに"口頭術"であって、"格闘術"ではないから、そんな必要はないと思うよ」
岩蔵・美香「だけど、私は何も運動経験がないから、不安です」
皐月・誠「大変失礼だけど、ちょっと脚を引きずっていますね。交通事故ですか？」
岩蔵・美香「はい、バイクで転んでからです」
皐月・誠「それを武器にするといいですよ。」
岩蔵・美香「どういうことですか？」
皐月・誠「傘を持つのです。雨の日だけでなく、日傘としてです。それを武器にして戦えばいいのです」
岩蔵・美香「傘を武器にするのですか？　どうやって？」
皐月・誠「じゃ〜、持ってきて下さい。使い方を教えます」
　美香がこうもり傘を持ってきた。
　棒術というより、"ステッキ術"とでもいえる技を教えた。
岩蔵・美香「ありがとうございます。少し不安が消えました」
　ちょっとした護身術なのだが、これによって美香の顔が明るくなった。
皐月・誠「さて、夕べ、岩蔵さんが来て、"何とかしてくれ"っていうことで、今日来たのだけど、まだ出社してないので、まずはいったん戻りますよ。また続きをやりませんか。私の授業でよいならば」
岩蔵・美香「そうしてくれるなら、私が行きます。どこでも」
皐月・誠「はい、ではまた連絡しますね」

＊

岩蔵・岩蔵「皐月君ありがとう。これからも頼むよ」
皐月・誠「うちと、お宅が同じ窓口で会うことは少ないから、いつもそばにはいてやれませんから、岩蔵さんと中村さんが知ったルールをすべて美香さんに伝えておいてください。"今日は美香さんが摩崎にだまされたんだよ"という解説でした。じゃ〜」
　この後、美香がお気に入りのこうもり傘を購入したのは言うまでもない。
＊
　美香が泣いた日の夜に、岩蔵が誠の家に来たのである。
　どうしても、美香を何とかさせたいので、美香に教育をしてほしいというのである。
　誠は考えたのである。
　"岩蔵電業は、皐月電業よりも格下で、めったに相指名メンバーにはならないので、完全な競争相手にはならない"
　それなら、いいだろう。という判断であった。

7　特殊事情

　岩波親子が皐月電業に来社した。

岩波・岩波「先日は大変お世話になりました。ありがとうございました」

岩波・忍「ありがとうございました。まさか教えていただいたことが目の前に出てくるとは思いませんでした。あれを聞いていなければ、取れませんでした」

皐月・誠「試験の予想問題をやっていたら、それが本当に試験に出た、という感じだったかな」

岩波・忍「そうです。そのとおりです。先生のことを父から聞いていましたが、あの会議でも先生の名前が何回か出ていました。ビックリしました。"暴れん坊"っていう感じに聞こえました」

皐月・誠「ニンちゃん、その先生はやめてちょうだい。皐月さんとか、誠さんとかにしてくださいよ」

岩波・忍「それじゃ～、誠さんと呼ばせてください」

岩波・岩波「お前、先生に対して、それは失礼だろう」

皐月・誠「いや、いいですよ。仲間なんだから、いいですよ」

岩波・岩波「わるいね～、こんな娘で。それでね～皐月さん、今日は別の頼みがあって、知恵をかりたくて、お礼と頼みで来たんだよ」

皐月・誠「ちょっと待って下さいよ。皐月君が皐月さんに変わって、やめてくださいよ」

岩波・岩波「俺はもうこれからは、皐月さんでいくよ。今まで失礼しました」

岩波・忍「そうしてください。父は、今まで何で"君"と呼んでいたのか、自分でも意識がなかったそうです。すみませんでした」

皐月・誠「はいはい、どちらでも結構ですよ。それで、頼みというのは？」
岩波・岩波「実は、うちでは初めてのことなんだが、役所から現場調査を頼まれて、現場へ行ってみたら、今すぐにも修理しなければならない個所があって、大至急修繕工事をしたのだが、そこには修理予算というのがないらしくて、"近々に入札件名があるので、その中に含んでおくので、ぜひ頑張って受注してくれ"って言うのだよ。だけど、ちょっとした工事だから『特殊事情』には遠い話だと思うのだが、それを何とかする方法を、できれば教えてもらいたいのだよ」
皐月・誠「図々しい役所ですね。勝手なことを言いますね。もしも、取れなかったら、どうするのでしょうかね？」
岩波・岩波「それは、取った会社から、その分をもらってくれって、いうのだよ。そんなことができるわけがないのに」
皐月・誠「それで、その件名はいつ発注でしょうか？ そして緊急工事はいくらくらいの金額ですか？」
岩波・岩波「発注はうちの見積もり金額を入れて作り直すそうだから、早ければ数日後だと思う。金額は大したことはないが、工事費よりも調査費がかかっている。20万ぐらいなんだけど」
皐月・誠「それで、次に予定している件名はおよそいくらくらいかわかりますか？」
岩波・岩波「俺も気になったから聞いたよ。"設計予算は教えられない"なんて言うから、"そうじゃなくて、およその金額"って言って聞いたのが、約6百万と言うんだよ。だから、それに比べると20万では無視されると思って、悩んでいる」
皐月・誠「なるほどね。それはですね〜、『特殊事情』の条件には、金額がいくら以上とかという規定はないのですよ。0円でもいいのですよ」

岩波・岩波「金額は関係ないのかね？」
皐月・誠「そうです。もしかして何もしていなくても、勝手に作れるのですよ」
岩波・岩波「そんなこともできるのかね？　皐月さんそれやったことある？」
皐月・誠「ないことはないですね」
岩波・岩波「あんた悪だね〜」
皐月・誠「何言っているんですか。悪に悪いこと聞いている悪がいるじゃないですか」
　誠と岩波がお互いの顔を見合わせて、大笑いである。
岩波・忍「なに、いやだ、誠さんもお父さんも、漫才みたい」
岩波・岩波「これを笑わずして、なにで笑う。これは愉快だ」
皐月・誠「それでは悪巧みをしましょうか。その証拠作りですが、今からすぐに現場へ行って、黒板に日付を付けて修繕した個所とか、新しくなった個所の写真を撮ってください。見積書は提出したものと違ってもかまいませんから調査費を大きく膨らませて下さい。それを自分から自社へ書留で郵送して下さい。郵便が届いても開封を絶対にしないこと、ここが重要ですよ。時々社員が勝手に封を開けたりしますからね。ご注意を」
岩波・岩波「へ〜、なるほどね。既成事実を完全なものにするのだね。郵便物は俺が開けるからと言っとくよ」
皐月・誠「それから、ニンちゃんは、話し合いのときに、開封しないまま、それを持って行って、その席で特殊事情を申告してから、そのまま議長に渡してください」
　誠が、話し合いの席で、どのタイミングこの特殊事情を切り出すのか、その話し方、態度の説明を丁寧に行った。
岩波・忍「わかりました。やりますよ」
岩波・岩波「ここまで、手取り足取りで教えてもらって、それでずっこ

けたら、もうここにはこれないぞ。頼むぞニン」

『特殊事情の定義について』

1. 先行工事
発注者又は之に準ずる方より正式に工事の施工又は主要機材の手配の指名を受け既に行っている場合に限る。(県知事、土木部長、監督者等からの具体的指示の場合。GC、設計事務所等は認めない)
2. 関連工事
同一敷地内、同一引込内のもので前回の工事に施工者に極めて密接に関連ありと認めたもの、GC、設計事務所および下請の場合は認めない)
3. 設計
発注者又は之に準ずる方より正式に設計・製図・積算・現場調査等の指名を受け、之を完全に実施した事を認めた場合(GC、設計事務所等は含まない)
4. 認定の限度
認定は指名者全員が認めた場合を原則とするが、止むを得ず全員一致できない場合、議長は指名者(中立者を入れて)2/3以上の承認があれば良いものとする。
※運営指針より一部抜粋 (昭和57年9月26日制定)

皐月・誠「ニンちゃんなら大丈夫と思いますが、注意するのは、役所に提出した見積書と封筒に入った見積書が違うということを、今聞いてしまったので、そこが嘘が入っているために、真面目な人ほど顔に出るから、くれぐれもご注意を」

岩波・岩波「そうだな。その点では皐月さんは顔色一つ変えずにいられるわけだな」

皐月・誠「違いますよ。もう真っ赤ですよ」

岩波・忍「お父さん駄目! そんなこと言っちゃ〜」

またも大笑いである。

*

誠の説明どおりに岩波社長は実行した。

やがて、書留は届いた。
　同じころに、役所から指名を受けた。
岩波・岩波「ニン！　出番だぞ〜」

　岩波電業が海山県の出先機関からの指名を受けた。
　相指名業者（メンバー）は地元のＡクラスの 10 社である。
　忍が初参加したときと同じ顔ぶれである。
　この件名は、現説がないので、連絡のあった日時に話し合いに出席した。

青島電業「おぉ〜、また会ったね」
岩波・忍「先日は、お世話になりました。ありがとうございました」
赤城電業「ひょっとして、また岩波さんじゃないだろうね」
緑川電業「よせやい。毎回じゃ〜かなわないよ」
灰田電業「この前はゴメンね。今日もよろしくね」
黒木電業「花木市の話を聞いている？」
紺野電業「聞いた・聞いた」
白井電業「なんだ・なんだ？」
黄月電業「俺も聞いたよ」
茶畑電業「何だよ？　教えろよ」
　大体同じように、同じ席に座る。
　忍が気を利かせて、お茶を入れた。
黒木電業「あれま〜、すいません。お嬢様にお茶を入れてもらって、飲みにくくなっちゃうな〜」
岩波・忍「お嬢様だなんて、やめてくださいよ」
　全員にお茶が配られて、お茶を飲みながら、雑談に入った。
　毎日会っているのではないので、会うたびに話が違う。
　ニュースも入ってくるのである。

茶畑電業「さっきの話は何だよ？　話してほしいな」
黒木電業「花木市で、ここにもいるけれど、女性が出席したんだって、その話さ」
茶畑電業「それで？」
黒木電業「ここに、同じ女性がいるから話しにくいな〜」
岩波・忍「私も聞きたいですから、ぜひお願いします」
紺野電業「どう、黒ちゃんが話しにくいというなら、俺が話すよ。それはね〜…」

　紺野がだれから聞いてきたのか、美香の初参加の内容が公開された。
　忍は驚いた。そんなことがあったなんて。
　聞いていない。初耳である。

灰田電業「なんだ！　俺と逆だな〜」
黄月電業「灰田さん、あんたはいいよ。逆に良かったさ。今の話のようになると、男は困ると思うよ。もしも岩波さんが泣いたら、俺たちどうする？」
黒木電業「どうするって、俺はすぐに抱き寄せて、優しくしてやるよ」
緑川電業「おいおい、冗談言っている場合じゃないぜ。逆に近寄りがたいというか、どうしたらいいのかわからなくなっちゃうじゃないのかな〜」
赤城電業「今の話は、こうしているみんなの前で泣き始めたようだけど、トーナメントの中で泣かれたら、どうする？」
紺野電業「そうなんだよ。その話も出ていたよ。いつでも開放できる部屋だけど、いちおうは密室だからさ〜、女性とトーナメントするときはドアを必ず開けておくとか、何か対策をしないと、男の方が困るときがあると思うって」
黄月電業「だけど、他人に聞かれて困る話もあるし、そこだな」
岩波・忍「そんなに女が泣くと、みなさんは困りますか？」
紺野電業「それはそうですよ」

忍は、結婚相手が暴力亭主だったので、泣いてもその暴力は止まらなかったことを思いだした。

岩波・忍「今度何かあったら、私が泣きますから、そのときは助けて下さいね」

赤城電業「あぁ〜、それを言うくらいな人は泣かないだろうな」

岩波・忍「わかりませんよ〜。それでその彼女はどうなったのでしょうか？」

紺野電業「それが〜、それで火が付いたというのか、リベンジしたいのか、今度からは専属で出席することに決まったそうだよ」

茶畑電業「会社として認めたっていうこと？　そこの社長もいい加減だね。あぁ、ごめん。岩波さんじゃなくてさ〜」

青島電業「あーあ、言っちゃったね。俺は知らないよ。そういう発言がマズいよ。岩波さん、今のは違うからね。岩波社長のことじゃないからね、誤解しないで。もしも誤解するなら、茶畑だけにして、頼むよ」

茶畑電業「なんだお前、それって、フォローになっていないじゃん。困るな〜」

黒木電業「だけど現実に、ここにもいるんだから、不思議はないけれど、2号だね。こっちが海山県第1号だよ。きっとまねしてるじゃないの。ま〜俺たちの愛情で大事にしましょうよ」

灰田電業「黒木さん。どうもあんただけ良い子になろうとしているように聞こえるけれど、どう、みんな？　そう思いませんか？」

青島電業「そうだな〜、ちょっと怪しいな〜。岩波さん、こいつだけは気をつけてくださいよ。安心なのは俺だけだからね。"親切・丁寧・明るい笑顔"っていうのが俺だからね」

岩波・忍「待って下さい。そのせりふ、どこかで聞きました。え〜と、だれだったかな〜、あぁそうだ！　父から聞きました。花木市の皐月という人がいつも言うのだそうです」

青島電業「バレたか〜。実は俺もそう聞いている。それでまねしたんだよ。鬼みたいな人がそれを言うので、みんなが笑うのだそうだよ」
紺野電業「ああ〜、鬼ね。聞いたよ。今度皐月さんに会ったら、"青島さんがそう言っていました"って言っておくよ」
青島電業「おい、やめてくれよな。参ったな〜、うっかり言えないな〜」
岩波・忍「大丈夫ですよ。うちの父も同じようなことを言っていましたよ」
青島電業「よかったよ〜。もしものときは、岩波さんのところへ逃げ込むから、よろしくたのむよ」
黒木電業「あぁ、その話。俺も乗せて」
　お茶一杯で、肝心な会議を忘れての、和やかな雰囲気である。

黒木電業「さて、今日の議長はだれですか？」
紺野電業「また点数と回数を聞いてきたのを見ると、ハハハ、また黒木さんだよ。頼むね」
黒木電業「またっ？　そうなんですか。はい、やります。では」
　紺野は、およその見積もりをして、地区の役員に聞いてくる役割のようである。
　前回同様に会議は進んだ。
黒木電業「では、この件名で、特殊事情のある方はいらっしゃいますか？　申告をお願いします」
　特殊事情があるものは、自ら申告することになっている。
　日ごろは、だれも申告する者はいなくて、順序よく受注していた。
岩波・忍「はい。岩波電業でございます。特殊事情に該当する根拠を持っておりますので、ご審議のほどをよろしくお願い致します」
黒木電業「他にはいらっしゃいますか？」

全員が、予想外の話が出てきて少しざわめいた。

黒木電業「では、他にはいないようですので、岩波さんのお話をお聞きします。どうぞお話しください」

岩波・忍「ありがとうございます。〇月〇日に弊社にこの度の発注者からの連絡が入りまして、直ちに現場に行きまして、現場調査のうえ、緊急を要する個所を修繕致しました。工事部分は少なかったのですが、その原因究明には、多数の者を要しまして、かなりの費用が掛かりました。発注者側には、その予算がないということで、今回の発注件名の中にそれが含まれております。図面の中に、その部分には米印が記載されておりますが、そこは既に弊社で修復済みでございます。本日ここに、その時の現場写真と、提出しました見積書の写しを持参致しました。そのときに、弊社より弊社宛に、書留で郵送しました。未開封ですので、今日昨日に作った物ではないことを判断していただこうと思います。この内容は特殊事情の中の、"先行工事"と"設計協力"に該当するものと判断しております。よろしくご審議のほどをお願い致します。なお、ルールの改訂によりまして、3分の2以上の賛同で決定されることになりましたことをご確認していだきたいと思います。そして皆様にお願いがございます。特殊事情があった場合においては、点数と回数の発表は、その審議に影響するということで、未発表となっているはずでございますから、点数と回数の発表をしないで、先にご審議をしていただきたいと存じます。弊社の努力と苦労に報いるために、ご配慮のほどを重ねてよろしくお願い申し上げます」

　忍が、アタッシェケースから、書留郵便物を出して議長に渡した。もちろん、封は切ってないのである。

黒木電業「はい、確かに未開封の物を確認しました。それではみんなで審議しますので、どうぞ別の部屋でお待ち下さい。後で呼びに参

　　　　 りますから」
岩波・忍「では、よろしくお願い致します。では失礼します」
　忍は、部屋を出て、別室に入った。
　背中から冷や汗が出ていた。
　大きな深呼吸をして、ゆっくりとソファに座った。
　全部の体重が、ソファに乗った。
＊
紺野電業「すごいね〜。たいしたもんだね。初心者には見えないね。さっきの女とは格段に違うよ。こりゃ〜参った。見事です」
黒木電業「俺も参った。初心者に、ここまで説明されたら、長年やってきた俺たち以上だよな。これも岩波社長の教育かな〜」
紺野電業「この書留郵便なんて、普通気が付く？　岩波さんが考える？　あの娘が考える。今日が２回目だよな」
青島電業「それもそうだけど、今、あの娘が言ったルールについては、本当なのかね？」
紺野電業「だから、そうなんだよ。一言一句、ルールブックに書いてあるとおりなんだよ。だから、感心しているんだよ。これじゃ〜うっかりしたことは言えないぞ」
茶畑電業「日付はいつになってる？　まさか指名を受けてから急に作ったって、いうことじゃないよな」
黒木電業「この日付なら、間違いなく発注前だよ」
青島電業「その中身はどうなのさ、開けてみてくれよ」
　全員がのぞき込んだ。
　同業者なら、すぐにも理解出来る内容である。
　お互いが顔を見合わせて、うなずくだけである。
灰田電業「実は、ランクだと、俺がチャンピオンのはずなんだけど、ちょっと確かめたいから、点数と回数を発表してくれないかい」
紺野電業「それは、ちょっと待ってくれ。それを知って、それによって

　　　　　灰田さんがこれを認めないとしたら、おかしいものになるよ。それにそれが知れたら、どうなるか想像つくだろう。やっぱり先に審議して、それからにしてほしい」
青島電業「俺の意見だけど、ここまで仕事してあって、これを認めなかった場合は、次に俺たちが出したときに、すべて却下させられることも考えられるぜ。この内容はいい加減なものじゃないから、これは認める方がいいと思う。俺は承認するよ」
緑川電業「俺もそう思うよ。ここまでやっていて、これを主張するために、だれかにその方法を聞いてきているのだと思う。だから自信たっぷりに話すことができたんだよ。もしも嘘があったら、ドギマギすると思うよ。これだけの男に囲まれているのだから。まだ聞いてはいないけれど、この１回だけは我慢して、認めた方がいいと思う」
紺野電業「そのとおりだよ。それに、もしもこれが却下となったら、そのニュースはだれかに届くとすると、その反撃は大きいと思う。想像できるだろう。俺も承認する。あとだれかいますか？　駄目だという人？」
赤城電業「勉強になったな〜。あのさ〜、これからは"こうでなければ特殊事情を認めない"と決めないかい。そうすれば、これが基準だから、ああだこうだとならないだろう」
黄月電業「それって、いいね〜。正統派の特殊事情ってことだよ。俺も承認するよ。俺もまねするからね」
黒木電業「はい、では意見は聞いたから、多数決を取りたいけれど、どうかな？　どう、意見を言ってない人、どうかな？」
茶畑電業「今、みんなの話を聞いていて、俺も納得したよ。俺も承認するよ」
白井電業「俺か〜、じゃ〜さ、紺野さんが一番詳しいから、もう一度聞くけれど、あの娘の説明は、本当にルールブックそのものなのか

い？」
紺野電業「そうなんだよ。間違いないよ。この辺じゃ〜俺がルールブックくらいに思っていたけれど、負けたよ。ひょっとすると、あの娘の方が詳しいかもしれない」
白井電業「そうなのかい。こりゃ〜参ったな〜。わかったよ。俺も承認するよ。だいたい3分の2だろう〜。俺一人が反対したって承認されるものな。それに俺だけなんて知れたら、それこそ、おやじさんが来るよな。俺はあの娘の方がいいよ」
黒木電業「でも、いちおう確認のために、承認するという人は挙手してください」

9名全員が承認した。

1人の反対者も出なかった。

黒木電業「よし、それじゃ〜迎えに行ってくるよ」

1時間ほど待たされた。

忍が部屋に戻ってきた。

まだ結果発表はされていない。

黒木電業「それでは、たいへんお待たせしました。岩波電業さんからの特殊事情は、全員一致で承認となりました。どうぞこの件名をお取り下さい。なお、本日以降は、今回のような、証明できる資料のあるときは認める、証明できる資料等がないときは認めないとします。本日ご出席の方々が証人となります。他の地区の方々が参加しても、この地域はこれに協力してもらうようにしてください。なお、この結果は、紺野電業さんを通じて、AC会へ連絡してもらいたいと思います」
岩波・忍「ありがとうございました。全員ですか。父も喜ぶと思います。みなさん、ありがとうございました。」
紺野電業「ごめんなさいね。長い時間掛かってしまって。あまりにしっ

かりした説明と内容だったので、みんなが感心しちゃってね、すごいね〜、あなたが考えたの？　お父さん？　それともだれか？」
岩波・忍「父から、説明を聞いてきました。一生懸命覚えてきて、話すのがやっとでした」
紺野電業「お父さんですか。最近のお父さんは変わったみたいだね。今度遊びに寄らしてもらうよ。俺も勉強したいよ」
黒木電業「何だよ。紺野さん、勉強ってどういう意味さ？　まさか、自分だけじゃないの？　怪しいよ？」
紺野電業「へへへへへ」
黒木電業「俺も行くよ。それでは、参考になってしまいますが、いちおう点数と回数の発表をお願いします」
　約束どおりに、審議の後に発表となった。
茶畑電業「なんだ〜、灰田さんじゃなかったじゃないか。俺だったじゃないか」
黒木電業「駄目だよ。今ごろ遅いよ」
　なんと、灰田電業の自社計算はどうなっていたのか？　違っていたのである。

*

　忍が会館の事務室に使用料を支払いに行った。
事務員「また岩波さんですか？　珍しいですね。連続っていうのは、今までなかったですよ。あなたを女だと思って、男どもが、たかっているのではないですか。この料金はチャンピオンが支払うのですよ」
岩波・忍「ええ、私が今回もいただいたものですから」
事務員「うそ！　順番でしょ！」
　事務員は"信じられない"という顔をした。

　外に出れば、紺野と黒木が待っていた。

岩波・忍「今日もお世話になりました。ありがとうございました」
黒木電業「岩波さん、気が付いたかどうかだけど、この界隈の話し合いは俺たち二人で相談してスムーズにやろうとしているんだけど、その応援をしてもらいたい。どうですか？　駄目ですか？」
岩波・忍「私はよくわからないのですが、お二人がご都合の良いように協力しろ、ということでしょうか？　ごめんなさい口が上手でないものですから」
黒木電業「いや、勘違いされたかもしれない。あのですね、今まで長老が数人いまして、彼らが勝手にルールを変えたり、都合のいいことばかりやっていたので、俺たち二人でそれをやめさせて、ルールどおりにやろうということにしたのですよ。この町にはAC会の役員さんがいないので、紺野さんがこの地区代表と接触して、あれこれ聞いて、それをみんなに広めてやってきているのですが、どうも中途半端というか、しっかり分かっていないというか、だらしない状態なのですよ。そこで、岩波さんの知恵を借りて、なんとかまともな運営をしていきたいのです。そういう意味で協力をしてほしいですよ」
岩波・忍「それは、父に聞いてみないと…」
紺野電業「そうなんです。そうしてもらいたいのですよ。お宅のお父さんも一本気なものですから、その長老たちと何回もけんかしてきたのですが、仕事と剣道で、どっちかっていうと剣道へいっちゃうもので、こっちの仕事の方は私たちに任せるとか言っているのですよ。だから、忍さんがお父さんの代わりに、俺たちに協力してくれれば助かるのですが、どうでしょうか？」
岩波・忍「そういうことがあったのですか。そういうことであれば、私が協力というのもやぶさかではないですが、私なんかでは役に立たないと思うのですが」
紺野電業「忍さん、失礼で変なこと聞くけれど、お父さんは皐月ってい

う人からルールを詳しく聞いたのではないでしょうか？　どうですか？」
岩波・忍「さ〜、どうなんでしょうか？」
紺野電業「最近、その皐月さんが、AC会の役員になったのですよ。花木市では全員が推薦して、前任者の交代要員にしたそうです。元々老舗で、情報がいっぱいあるのに、さらに役員になってルールの最新情報をつかんでいるのですから、もう彼の前にはいかなるプロもかなわないというほどなんですよ。そこにお父さんはその皐月さんとの交流があるのですから、お父さんの頭にはかなりの知識が入ったと思います。そのノウハウを忍さんが聞いてきて、私たちに教えてほしいのです。どうでしょうか？」
岩波・忍「そうなのですか。みなさんの話の中では、随分と悪い人のように聞こえていましたが、父がそんな方と交流をしているのですか？」

　忍は、知らなかったことを聞いたり、頼まれることがあったり、嘘をつかなければならないし、頭の中が混乱した。

黒木電業「忍さん、俺が感じるのは、忍さんの発言を聞いていて、これがお父さんから聞いてきたこととは思えないのですよ。あまりとぼけないで、本当のところを教えてくれませんか？」
岩波・忍「本当のことって、どういうことでしょうか？」
紺野電業「例えばですが、すべてのルール集をもらったとか、いつもノウハウを聞きにいっているとか、そういうようなことですよ」
岩波・忍「私は、今話したように、父から聞いたことをそのままお話ししているだけで、本当に何も知らないのですよ」
黒木電業「そうなんですか。ごめんなさい。すいません。怒らないでもらいたい。俺たち二人で話をしていると、そういうふうに思えたものですから、そういう話をしてしまったのですが、皐月さんの話は別として、分からないことは教えて下さいね」

岩波・忍「それだけのことをおっしゃるのですから、きっと父がその皐月という方と何らかの接触があるのかも知れませんが、私は存じていないので、申し訳ありませんが、そちらの方はお答えできません。それで、ちょと気になったのですが、"最近その皐月さんがAC会の役員になった。花木市では全員が推薦した"というお話ですが、悪評のある方が、何で全員の推薦があったのですか？」

紺野電業「その答えは簡単ですよ。それよりも"ワル"がいるのですよ。青梅電業の摩崎というやつなんですが、これがどうしようもなくて、それよりは良いということですよ」

岩波・忍「そうなのですか。でも今、紺野さんは、皐月という方を間接的ですが"ワル"という表現をなさいましたね。うちの父と交流のある方を"ワル"というのですね。よく父に言っておきます」

紺野電業「いや、違いますよ。困ったな～。そうじゃないですよ。違いますよ。おい、黒ちゃん、何とかしろよ」

黒木電業「そうですよ。ちょっと聞いて下さいね。さっきの女を泣かせた話の、その摩崎というのは本当にひどいヤツで"そんなのが役員になるのはお断りですよ。われわれが推薦するのは皐月ですよ"ということのようです。決して皐月さんが"ワル"とは言っていませんよ。わかりますよね」

岩波・忍「はい、わかりました。気になりますから、一度その皐月という方に会ってきます。いい加減な方なら、父との交流をやめてもらいます」

黒木電業「それはやめた方がいいと思いますよ」

岩波・忍「どうしてですか？ "ワル"かどうか確かめるだけですよ。一緒に会いに行きませんか、3人ならいいでしょう」

紺野電業「おい、黒ちゃん、どうしよう」

黒木電業「う～ん、正直言って、数回は会っているのだけれど、直接に話をしたことはないから、一回は会って、話をしてみたいけれ

ど、噂が噂だからな～。お父さんも一緒に行くようにしようよ」
岩波・忍「大丈夫ですよ。父から"行くよ"って言ってもらえば、いいと思いますよ」
紺野電業「じゃ～さ、アポイントとってもらって、行くか～、いや行くべきだよ。俺だって少林寺やっていたからな～」
黒木電業「俺だって、合気道やっていたからな～」
岩波・忍「あら、黒木さんは合気道やっていたのですか、私もですよ」
黒木電業「いや、俺はさ～、数カ月だから…言うのじゃなかった」
紺野電業「心配するな。実は俺も数カ月なんだよ」

　ここで、3人が大笑いしたのだが、紺野と黒木の内心は怖がっていたのである。

　忍には、この二人に誠を理解してもらいたいという願いがあった。

＊

岩波・忍「では、連絡しますからおまちください。ところで、話していた花木市の女性の参加するとかいっていた会社は、私たちと相指名になることはあるのですか？」
紺野電業「今まではなかったですが、この先は何とも言えませんね。その会社が指名願いをどこに提出しているかでかわりますからね。間違いないのは、この町の指名はされません」
岩波・忍「どうしてですか？」
紺野電業「よほど小さな町で、業者がいないならば、他の市町村の業者を指名するけれど、この町は業者が多いから外部から呼んでくるようなことはないですよ。それに地元企業育成という建前があるから、指名はされませんよ」
岩波・忍「そういうことは、県の出先と、国の関係ですか」
紺野電業「そういうことですが、お宅とか、この2社よりも小さい会社みたいですから、大きな金額の件名には指名されないし、おそらく花木市周辺だけだと思います」

黒木電業「気になりますか？　もしも会ったら、女の戦いですね。でも
　　　　あなたが勝ちますよ。応援しますよ。ファンクラブ員だから」
紺野電業「お前、本当か、そのときになったら気持ちが変わらないだろ
　　　　うな」
黒木電業「そんなことないさ、俺が会長だからね」
岩波・忍「フフフ、では、失礼します」

8 絆

　帰社した忍が、まず初めにすることは、言わずと知れた、誠へのお礼の一報だった。

岩波・忍「誠さん、ありがとうございました。言われたとおりに父が準備して、私が出席して、演説して、なんと見事にチャンピオンになりました。本当にありがとうございました。すごい。すごいです。全員が認めました。それから、これを基準にして、今後の特殊事情の判定をすることになりました」

　忍は興奮して、言いたいことをすべて一気に話していた。

　さすがの誠も、聞く側に回っていた。

皐月・誠「それは良かったね。おめでとう。2戦2連勝だなんて、初めてだと思うよ。でもね〜、しばらくは取れないのだよ。そんなものだから、ゆっくりしていなさい。そのうちにまた忙しくなるから」

岩波・忍「誠さん、私にね、頼みがあるの、聞いてほしい」

皐月・誠「なんなのさ。そんな甘い声を出しても、うちの隣の猫の声の方がかわいいよ」

岩波・忍「も〜、あのね、会議でね、やっぱり誠さんの名前がガンガン出るのよ。それもね、会ったこともない人たちが言いたい放題なのよ、それがしゃくにさわるのよ。お願いだから、一度会ってやって、会えば印象が変わると思うのよ。ね〜、いいでしょう〜」

　まるで、妹が兄に甘えるかのようになっていた。

　忍には、実の両親は他界、兄弟もいない。

　甘えるところは実はないのである。

そんな環境だから、自分に協力してくれる者は他人とは思わなかった。身内なのである。

皐月・誠「会うだけなら、いつでもいいけれど、だれがくるの？」

岩波・忍「聞いたら、うちの地区のリーダーとなりたい二人がいるのよ、あっちこっちの情報をとって、ルールに精通して、この地区の話し合いをスムーズにしたいという気持ちらしい。それは本音はわからないけれどね」

皐月・誠「うちの方もあれこれあったよ。最近はスムーズだよ」

岩波・忍「それも聞いたわよ。誠さんはAC会の役員になったんだってね。すごいね。全員の推薦だったんだって聞いたわよ。人望があるじゃないの。それでね、そのときに"ワル"なんて言葉がチラって出たのよ。だからさ〜私は頭にきちゃって、道場に連れて行って懲らしめてやりたくなっちゃったのよ。わかる〜」

皐月・誠「その発想がよくわからないけれど」

岩波・忍「も〜、鈍いんだから〜」

皐月・誠「鈍くてもいいけれど、どうすればいいのさ？」

岩波・忍「あのね〜、"初めまして"って私が行くから、素知らん顔でいて、また合気道教えて下さい。それを彼ら二人に見せるのよ。どう、だめかな？」

皐月・誠「それなら、空手を見せる方がいいかな。前にも、章桂電業と桔梗電業が見学に来たことがあるよ」

　※前作『秘密会議・談合入門』（2015 文芸社）第14話参照

岩波・忍「でもさ〜、私の良いところも見せたいのですよ〜、少しは投げられてくださいよ〜ね〜」

皐月・誠「なんだ、そっちの方が主じゃないの？」

岩波・忍「違うわよ。誠さんと私は交互に投げるのよ」

皐月・誠「いいよ、いいよ、ニンちゃんの希望どおりにするから、いつ

　　　　でもどうぞ」
岩波・忍「きゃ～、やっぱり誠さん、好きよう～」
皐月・誠「何だって」
岩波・忍「ううん、なんでもないよ。じゃ～早速明日ね」
　忍は、紺野と黒木にこのことを連絡して、翌日に皐月電業に行くことになった。

＊

岩波・忍「忍二等兵入ります。隊長、ただいま帰還致しました。無事任務完了であります。当方においては、1名の死者もなく、被害損傷もありません。そして敵は全滅でありました」
岩波・岩波「そうか、直れ。ご苦労であった。もう少し丁寧に報告するように」
岩波・忍「はい、隊長、本日の作戦は、皐月参謀長の作戦どおりに遂行いたしまして、1名の反乱もなく、完ぺきに勝利致しました。これは武器弾薬の勝利ではなくて、ひとえに作戦のたまものであります。以上報告致しました」
　岩波がパチパチパチと拍手した。
岩波・岩波「そうか、反対者は一人もいなかったということか。それは上出来だな。どうだ演説はうまくいったか？　証拠品は良かったか？」
岩波・忍「ものすごく緊張したの。気持ちが折れそうになっていたんだけど、でもその前に美香の話が出ていて、一瞬"頑張らなくちゃ"という気持ちになったのよ。それは後として、じ～っと黒木さんの議事進行を聞いていて、今だ！っていうときに、しっかりできました。練習はしたのだけど、90点はもらえると思うほどだった。それで、別室で審議の結果を待っていたのだけど、長いの長くないの、実は1時間だったのだけど、2時間のテレビドラマ以上に感じたわ。長かった。くそ真面目な顔をして黒木さんが迎え

に来たんだけれども、真顔でいるから、結果がどうだったかもわ
　　からないし、元の席に座っても、死刑判決を受けるみたいで、本
　　当に怖かったのよ。そうしたら結果発表は、全員一致で認めるっ
　　ていうのよ。私は身長が倍になったかと思ったわよ。そしてフラ
　　フラしたわよ」
岩波・岩波「頑張ったな〜。よくやったよ。全員っていうのはめったに
　　ないよな。それはすごいことだぞ」
岩波・忍「そうしたら、今後は、この地域ではこのうちの内容でなけれ
　　ば特殊事情を認めない、とまでなったの。それもすごいでしょ
　　う。ここにルールができたのよ。それこそ"誠ルール"よ」
岩波・岩波「これからは、特殊事情を言うのには、あれほどの資料を作
　　らなければ認めないということだな。いいよ。そうさ、口先だけ
　　ならだれでもいえるものな。いいぞ・いいぞ」
岩波・忍「それでね。黒木さんと紺野さんには、これは"皐月さんの入
　　れ知恵"かぐらいに推測されたの。いちおう、父から聞いたとお
　　りにしただけで、皐月さんは知りませんと答えたのだけど、しつ
　　こいのよ。それからお父さんにこれから知恵を借りたいとか、私
　　にも協力してほしいようなことも言うのよ。そのくせ誠さんを
　　"ワル"のようなことを言うから、私は頭にきて、"一緒に誠さ
　　んに会いに行こう"って言ったら、困っていたわ。でも連れて行
　　くのよ。誠さんの許可ももらったから、明日行ってきます。また
　　今夜詳しい話をしますよ。聞いてね。美香の話もあるのよ」
岩波・忍「おぉ、その話ならいつでも聞くよ。晩酌のつまみにもってこ
　　いだよ」
　完全ではないが、およその中身は父親に伝えた。
　もう岩波は超ご機嫌である。
　2回戦やって、2回勝った、連続、全戦連勝、
　こういうことになる。

しかし、ず〜っと続くわけではない。冬の時期が来るのである。
*
　岩波電業の美香から忍に電話が来た。
　いちおう、前回のようにテープレコーダーのスイッチを入れた。
「忍、私は話し合いの見学に行ったのだけど、訳のわからないことをして、大失敗をしたのよ。退社しようとしたのだけれど、社長が皐月さんを呼んできて、私にいろいろ教えてくれたのよ」
「皐月さんの講義でも聞いたの、また『忍体術』じゃなくて」
「そうよ、『忍体術』じゃなくて、どうして私が失敗したかを分析して、そしてあれこれと指導してくれたのよ、そして社長も私の営業を許可してくれたのよ、だから忍と同じになったの、これからどこかで顔を会わすかも知れないね」
「それって、誠、じゃなくて皐月さんが、美香のコーチになったということなの？」
「ま〜、そういうことかな。少しだけどね。ちょっとだけだけど護身術も習ったの、とにかく、今度会ったらお手柔らかにね」
*
　これを聞いた忍は、すぐさま誠に電話した。
「誠さん、嫌よ〜、いや〜、やめてよ〜」
「いきなり何を言っているの？　まずその言いたいことを言ってみて、何がいやなのさ。あれ、泣いているの？　どうしたのさ？」
「あのね、今美香から電話があったの、美香が言うのには、誠さんが美香のコーチになったとかって、護身術も教えてもらったって言うの。何で？　私だけじゃないの。美香が良いの？」
「あれ！　そのことか〜、だいたいわかったよ。それはね〜、ニンちゃんも、美香さんも勘違いしていますよ。いいですか、聞いてくれますか？」
「うん、聞いているよ」

「美香さんが、あまりに談合参加を希望していて、一度は諦めさせたのだけど、あまりに"うつ"状態だったので、岩蔵社長が気を回して、見学に行って来い、と行かせたのだよ。でもニンちゃんの活躍が頭にあって、よせばいいのに立候補しちゃったのさ、それが大騒ぎになったのだけど、本人はどういうことか分からないで、その後始末は岩蔵社長がしたんだ。それで岩蔵社長は美香さんをあまりにも不憫と思ったらしくて、私に救援をしてほしいと来たんだよ。仕方ないから行ったよ。泣かされた理由は教えてやったけれど、ルールは教えないよ。なぜっていうと、同じ地域で相手が知恵がついたら、私が負けることになるから、それはしないよね。わかるよね。どう、納得いく？」

「そうなの。でも護身術を教えてもらったとも言っていたわよ」

「そうそう、男の世界に出て行くのに心配だというから、コウモリ傘の使い方を教えたよ」

「『忍体術』じゃないのね。そのコウモリ傘の術ってすごいの？」

「これはね〜、日常身の回りにあるものだから、ニンちゃんにも教えるよ。特にその対処法をね」

「ほんと〜なの」

「なんだよ、どうしたんだよ、本当に決まっているだろう」

「今度行くでしょう、そのときに教えてくれるの？」

「だめだよ。それは二人だけのときだよ。例の男たちが知ったら、価値がなくなっちゃうからね」

「あぁ、そうか、じゃ〜、私にも教えてくれるのね？　約束して、美香だけなんて嫌よ。ね‥、ね」

誠にはわからないが、忍と美香にライバル心がハッキリと表れたようである。

*

岩波・忍「お父さん、話の続きなんだけどね、あの美香が話し合いに出席したんだって、それでね、立候補したんだって。それが大騒ぎ

になったんだって。それで泣いたんだって。それで今度は営業に決定したんだって。誠さんがコーチしたんだって。護身術も教えたんだって。聞いてる？」
岩波・岩波「大丈夫だよ、聞いてるよ。酔っ払いにはなっていないよ。それな〜、実は俺も聞いているんだよ」
岩波・忍「だれからなの」
岩波・岩波「聞いて驚くなよ。皐月さんからだよ。夜に電話があったよ」
岩波・忍「どういう話？」
岩波・岩波「それはな〜、その美香の話で、"経緯上少しお付き合いするけれど、お宅に迷惑の掛かることのないようにします。ほんの入り口だけを案内するけれど、全部は教えない。なぜなら自社が困るから"というような話だった。サムライだよ。良い奴だ。わざわざそういう連絡をくれたよ。義理堅い、ああいうのとお前が結婚してくれれば良かったのだが、ま〜それは別として、信用していなさい」
岩波・忍「わ〜、私、先にお父さんと話をすれば良かった。今、美香の電話があって、それを聞いたら、すぐ誠さんに電話してしまった。それも言いたいこと言ってしまった」
岩波・岩波「なんと！　マズいな。そうか、待ってろ！」
　岩波があわてて誠に電話した。
　忍のことを謝った。

岩波・忍「何て言っていたの？」
岩波・岩波「"自分は末っ子で、妹もいないから、妹のように思っている。かわいいから大事にしたい。心配ご無用"だってさ。な〜、良い奴だよ。他人が何を言っても、それは別だから。わが家にとっての味方なら、他人が何を言おうとも関係ない。そうだろ

う」
　誠の言葉に、忍は涙した。
　美香の涙とは違ったものであった。
岩波・岩波「忍、お前は皐月先生を、兄ちゃんだと思って、甘えていて
　　　もいいんだから、あまり変な気を遣わずに安心して気楽に付き合
　　　え。もしも、嫌と思ったら逃げればいいんだから」
　岩波の言葉で、忍の気持ちが戻った。
　もうやることは一つ。謝るしかないのである。
＊
「もしもし、お兄ちゃん、さっきはごめんなさい。許してね。お休みなさい」
　もう甘える気持ちが膨らんで、誠さんがお兄ちゃんになってしまった。
　あわてたのは、誠である。

9　DC 会発足

　皐月道場に、岩波忍が、黒木電業の黒木社長と紺野電業の紺野社長を連れて現れた。

　今までは、"知りません"だったのだが、美香の参加を聞いてからは、忍の気持ちが変わった。

　"美香よりも自分の方が親しい関係なんだ"ということをアピールしたいというふうに変わったのである。

岩波・忍「皐月さんですか、初めまして、私は岩波電業の岩波の娘の忍です。父が大変お世話になります。今日はよろしくお願い致します。こちらにいますのは、黒木さんと、紺野さんです。皐月さんのファンだそうで、ぜひ会いたいと言うことなので、お連れしました」

皐月・誠「そうですか。お父さんに聞けば、最近は犯罪を犯していると聞きました。駄目ですよ、そういうことをすると、私のように悪い噂が世界中に飛びますよ」

岩波・忍「いいえ、私の犯罪は、まだ2回ですけれど、聞けば皐月さんは何百回とか。それって極悪人の部類ではないのですか？」

皐月・誠「いや困ったな〜、そんな風におだてられると、穴があったら、木に登りたいですよ」

岩波・忍「おもしろい。父が、世間で言うよりもいい人だから、妹の気分で行って来いというのですが、本当に妹分でいいですか？」

皐月・誠「いいですね〜、こんな美人が妹なら、毎日みたいですね〜」

岩波・忍「なるほど、フフフフ、黒木さん、紺野さん、こういう人のようですが、いかがですか？」

紺野電業「いや、今ちょっとビックリしています。そうなんですか。初

　　　　めまして、紺野電業の紺野と申します、よろしくお願いします」
黒木電業「以前には何回か、県の出先と国の関係の件名でお会いしているのですが、お話をしたことがなかったですね。改めまして、黒木電業の黒木と申します。実は私も、ちょっと意外というか、今日はよろしくお願いします」
皐月・誠「聞くところによると、お宅の地区の最新鋭のリーダーとか聞きました。頑張っているようで、なによりです」
紺野電業「リーダーだなんて、それほどではないのですが、先輩たちがやりたい放題にしていたものですから、うちの方の役員の方から、あれこれ聞いて、今の時代の正しいことをしようとしているだけなのですが、何といっても、知識がなくて、困っています」
皐月・誠「どこも同じようですね。私もそういう経験がありますよ。だから必死にメモして、前回とちょっとでも違ったら、すぐさま追及して、追って追って追い詰めて来ました。相手は逃げる逃げるで逃げ切りました。そんなこんなですよ」
黒木電業「そうだったのですか。いや、今日お話をしてよかったです。噂が噂を呼んで、ものすごく暗くて怖いというイメージだったのですが、明るくて面白くて、まったくイメージが違いますね」
皐月・誠「私はいつも、"親切・丁寧・明るい笑顔"ですから」
紺野電業「やっぱり！　うちの方で、皐月さんのそのせりふをまねするやつがいますよ。今度本物に会ってきたって言ってやりますよ」
岩波・忍「ほら、言ったじゃないですか。会ってもいないのに、この人たちは、ああだこうだ言っていましたよ。特に黒木さんなんか会っていたくせに、話もしないで、ああだこうだとか」
皐月・誠「ちょっと待って、どういうことを言っていたのか全部教えてくださいよ」
岩波・忍「いっぱいありましたよ〜。全部の話をしましょうか」
黒木電業「ちょっと待ってよ。岩波さんそれはマズいよ。やめてくださ

いよ」
岩波・忍「ほらね、言っている証拠でしょ」
紺野電業「これは参ったな～、岩波さんは、こんなに明るかったんだ。いつものイメージと全然違うよ」
岩波・忍「だって、話し合いのときはものすごく緊張していますから」
紺野電業「あれで〜？　そうかな〜」
皐月・誠「そんなに違うのですか？」
紺野電業「もう、堂々として、自信たっぷりで、落ち着いていて、男どもがタジタジですよ。いつ市会議員に立候補しても、堂々と演説できますよ」
皐月・誠「そうなのですか。じゃ〜、今の忍さんは偽物かな？　本物かな？」
岩波・忍「誠さんはそういうことを言うのね。お父さんが親戚みたいなものだから、兄さんと思って行って来いって言われてきたから、こんななんだけど、どっちも私よ」
皐月・誠「実は俺もそうなんだよ。どうしてもあの世界へ入ると、人間が変わってしまうのさ」
岩波・忍「やだ〜、一緒じゃないですか」
黒木電業「皐月さんでも、話し合いのときは緊張しますか？　そういうふうには見えませんでしたよ」
皐月・誠「しますよ。話した言葉は、一つ一つが"契約書"のようなものですから、うっかり発言しない。聞き漏らさないなど。学校の授業中では寝ていたのにね」
岩波・忍「それでですね〜、この二人の話を聞いてやってもらいたいのです、いいでしょうか」
岩波・忍「はいはい、何でしょうか」
紺野電業「あぁ、すみませんね。実は大きな身体で、ものすごいゴツイ人ってイメージがあったものですから、逆に緊張がなくなって、

何の話をするかを忘れてしまいました」
黒木電業「会ったには会ったけれど、会議以外は無口な感じだったので、そういうところもあるのかな〜、今、岩波さんとの会話を聞いていただけで、イメージが変わりました」
皐月・誠「そうなんです。しゃべるだけしゃべって、その用件が終われば、後は何も言わないということが多くて、"勝手な男"というイメージは強いと思います」
黒木電業「それって、自然ですか？　意識的ですか？」
皐月・誠「ま〜、ひとつには、同業者とあまり仲良しになると、トーナメントのときに、やりにくいのです」
岩波・忍「なるほど。脅すためにですね」
皐月・誠「いやいや、あくまでも"お話"ですよ〜」
黒木電業「でも、いろいろと、武闘派ということで、あれこれ聞いていますけれど」
皐月・誠「私からは攻撃しませんよ。たまたま私に向かって、攻撃されるので、たまたま反撃して、たまたま痛い目にあうという人がいるみたいですけれど」
黒木電業「たまたま、ですか〜。数々聞いていますけれど」
皐月・誠「でも、あなたと同席したときは、どうでしたか？　ほら、親切・丁寧・明るい笑顔だったと思いますよ〜」
　会ったけれど、見たけれど、とはいっても、直接に話をしていないと、相手のことはわからない。
　噂というものは、大きくなっていく。
　知らないうちに、広がっていく。
　黒木は、いろいろ言っていたものの、誠と直接会話をしたことによって、親密度を深めていった。
紺野電業「そうそう、こいつはね〜、忍ファンクラブの会長なんて言っているのですよ。認めてもいいでしょうかね？」

皐月・誠「それはマズいな～、私が会長のはずなのですが」

　だれの緊張も解けてしまった。

皐月・誠「実は、岩波社長からの話で、お二人が頑張っているのは聞いています。あちこちの議長のやり方とかも勉強しているとかも、後は何を知りたいのですか」

紺野電業「そんなことも知っているのですか」

岩波・忍「はい、私が父に全部報告するものですから、それでだと思います」

紺野電業「そうか、それはそうですよね。それでは、今の進め方はよろしいのでしょうか？」

皐月・誠「私が直接その現場にはいませんから、すべてが良い、とは言い切れませんが、聞いている内容では、問題ないと思われます」

黒木電業「良かった。ほっとしました。例えば議事進行の注意事項ってあるのですか？　あったら教えてもらえませんか？」

皐月・誠「それはですね、さっきの忍さんの態度のようにするのですよ。最初は雑談をしていると思います。いよいよ会議が始まるときに、"これから始まりますよ～"という意識を全員に与えるために、言葉遣いを変えます」

岩波・忍「やってます・やってます、黒木さんはやっていますね」

黒木電業「ありがとう、そこで、出席者の確認をするのが先か？　工事件名の確認が先か？　となると、それはどうなのでしょうか？」

皐月・誠「そこが私と青梅電業の摩崎などとの違いなのです。そう言ってもわからないかも知れませんが」

紺野電業「それは聞いています。どっちがいいのでしょうか？」

皐月・誠「特設本部の件名ですと、一度にたくさんの件名を入札番号順にやっています。私はそちらの指名が多いものですから、"この番号の方は集まってくださいよ～"という意味で、先に件名確認を行います。摩崎の方は、"授業が始まりますよ～、出席をとり

ますよ〜"という出席確認を先にしています」
岩波・忍「誠さんはACの役員だから、誠さんの方が正しいのですか？」
皐月・誠「いやいや、役員用の"議事進行の手引き書"というものがあって、そこには、出席確認が先と書いてあります。なぜかというと、秘密の会合だから、よそ者が侵入しているかいないかに注意を払うためだと思えるのです。私の方が違っているのですが、この件名の会議をやるのだから、よそ者は出て行け、という意味で使っています。どちらでも良いと思います」
岩波・忍「すごい、やっぱり考えているわね」
皐月・誠「それで、違っているからこそ"今日は皐月がやるんだから静かにしていよう"というイメージを与えるのです」
黒木電業「なるほど。そういうことですか。よ〜くわかりました」
紺野電業「うちの地区はどうしようか？」
黒木電業「それはもう、会長さんの方式でやるんだよ」
紺野電業「会長さんって？」
黒木電業「忍ファンクラブの、もう忘れたの」
　またも笑いが出ていた。
紺野電業「それで、うちの方には、『十日会』というのがあって、そのルールでやっていたのですが、先輩たちに、知らないうちにコロコロ変えられて、こうだ・こうだと押し付けられていたのです。そこで僕たち二人で、"県内共通の県下一円で共通のAC会のルールを使おう"としているのです。これって駄目なのですか？」
黒木電業「それがルールが違うから、別々に使うべきだ、点数と回数が違うからとかで、今現在は混同しているのです。この解消法はないのでしょうか？」
皐月・誠「花木市でも、『花電会』というものがあります。これは各市町村ではむかしからあるものだから、"AC会とは別のものとして運営してもいいですよ"となっています。ただし"他は同じで

はないですよ"ということなのです。どうしたいのですか？」

紺野電業「『十日会』でもいいのですが、きっちりしたものにしたいのです。要するにグラグラ勝手に変えられないような」

黒木電業「そういうことはできるのですか？」

皐月・誠「それは、今説明したとおりに認められている団体ですから、そのままにして、その中の掟をAC会ルールを採用すればいいと思います。そのルールの使う窓口を限定して、点数と回数はそのまま継続して、内部の運営規程をAC会ルールとする。これを有志の方が集まって、合意してもらって、合意文書を作って決議事項として署名捺印をすれば、それで成立ですね。次からの加入の方にも説明がつくし、自分たちも許可なく変更できないことを認識するから、これが一番だと思います。問題はその反対者をどう説得するかだと思います。予想ではその数が多いのですか？」

紺野電業「そうか〜、『十日会』を壊すのではなくて、中身を変えるのですね。何とか数人を説得すれば、いいのかもしれない」

皐月・誠「その時に、新しいルールができると、前のルールでの約束事があった場合に、それを消されると困る人たちが反対すると思いますので、決定から1年間はルールの混同を覚悟して、一部を取りあえず認めてやれば、だれもが賛同してくれると思います。これをAC会の本部では、新しく改訂すると、前のものを破棄するようにするので、既得権のあった業者が騒ぎます。私としては、ちょっと苦労するけれど、1年のうちに過去の清算と消化をしてもらってからの再スタートの方が良いと思います。特に地元の方々で常に顔を合わせているのですから、それをお薦めします」

　誠自身が実体験した苦労があるので、丁寧にアドバイスをした。

紺野電業「それならいいかも、でも1年はつらいな〜、でも仕方ないかな。まずは進めてみます」

黒木電業「それでいこうか。岩波さんのお父さんにも協力してもらえれ

ば、もう決まったようなものですよ」
皐月・誠「岩波社長が、今まで変なことをしていたのですか」
黒木電業「違いますよ。逆なのですよ。あまり感心がないというか、口出ししなかったのですよ。だから勝手なことをするやつがでてきたんですよ」
紺野電業「忍さん、お父さんに、今の話を伝えて、協力するように頼んでもらえませんか。そうすれば、AC会のルールが変われば、それに合わせて『十日会』のルールも変わる。それであれば、個人が勝手に変更できないのだから」
皐月・誠「忍さん、そうしてやったらどうだろうか」
岩波・忍「はい、誠さんがそう言うなら、そうします。父も誠さんの言う案なら同意するはずです。決まりですね」
紺野電業「良かった。本当に来て良かった」
黒木電業「あの〜、まだ他にも困ったこととか、わからないこととかに協力してもらえるでしょうか」
皐月・誠「いいですよ。じゃ〜忍さん、合気道の腕前をちょと見せてもらおうかな？ どう？」
岩波・忍「そのつもりで来たんだけど、今の話を父に報告したいので、このまま３人で戻って、３人で父と話します」

＊

　黒木の車に３人が便乗して来たのである。
　帰りの車内での会話は、出かけるときとは大違いとなった。
黒木電業「来てよかったよ。はんとうに」
紺野電業「そうだよ。これも忍さんのおかげだよ。いいね〜あんな兄さんで」
岩波・忍「そうよ。私のお兄ちゃんなのよ。今度何か言ったら、みんなしゃべっちゃうからね」
黒木電業「忍さん、それは勘弁してくださいよ〜。俺は会長じゃないけ

れど、副会長だからね。頼むよ」
紺野電業「身体は大きくなかったけど、胸板が厚かったね、あれは力がかなりあるだろうな」
黒木電業「俺も見ていたよ。ウエストとの差が極端のような、太ももも本当に太ももだったよ。太かった」
紺野電業「議事進行は役立ったよ、忍さんは知らないだろうけれど、あの変なやつらがやると、自分の都合のいいことだけ言って、"だから俺だ"で決められていたんだよ」
黒木電業「そうだよ。"ごくろうさん、今日の件名はルールによって俺だから、いいですね"という感じで"そのルールはどうなっているのですか"って聞けば、"秘密だから教えられない"というわけだよ」
岩波・忍「そんな状態だったのですか？ そのときにうちの父はどうしていたのですか？」
紺野電業「それじゃ～わからないということで、意見を言ったのは岩波さんだけだったのだけど、その変なやつらの方が多くて、さじを投げていましたよ」
岩波・忍「案外おとなしかったのですね」
紺野電業「剣道で指導者で教育者の部類に入っているから、無茶なことはしなかったね」
岩波・忍「それが誠さんなら、どうだったのでしょうか？」
黒木電業「それは、おっとと、うっかり言ったら、本人に聞こえちゃうから言えなくなっちゃった」
岩波・忍「大丈夫ですよ。そこは内緒にするから」
黒木電業「聞いてる話では、部屋が壊れるくらいに暴れるっていうから、相当なものなのでしょうね」
紺野電業「いやいや、俺が聞いた話では、その本人に徹底的に問い詰めるとかも聞いている」

黒木電業「そうだ、例の泣いた女性の会社の社長が体格が良くて、"腕力を使って仕事を取っていくやつがいる"って文句をつけたら、逆に気絶させられた、とも聞いたよ」

※前作『他言無用・秘密会議秘話』第1話参照

岩波・忍「それは父からも聞きました。忍者のような技だそうですね」

黒木電業「俺はその武術の名前知っているんだよ。『忍体術』っていうのだそうだよ。花木市と海山市の連中は何人かがそれでやられていると聞いている」

紺野電業「この地区の代表の満月電業の山畑部長の話では、AC会本部の会合でも、かなり言いたいことを言うそうだよ」

黒木電業「だけど、その山畑さんはかなりいい加減な人だから、何事もハッキリしなくて困るよ。かえって皐月さんの方がハッキリしていていいよ」

紺野電業「それはいえるね。会ってみてわかるけれど、思ったよりもず～っといいよ。俺の弟にしたいよ」

黒木電業「あんたばっかりそういうこと言うなよ。俺もそう思うよ。俺は皐月ファンクラブの会員1号かな」

岩波・忍「駄目ですよ～、1号は内の父で私が2号なのよ。黒木さんはその後ですよ～」

黒木電業「そうだった。どれも駄目だな」

　車中は笑いながら楽しく走った。

　岩波電業に着いた3人は、一緒に岩波社長の部屋に入った。

岩波・忍「忍二等兵入ります。隊長、本日は、黒木隊長と紺野隊長とともに、同盟軍参謀長殿に面会して参りました。ただいま帰社しました」

岩波・岩波「よし、ご苦労であった。そして参謀長の印象はどうであったか？」

岩波・忍「はい、親切・丁寧・明るい笑顔、そのものズバリでございました」

岩波・岩波「それで、様子はいかがであったか？」

岩波・忍「はい、戦闘態勢万全にして戦闘意欲旺盛であり、必勝の信念を堅持しておりました」

岩波・岩波「それは何よりであった。それで本日の作戦計画の成果はいかがであったか？」

岩波・忍「はい、それにつきましては、黒木隊長と紺野隊長殿より、お話があると思います。お聞き下さいますよう、お願い致します。以上報告を終わります」

岩波・岩波「よ〜し、当番兵にお茶の用意をするように伝えよ」

岩波・忍「承知致しました。失礼致します」

　この岩波親子にとっては普通の行動なのである。

　他人がこれを見たら、時代錯誤も甚だしい軍隊調である。

黒木電業「なんですか？　岩波さん、まさか？　いつもこうなんですか、軍隊ですか？」

岩波・岩波「そうだよ。うちではこれが普通だよ」

紺野電業「え〜、これが普通ですか？」

黒木電業「同盟軍参謀長殿っていうのは、同盟軍が皐月電業で、参謀長が皐月誠っていうことですよね。同盟軍ですか、参謀長ですか、道理で特殊事情がうまかったわけですね。きっとあれは特殊事情作戦とかいっていたのでしょうね。それから戦闘意欲旺盛とか、必勝の信念とかって、帝国陸軍の本に書いてる言葉ですよね、参ったな〜」

岩波・岩波「そうさ、おかしかったかもしれないが、俺たちは楽しんでやっているのだよ」

黒木電業「どうして？　軍隊趣味？　戦争ごっこなんですか？」

岩波・岩波「これはね〜、ある件名で"軍議"と"戦闘"というような

ことがあって、いろいろあったのだけれど、それが振り返ってみると面白かったのだよ。その話を娘に話したら、娘がこれをやり出したのさ、それで俺も付き合ってやっているのだが、これをやっていると、受注意欲というものが湧き出てくるから不思議だよ」

※前作『裏と裏・秘密会議秘話』参照

紺野電業「面白そうな話ですね。聞かせてくださいよ」

岩波・岩波「この話は、長くなるよ〜、まず先に今日の話を聞くよ、会ってみたら、いいやつだっただろう、どうだい？」

黒木電業「確かに、会ってみて良かったです。ザックバランで面白い人でした。噂のイメージがあったので、まったく違った方というのが驚きでした」

紺野電業「俺も同じですね。好きになりましたよ」

岩波・岩波「俺は、最初に"あれ？"と感じることがあって、その後に彼の会社の前を通ったので、寄ってみて、それからあれこれあったのだけれど、会うたびに感心していたよ。面白いところもあるよ」

黒木電業「そうでしたよ。彼は面白い。それで、お宅の忍さんがまるで兄妹のようにしていましたよ。見ていて気が付いたのですが、忍さんがものすごく明るくなりましたよね〜、俺が以前に『短冊』を届けに来たときは、言いにくいけれど、まったく今とは違うような、どっちかというと、元気がないような暗いような感じでしたが、すごく明るくなったように思いました」

紺野電業「俺もそれは感じた。話し合いに来たときに見たときは、以前に比べたら、毅然としていて、たくましくなったように感じて、今日はかわいい女性に感じましたね」

岩波・岩波「そうかね、暴力亭主で悩まされたり、いろいろあったからね〜、それが俺も心当たりがあるのだが、あるときに、急に変

わったのだよ。それで、俺はあの娘の軍隊に付き合っているのさ、だけど、やっているとお互いに楽しいよ。面白いよ」

黒木電業「何があったのでしょうか？　いい男を見つけたとか、ですかね〜」

岩波・岩波「そうかも知れないな。うっかり言えないけれど」

黒木電業「そう、それ、うっかり変なこと言うと、皐月さんに言いつけるとかって脅かされましたよ」

　忍が、お茶を持って入って来た。

岩波・忍「何か言っていますね〜」

黒木電業「いやいや、前戦での状況を隊長に話しているだけですから」

岩波・忍「そうですか〜、違うような気がしますが」

岩波・岩波「俺たちがやっている軍隊ごっこを聞いていたんだよ」

紺野電業「そうなんです。忍さんが、むかしとかなり変わったというようなことも、もしかして何かのきっかけがあったかな〜とも」

岩波・岩波「そうだ。その皐月さんと俺は戦ったことがあるのだけれど、引き分けってことになっているのだが、本当は負けたのだよ」

黒木電業「その話は本当なのですか？」

岩波・岩波「恥ずかしいけれど、隠してもしょうがない。負けたよ。それも手加減してもらってだよ」

紺野電業「それじゃ〜、ますます信じられないけれど」

岩波・岩波「だからさ、その辺の話は、いずれゆっくり話すよ、今日の用件を先にやろうか」

岩波・忍「その父の話は長くなりますが、一度は聞いた方がいいですよ。私は聞いて感動しました。"戦う"ということを学びました。ぜひ時間があったら聞いてみてください」

黒木電業「まさか、忍さんが、その話を聞いてから変わったとか？　ですか？」

岩波・忍「正直言って、それはありますね。父だって、"皐月君"が"皐月さん"に変わったのですよ」
黒木電業「そうですか、今度は紺野さんと一緒に手土産持って聞きに来ますよ」
紺野電業「その時はよろしく。それじゃ〜、本題に入りますが」

　ようやく、本題に入って、誠からの方法を岩波に相談した。
岩波・岩波「よし、わかった。皐月さんがそう言うならば、全てOK。問題はない。間違いなく応援するから、まず試案を作ってみてくれ、それを基にわれわれで決めていこう。この地区の仕事を他地区の業者に取られないように、ということを忘れるなよ。何かわからないことでもあれば、俺でも忍でも、どちらでも連絡してくれ。皐月さんに聞いてやるから。まずは信頼からだ。そうだろう。俺は皐月という男を信頼している」
紺野電業「岩波さんにそう言ってもらえれば、鬼に金棒ですよ。あの灰田・茶畑・白井の3人がどれだけ、やりたい放題だったのか、これで何とかなりますかね？」
黒木電業「まったくですよ、あの3人組が自分だけのものにしているのですよ。この前に灰田が忍さんにやられたときは、胸がス〜っとしましたよ。もっとやってほしいくらいに思っていたのだけど、紺野さんが忍さんを止めたもので、惜しかった。もうちょっとやってほしかったのだけど」
紺野電業「だけど、あれ以上やったら、忍さんが困ることになると思ったのさ、あの灰田は投げ飛ばされると思ったのだよ。そうしたら、畳じゃないのだから、わかるだろう。黒ちゃんがやるべきだったんだよ」
黒木電業「だけど、むかしの忍さんを見てるから、あのときの忍さんがまったく別人に見えましたよ。本当に変わった」

紺野電業「黒ちゃん、俺たちも二等兵から再出発しないとならないな。もっとしっかりしなくちゃ」
黒木電業「参謀長まで、たどり着くかな〜、無理だろうな」
岩波・岩波「今の、灰田・茶畑・白井の3人だけど、ちょうど花木市に同じような例があるのだよ。そこに立ち向かったのが、その皐月さんさ。それが忍が聞いた話さ。面白い話がいっぱいあるんだよ。だけどこれ全部、有料だからな。手ぶらでは来るなよ」
岩波・忍「私はお茶だけを用意しますね。それ、楽しみに待っていますよ。ね〜隊長」

　そうして、この地区の『十日会』は、『DC会』という名称で再発足した。
　AC（交流）会なら、DC（直流）会なのだという。

10 DC 会議

　忍の町、草花市からの指名を受けた。

　現説へ行ってみれば、前回とまったく同じメンバーであった。

　もう既に名刺配りは終わっているし、顔を知っているので、会えばただお辞儀をするだけでいい。

　余計な話、無駄口は無用である。

　終われば、自然に各自が無言のうちに同じ行動をおこす。

　いつもの草花電設会館への集合である。

　いったん会社によって、交代したりする会社もあるが、ほとんど現説に出席したものが話し合いに出席する。

　席に着こうとすれば、誰もが決まり切ったように、同じ席に座っている。

　空いている席は、かつての岩波社長が座っていた席である。

　誰も座らないから、そこに忍が座る。

　中央付近である。新人としては座りにくいが、存在感はある。

　誠の調査でも、だいたい人間は、同じ席に座ろうとするようである。何かの心理があるのだと思える。

　と、いうのが前回だったのだ、岩波が誠から聞いた"着席法"を紺野と黒木に話したら、早速にも実行することになって、いつもよりも早く現着して、先に着席した。

　全員が見渡せる席。近づかない席。なるべく三角形の配置。

　そして、みんなが入ってくるのを待った。

茶畑電業「あれ、いつもと違う席に座るのか？」

黒木電業「別に決まっているわけじゃ〜ないから、今日はここにします」

紺野電業「そうじゃ〜ないですよ。黒ちゃんが忍さんの横に座るとちょっかい出しそうだから、俺が一言言ったのですよ。そうしたら気を遣って、あそこに座ったのですよ。これで忍さんも安心だと思いますよ」

黒木電業「正直、俺はいつもの席が良かったんだけど、紺野さんがひがんで言うから、仕方なくこっちに引っ越したんですよ」

黄月電業「そうかい、それは悪いね。じゃ〜俺は岩波さんの横へ行くよ。ひがむなよ」

灰田電業「何だか、みんなおしゃれしていないかい。作業着はどうしたんだい？」

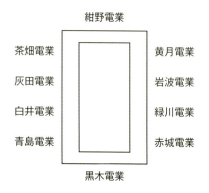

黒木電業「そりゃ〜、若い女性の前で、汚い格好はできませんよ〜、服ならいくらでもあるんだから」

白井電業「ま〜勝手にやってくれ、だけど黒木君だけじゃ〜ないな〜、紺野君も今日はネクタイしてるよ。どうもこの二人は怪しいな〜」

　忍は、全員のお茶の用意をした。今までは黒木がやっていた。

　大きなお盆にのせて運んできた。

　お茶を全員に配ろうとした。

青島電業「どうどう、ありがとう、俺が配るから座ってください」

白井電業「おいおいおい、なんだ、青島君も今までやったこともないことをしてるよ。あれ？　君も怪しいな～」

青島電業「そんなことはないですよ。岩波さんだけにやらしてはかわいそうだからさ～、このくらいはやらないと」

紺野電業「黒ちゃん、駄目だよ。青島さんくらいに気をつかわなくちゃ～、これで減点1だな」

黒木電業「そうだった。今までは俺が一番若いからやっていたけれど、忍さんがやってくれるので、ちゃっかり座ってしまったよ。こりゃ減点1どころじゃ～ないな。失格ってやつだった」

赤城電業「黒ちゃん、手を出さなくてもいいよ、あんたがやるより彼女の方がおいしいから」

　今までは、男だけの会合で、色気も上品さもなかったのに、たった1人の女性の参入で、雑談などの話の中身まで変わっていた。

白井電業「さてさて、今日の件名は、われわれの町、草花市からのありがたいご指名であります。またも同じメンバーです。いつものように、私が議事進行を致します」

紺野電業「白井さん、いつもありがとうございます。しかし、先日に新しいルールとなりましたから、今日からはAC会のように議長は前回の落札者としませんか」

白井電業「そうは言っても、これはAC会とは別だから、今までと同じでいいじゃないか」

紺野電業「ですからね、今までの『十日会』は、新しく『DC会』となって、内容はAC会と同じにしようということになったわけですから、同じことをしていたのではイケナイと思うのですよ」

白井電業「何で、この年寄りがみんなのためにやってやろうとするのが、駄目だというのか」

紺野電業「駄目とは言っていませんよ。大変だから代わりますよ、ということと、だれもがやって経験を積んでいかないと、ルールも覚えないし、もしも白井さんが体調不良のときにも困りますから、今日から変えたらいいかと思うのです」

黒木電業「俺もそう思います。変わったのですから、それはそれに合わせてやっていかないと、変わった意味がないじゃないですか」

白井電業「お前たちは、若いからそういう何でも新しいものに飛びつくけれど、伝統というものがあって、それは大切にしなければならないものなんだよ、わかるか」

灰田電業「そうだよ。白井さんの言うとおりだから、君たちはもっと気を遣いなさいよ」

黒木電業「この場合は、違うと思います。この件名はみんなのものだから、みんなで運営していくべきものだと思います。ですからそういう意味で、誰もが順番にやっていくということでやってもらいたいと思います」

茶畑電業「いいじゃないか、やってくれると言うのだから、やってもらえば」

紺野電業「じゃ〜、AC会ルールでやると決めたのですから、間違いなくその手順でやってもらえるのですね」

茶畑電業「それはさ〜、白井さんの方法でいいじゃないの。今さら、急に変えなくても」

黒木電業「それじゃ〜、『会』が変わったという意味がないじゃ〜ないですか」

白井電業「あのね〜、向こう1年間は、前のものと併行して使えるという内容なのだから、何も問題がないじゃないか」

黒木電業「それは違いますよ。今度はランクというものもできたし、中身が違っているのですよ」

茶畑電業「うるさいな〜、若い者にはわからないのだよ」

岩波・忍「ずっと、聞いていましたけれど、若いから駄目とも聞こえたから発言させていただきますが、今回の会の変更につきましては、地元業者が全員の一致をもって署名捺印をして決定したものでございます。それを今の発言ですと、無視するというようにも受け取れますが、もしもそれが本気ということならば、あなた方を除外しても、あるいは弊社は脱退してもよいと考えます。どうするのですか」

目の前にいる若い娘から、しかられたような格好になって、白井はあわてた。

白井電業「お嬢ちゃんね～、偉そうなこといいなさんな。やれるならやってみなさいよ。生きていけるかい」

紺野電業「みなさんはどう思いますか？」

全員が黙り込んだ。

黒木電業「白井さん、あなたは、最近の情報をご存じないようですから、私から話しますが、先般に、岩波電業さんは、あの蘭水電工やその他の支店業者を相手に自由競争を2回もやってきていますよ。甘くみていると、こんな田舎の件名なんか全部壊れますよ。嘘だと思うなら確かめてみてください。海山市と花木市では大騒ぎだったんですよ」

白井電業「そんなものは関係ない」

紺野電業「そうですか。それじゃ～、私も岩波電業さんと同じく脱退でも何でもしますから」

黒木電業「黒木電業も、同じく脱退してもいいです」

茶畑電業「ちょっと待てよ。それをやって、いいことがあるっていうのか」

岩波・忍「まったく問題はありません。その2件名は弊社と行動を共にした、善統電工さんと皐月電業さんが受注しました。次から次に根こそぎ取っていけば、他社は何も取れません。ペンペン草もな

くなりますよ。覚悟してください。この場であなたがこのままの形態で進めるというのであれば、弊社はこの場から失礼をさせていただきます」

緑川電業「岩波さん、ちょっと待ってね。さっきのあなたの話は、本当にもっともな話で、われわれも間違いなく承諾したことだから責任があるから、何とかしようと思う。そして今の話の、脱退はやめましょうよ。今までも仲良くやってきたし、これからもやっていきたいのですから。紺野さんも黒木さんも、同じように頼むよ。まずは、落ち着いてね」

赤城電業「そうそう、俺も紺野さんと黒木さん、それから岩波さんの脱退するという話の前の意見には、賛同します。協定書を結んだのだから、もっともな話ですよ。白井さん、お宅もそこのところを認識してくださいよ、署名捺印したのですからね」

青島電業「さっきの岩波電業さんの話ですが、私も他から聞きました。大手支店業者と戦ったっていうのは、今までいなかったから、それはすごいよ。聞けばそれもルールに基づいた戦いということで、やたらいい加減だったようではなかったとかも聞いていますよ。今ここで、重要なのは、ご存じのように、この町に一部上場の会社が進出してきて、そこに専属で入っている電気工事屋がこの町に営業所を建設しています。おそらくその電気工事屋もわれわれと同じ指名を受けると思います。その時に、岩波さんのような経験者がいてくれなければ、それこそ、そっちの方にみんな取られますよ。皆さんね〜、ここでこんなことはしていられなくなりますよ」

この話が出たことによって、全員が考え込んでしまった。

黄月電業「そうだったね。俺たちに関係ないと思っていたけれど、営業所を作った会社は、その地元に指名願いを出しているものね。そうすると、もうとっくに提出しているだろうから、近いうちに相

指名は考えられるね。はっきり言わしてもらえば、今までのやり方では通用しないね」
青島電業「俺はね〜、あの営業所の建設を見たときから、そんな気がしていたんだよ。気になって情報を集めていたら、岩波電業さんの話があって、すごいな〜、さすがだな〜、って思いましたよ。デカい会社のしっぽにくっつくやつはいても、噛みつくやつはめったにいないからね。もしも参加してくるなら4社だからね。1社じゃないんだよ。さ〜誰がその防波堤になってくれるかな」
赤城電業「その防波堤だけど、いつも話題になっている花木市の皐月だけど、もう悪口なんかいっていられないよ。見習うところもあるんだよ。彼は本気で戦うよ。さっきの話のように、受注するからね」
白井電業「わかったよ。それじゃ〜お嬢ちゃん、あんた、おやじさんにその話を聞かせて、防波堤を頼んでおいてくれよ。これからはみんなに任せるから」
　今までの町ボスが、ようやく気づいたようで、諦めた。
　今までは、白井が議長をやって、勝手に分配をしていたのである。だから、茶畑電業と灰田電業もくっついていて配分をもらっていた。
　この白井電業のような者を"談合ボス""仕分け人""仕切り人""分配人"とかいう。

紺野電業「それでは、前回受注しました、灰田電業さん、新方式で議事進行役をお願いします」
灰田電業「いや、俺は草花市以外は議長をやったことないから、慣れた人に頼みたいよ」
紺野電業「今までは、この草花市の件名は白井さんが議長をずっと務めていただきましたが、それ以外の窓口と同じですから、できるのではないでしょうか。仕方ないですね〜、では、その前が茶畑電

業さんですね。お願いします」
茶畑電業「俺も慣れていないから、誰かやってもらいたい」
紺野電業「え〜と、それじゃ〜、黒木さん、見本を見せてください。例の参謀長先生に教えてもらったとおりにお願いします」
黒木電業「はい、承知致しました。先日"話し合いのプロ"の方に、お聞きしてまいりましたので、そのとおりに行います。その手順を、みなさまがメモでもしていただきまして、今後は同じように進行するようにお願いします」
赤城電業「それって、誰？　参謀長？　役員さんかい？」
黒木電業「はい、では始めますが、今までになかったランクというものが設定されております。これは県と県の出先機関と同じになっています。まずは、ここが今までと異なるということをご承知くださいますように」

　ようやく、話し合いが始まった。
　これが、新しい会の始まりであるが、簡単には前の会のものが移行できなかった。

黒木電業「確認を行います。草花市発注の、入札番号・第21号、件名・第七中学校電気設備工事、入札日時・〇月〇日〇時から、よろしいですね」

　だれの手帳にも、草花市からもらった通知書の事項が、書き写されていた。その手帳を見ながら、議長の話を聞いて、うなずいているのである。

黒木電業「次に、順不同ですが、出席を確認します。赤城電業さん、青島電業さん、緑川電業さん、白井電業さん、灰田電業さん、茶畑電業さん、紺野電業さん、黄月電業さん、岩波電業さん、そして私の黒木電業、以上の10社です。これもよろしいですね」

　名前を言われて、誰もが小さな声で「ハイ」と答えてうなずいた。

黒木電業「今回のメンバー（相指名業者）は、全員が『DC会』会員ですので、『DC会ルール』で行います。みなさん同調してくださいますように」

　先ほどの激しい議論の後であるが、落ち着いて静かに聞いている。議事進行の手順をメモすることも忘れていない。

黒木電業「今回の研究会（話し合い）のチャンピオン（落札予定者）は、この会館の使用料金と飲食代金の負担をお願いします。そして、落札後は、落札金額の0.2％を『DC会』の運営費として『DC会』に納めていただきます。振り込みする場合は手数料はチャンピオンが負担してください。そして、『DC会』への入札結果報告書の提出をお願いします。なお、参考としてお話ししますが、先ほどの話のように、支店業者とかの参入があったときには、われわれの会に入会をしていただきまして、入会費などを徴収いたします。もしも入会を拒否した場合には、それなりの対策が生じます。これはまた後で協議したいと思います」

青島電業「途中で悪いけれど、今、良いことを言ったね。それだよ。入会拒否となれば、さっきの岩波さんの話なんかが関係すると思うから、後の協議のときは、岩波社長は外せないぞ。岩波さん、くれぐれも脱退なんかしないでくれよ、仲間だからね。頼むよ。誰かじゃないけれど、俺もファンクラブ員だからね」

紺野電業「青島さん、それはね〜、黒ちゃんが副会長らしいから、許可をもらわないとマズいですよ」

青島電業「なんだ〜、そうすると、会長さんはおやじさんかい？」

紺野電業「違うんだよ。あだ名が参謀長っていう人なんですよ」

青島電業「誰なんだ？　それ？」

　黒木は、そう言われても、無視して、次に進んだ。

黒木電業「窓口ですが、今後は正式に『草花市』という名称になります」

黒木電業「では、この件名で、特殊事情のある方はいらっしゃいますか？　申告をお願いします」

白井電業「それだけど、この学校は、むかしから茶畑電業さんが関係しているから、そこで決めよう」

黒木電業「そうじゃなくて、AC会でいう特殊事情ですが」

白井電業「だから、それが特殊事情じゃないのか。だって"関連工事"っていうのにあてはまるじゃないか」

紺野電業「それは違いますよ。既に終了したものとは関連性はないと思いますよ」

茶畑電業「だけど、前に受注したから、引き続きメンテナンスとかが続いているから関連しているじゃないか」

紺野電業「それも違うのですよ。つい最近に、岩波さんが申告したじゃないですか、あれですよ。あれでなければ駄目ですよ」

白井電業「だけれども、あれは県の出先機関の窓口で、これは草花市だから、特殊事情が違うのだよ」

紺野電業「ですから、今回の会からは"AC会ルールを使いましょう"と決めたじゃないですか。前とは違いますよ。そもそも前が違っていましたけれど」

灰田電業「だからさ〜、向こう１年間は前のものも使えるということだから、いいじゃないの、そういう条件がついていたんだから」

紺野電業「どうしても、わかってもらえませんかね〜」

白井電業「それじゃ〜、あんたが全部を仕切るということだな」

青島電業「紺野さんいいよ、俺が言うよ。あのですね。今までの方式では困るという意見があったのを、改善しようとして、この紺野さんと黒木君が発案して、みんなのところに回ってきて、それで全員が納得して決めたのですよ。この二人は苦労してくれたのですよ。いわばわれわれの代弁者です。それにさっき、岩波さんとこの若い娘さんが、"脱会しても"という決断をしていたのですよ。

俺は恥ずかしかったよ。勇気がなかった。みんなもそう思わないか？　黙って聞いているだけですか？　はっきり言おうよ。"あんた方3人が悪いのだ"って、あんた方3人が思うように決めてきたけれど、あんた方だけのものじゃなくて、みんなのものでしょう、もう目が覚めてくれてもいいでしょう。これ以上駄々をこねるなら、俺も岩波さんと一緒に脱会するよ。冗談じゃないぜ」

白井電業「そうかい、それが本音だな。わかったよ。それなら俺たちが脱会するから、あんたたちで勝手にやんなよ」

　白井が、灰田と茶畑を見て、促した。

　3人が、"頭にきた"というふうに怒って部屋から出て行った。

青島電業「見たか。あれだけ言ってもわからないのだよ。さ〜、みんなはどうする」

紺野電業「ありがとうございます。あそこまで言ってもらって」

黒木電業「思っているのだけれど、直接言えなかったんだよ」

青島電業「な〜に、俺もいくじがなかったさ。今言ったように、岩波さんの発言はすごいよ。みんな言えるかい？　おやじさんならわかるけれど、娘さんだよ。女だよ。本当にファンになったよ」

赤城電業「悪かった。俺もはっきり言えなかったもので、青島さんだけが悪者になったみたいで、申し訳ない」

黄月電業「すいません。俺も同じだった」

緑川電業「俺も、すいません」

青島電業「さて、これからどうするかだが、俺たちも脱会するか？　俺たちこそこの会をもり立てるか？　だよ」

紺野電業「解散するか、残ったメンバーで継続するかですね」

岩波・忍「今までどおりにやっていたら、小さな仕事しかもらえないというのですから、大きいのを取りませんか」

黒木電業「どうやってですか？」

岩波・忍「うちは、1社でも単独で戦う気持ちがありますが、みなさんを巻き添えにする気はありません。もしみなさんが結束できるならば、このまま私たちだけでチャンピオンを決めて、あの3人と戦うのです。できませんか」

青島電業「そうなんだよな。今回だって、俺たちは取れなくて、相手の言い分を聞いていたら、1年間は取れないのだよ。それなら戦ってみるのもいいじゃないかな」

紺野電業「そうだ。この前に岩波さんが"いい話"って言っていたのを聞かしてもらえれば、参考にならないか」

黒木電業「そうだったね、そうしようか」

岩波・忍「そうですね、今と同じような状況だったようですから」

青島電業「それって、俺が言った、大手と戦ったという話のことじゃないのか。それなら俺も詳しく聞きたいよ」

黒木電業「じゃ〜、みんなで行きますか〜」

紺野電業「その前にさ〜、今回の件名が『DC会』として進めていったら、どうなったかをやってみないかい」

緑川電業「賛成」

赤城電業「それ、良いね。俺も賛成」

黄月電業「俺もだよ。進めてみてよ」

黒木電業「では、特殊事情は全社なしとします。次にランクですが、どうでしょうか？」

緑川電業「今度からランクがあるっていうから、見積もりしたよ。これからは必要なんだから」

紺野電業「そうだった。忘れてた」

緑川電業「それって、おそらくだけど、2千万円近いと思う、まず間違いないはず」

黒木電業「そうすると、Bランクの1千万以上〜2千万円未満というこ

とですよね」
赤城電業「過去の発注実績からすると、それだよ。1千万未満の件名は、俺たちより下のクラスだから、間違いないよ」
黒木電業「今までの受注実績を、さかのぼって、ランクの金額ごとに計算し直したのがこれだよ。総合点ならこれだよ」
青島電業「おぁ～いいじゃないか」
黒木電業「見て下さいよ。あいつらは、マイナス点もダントツにすごいですよ」
青島電業「だから、あいつらだけが受注して、俺たちには時々だったから、そういう点数になるんだよ。それが、確かな証拠さ」
緑川電業「特に大型件名ばっかりだったな」
黒木電業「ですから、われわれの点数は、こんなにあるのですよ」
紺野電業「だからさ～、この点数を自分のものにするには、やっぱりまとまっていなければ、過去が全部消えるということだよな」
赤城電業「これって、あの3悪人は"取り逃げ"だけど、俺たちは"取られ損"だから、脱会なんかしたら、大損だね」
黄月電業「この一覧表はもらえない？」
黒木電業「そう言われると思って、コピーしてきたから、配るよ」
青島電業「それでさ～、よほどのことがないならば、特殊事情を除いては、この点数と回数だけで決めるっていうのはどうだろう」
黒木電業「それって、複数の立候補はなくて、単独1社にするということですか」
緑川電業「それいいね～。もめ事がなくて、簡単だよ」
黒木電業「だけどさ～、たまたま忙しいとかっていうときは、ほしくないときはどうしますか？」
赤城電業「なんだ、黒ちゃんはぜいたくを言うね～、その時はさ～2番手に譲ればいいじゃないかな」
黒木電業「それが、"前に譲ったから今度も"なんて言われると、ず

　　　　　～っと後回しになるような、そういうことないかな～」
緑川電業「あるね。その場合は、俺は言うね。"一周待て"って」
紺野電業「それはかわいそうだね。そういうときは、次回は必ず取ることでいいじゃないかな」
青島電業「駄目だよ。いっぺんに数件が出たら、どうする？」
緑川電業「そういうことは年に数回あるね」
黒木電業「やっぱり立候補は自由っていうことかな」
青島電業「そうだな。だけど点数制だから、決めるのは簡単だよ」
黒木電業「そうですね。それにしましょうか」
青島電業「今まで取れないのが、取れるようになるのだから、ある程度は我慢だな」
黒木電業「そのとおりですね」
青島電業「まだまだ早いよ。ここでチャンピオンになっても、3悪人がいるのだから、立候補したら、それは覚悟しなければならないぞ」
緑川電業「そうだった。その覚悟ね。よし、するよ」
黒木電業「それでは、この一覧表をみなさんで厳重保管をしていただきまして、年に1回は照らし合わせをしていこうと思います。それでどうですか？」
紺野電業「そうなんですよ。そういう明朗会計的なら、いいと思っています、ご協力ください」
青島電業「いいよそれ、それなら、だれからも文句は出ないね。OKだよ。みんなもそれでいいだろう」
岩波・忍「あの～、これを見ると、皆さんの点数はかなりあるようですけれど、うちは少ないように思うのですが？」
紺野電業「あっ、それ、あの3悪人が、岩波さんだけには遠慮していたからですよ。俺たちはコケにされていたのですよ」
岩波・忍「そうだったのですか。そうすると、みなさんが取って取って

取りまくった後に、うちが取ることになるわけですね」
青島電業「大丈夫、みんなファンクラブ員だから、気を遣ってくれますよ、特に俺と黒ちゃんがね」
岩波・忍「本当ですか〜？」
青島電業「冗談抜きに、今回のことも、お宅にお世話になったし、これからも頼りにもすることになるし、"どうしても"とかいうときは言ってください。これはみんなもわかっていることだから、間違いなく協力をします。みんなも頼むよ」
　雑談のなかで、ああだこうだで、仲良く決まっていった。
　同じ被害者だったということが連帯感を生んでいた。
黒木電業「それでは、現在の最高点数は赤城電業さんですが、異論のある方はいらっしゃいますか？」
緑川電業「ちょっと待ってもらえる。あのですね〜、回数でいうと、うちが最高で、それもみなさんと比べてもらうとわかるのですが、この場合はどうでしょうか？」
紺野電業「そうでしたね〜。優先回数ですか。忘れていました。黒ちゃん、そういうことだよ」
黒木電業「それはうっかりしました。今回は間違いなく緑川さんですが、今後は10社？　7社？　どっちを基準にしますか？」
岩波・忍「それは、その参加者数でございます」
黒木電業「は〜い。ただ今、お聞きのとおりでございます」
青島電業「そうだよ。お嬢様のお話を無視してはいけませんよ」
岩波・忍「やめてくださいよ。お嬢様だなんて」
青島電業「さっき、白井のおやじが、岩波さんのことを"お嬢ちゃん"だって言っていたけれど、あれは"お前"って言えなかったんだよ。笑えるね」
紺野電業「それで、岩波さんに"防波堤を頼んでおいてくれよ"とも言っていたけれど、あれだけ牛耳っていて、困ったら他人任せだ

ものな〜」

黄月電業「それから、"これからはみんなに任せるから"とも言っていたけれど、あれは本気じゃないよな」

黒木電業「そうですね。え〜と、それで、今回は優先回数の申告が緑川電業さんからありましたので、これを認めて、今回のチャンピオンと決定致します。長時間のお付き合い、誠にありがとうございました。なお『短冊』ですが、これは検討の結果、渡すことになります」

紺野電業「黒木さん、ご苦労さまでした。どうでしょうか？　みなさん、今後はこのように進めたいと思います。何か意見があったら、話し合って進めたいと思います」

青島電業「上出来だよ。これでいこうよ。さて、今度は、あの３悪人の始末だけど。岩波さんを呼んで、相談をしませんか？」

紺野電業「ここへ呼ぶのですか？　頼むことだから、こちらから行かないと失礼でしょうね」

青島電業「そうだった。ごめん。竹刀でポコンとやられるところだった。岩波さん、電話してくださいよ。もしよければ、すぐにも対策をとりたいから」

*

岩波・忍「隊長、忍二等兵ただいま戻りました。本日は脱走兵３名あり。報告事項多数にて友軍の隊長６名を同行であります」

黒木電業「黒木班隊長入ります。本日はご相談したきことがありまして、お伺い致しました」

岩波・岩波「よし、ご苦労であった」

青島電業「岩波さん、ご無沙汰しています。なんですか、最前線基地ですか？」

岩波・岩波「おぉ〜、久しぶりだね。元気そうでなによりです。そうですよ、戦闘態勢に入っているからね〜、平和ボケはしていない

よ」
　来客6人を座らせて、あいさつやら、近況やらを話した。
青島電業「聞きましたよ。蘭水電工とか善統電工とかやりあったって、すごいことやりましたね～」
岩波・岩波「実は、俺はまったく意識がなくて、気楽に出かけていったのだけど、成り行きで大げんかになったんだよ」
青島電業「成り行きですか？　それで、巻き込まれた？」
　岩波が、ことの経緯を話した。
　紺野も黒木も、ちょうど聞きたかった話であり、その他も、皐月の噂話をしていたので、興味があった。
　岩波の全ての話を聞いた全員が驚いた。
　※前作『裏と裏・秘密会議秘話』参照

黒木電業「岩波さんと引き分けっていうと、皐月さんは、かなり強いですね～。まったくそんなふうには見えなかったです」
岩波・岩波「それは、見た目でなくて"技"（業・術）を使うのだから、そうなるんだよ。実はさ～、本当は、俺が負けたんだよ」
紺野電業「えぇ～、本当ですか～」
岩波・岩波「そうだよ。皐月さんが"この辺で"と言って止めてくれたのさ、あれを続けていたら、たんこぶだらけになっていたよ。俺も初めは皐月君なんて言っていたけれど、今じゃ～皐月さんになったよ」
　この話で、全員が目を見開いた。
　信じられなかったのである。
紺野電業「そこでの話は、今日の白井・灰田・茶畑の逆になるのですが、こういう場合にどうすればいいのでしょうか？」
岩波・岩波「まず、あの3人が、どういう行動に出てくるかだけど、まず考えられるのは、今までは自分の思うようにやってきたことが

できなかったということを、諦めるのか、何とかしたいのか、だ
　　　と思うけれど、どっちだろうね」
　岩波が、みんなの意見を聞くように、それぞれの顔を見た。
黄月電業「我慢がならないでしょうね。でも俺たちが頭を下げてくると
　　　思っているでしょうね」
緑川電業「俺も、そう思います」
赤城電業「自分からは、頭は下げませんよ」
青島電業「同感だな」
紺野電業「俺も、そうだと思います」
黒木電業「俺も、そう思います」
岩波・岩波「やっぱりな。俺も同じだよ。そうすると、どういうことを
　　　してくるかとなると、こっち側に頭を下げさせようとするはずだ
　　　よ」
青島電業「そんなこと言っても、誰も聞きませんよ」
岩波・岩波「そうじゃないよ。今日の目の前で、自分たちに文句を言っ
　　　た者は避けて、あまり言わなかった者に、声を掛けてくるはずな
　　　んだよ。"俺に文句を言わなかった者は俺たちを恐れているから、
　　　言うことをきくだろう"というように、懐柔作戦というか、交換
　　　条件を持ってくるとか、何かをしてくるよ」
紺野電業「来ますか？　猫なで声で」
岩波・岩波「あるいは、有力な他人に頼んで、使いをよこすとかだよ。
　　　それでも駄目なら、思いっきりのダンピングになるけれど、この
　　　町は、最低制限価格が設けてあるから、安ければいいというわけ
　　　でもない」
青島電業「今まで、甘い汁ばっかり飲んだやつが、ダンピングできます
　　　かね？」
黄月電業「正直いって、今回チャンピオンになったけれど、それが怖い
　　　ですよ」

岩波・岩波「俺たちはやっちゃったんだけど、最低制限価格がなかったから善統電工も皐月電業さんも落札ができたのだけど、その制限があるとな〜」

紺野電業「その善統電工も皐月さんも、構わず入札金額を安値にしたのですか？」

岩波・岩波「あぁ〜、度胸のいいもんだったよ」

黒木電業「やることが、何でもすごいよな〜」

岩波・岩波「そうなんだよ。最初から、その気でいるから、まったく気にした様子はなかったよ。だけどね〜、相手は怖がったと思うよ。それは結果の金額で感じたよ。ある線からは下げられないものだよ」

赤城電業「俺は、今気が付いたのだけど、もしも黄月さんが落札できなかったときは、その次の件名は、誰がチャンピオンになるのでしょうか？」

岩波・岩波「それはね〜、参謀長に聞いてあるよ。説明するよ。豊美市の実例だそうだよ。"しっかり最低価格近辺の金額を入れたけれど取れなかったときは、次回もチャンピオン"で、"逃げたような金額を入れたときは、受注する気がないとして、一番最後の番とする"というものだそうだよ」

紺野電業「それはいい、われわれもそれに決めましょうよ」

青島電業「それは俺も賛成だよ。そうでなければ、相手に有利になるだけだから、最初の数社には悪いけれど、頑張ってもらうしかないな。ところで、その参謀長って誰なんですか？」

岩波・岩波「その内にわかるよ。それでね〜、みんなに賛助金を出してもらって、そのいくらかをチャンピオンに寄付するんだよ。そうすれば、ダンピングしてもお互いさまで何とかやっていけるんだよ。それが良いときめたなら、その細かい方法は後で説明するよ」

黄月電業「それを決めてやりましょうよ。そうすれば俺も安心して特攻
　　　　隊ができるよ」
紺野電業「実例があっての話だから、その作戦でいきましょうよ。隊長
　　　　が参謀長殿から聞いたのですから、私は大賛成です」
青島電業「よ〜し。おれも岩波隊長の提案に賛成だよ。みんなもいいだ
　　　　ろう」
岩波・岩波「おいおい、その隊長っていうのは、うちで親子で言ってい
　　　　るだけなんだから、やめてくれよ」
青島電業「だけど、聞いていると、参謀長だの、黒木班隊長とか、忍二
　　　　等兵が出てくるぜ。俺も青島班隊長で仲間に入れてほしいよ」
　全員が笑いの中で、承諾となって、勇気づいていた。
青島電業「それじゃ〜いちおうそういうことで進んでおいて、また何か
　　　　気が付いたことがあったら、みんなで集まって決めよう。隊長も
　　　　一緒ですよ。それから、忍さんですがね、俺は若いときの彼女を
　　　　見ているけれど、まるで別人になっちゃって、今日で３回目だけ
　　　　ど、初回で灰田を蹴っ飛ばして、２回目に演説でビックリさせら
　　　　れて、今日の３回目で白井にたんかを切ってビックリさせられた
　　　　のだけれど、白井のおやじの方がビックリして、忍さんにバシッ
　　　　と言われたときに一瞬止まっちゃって"お嬢ちゃん"だって言っ
　　　　ていたけれど、あれは"お前"って言えなかったのですよ。岩波
　　　　さんにも見せたかったですよ。忍さんは、何だかだんだん岩波さ
　　　　んに似てきたというか、それ以上というか、それが二等兵はない
　　　　でしょう〜。突撃隊長ですよ。逆に俺が二等兵だよ」
　忍のことを"岩波さん"と呼んでいたのも、自然とうちとけていって
"忍さん"に変わっていった。
岩波・岩波「そんなだったかい。悪いね〜上品さが欠けているのだね。
　　　　だけど、それも参謀長の影響もあって、俺からは言えないのだ
　　　　よ。あれれ、俺が二等兵かな」

予定もしていなかった青島電業が、協力態勢に加わって、全員がまとまった。
　さて、3悪人への対応はどうなるのか。

11　岩波グループ

岩波・忍「隊長、大変です。先日より噂の支店業者が4社、本日発令の草花市文化会館の指名に加わりました。同時に隣町のもう2社も加わりまして、われわれ地元の10社と合わせて、計16社指名となっております」
岩波・岩波「そうか〜、いよいよ侵攻作戦で上陸してきたか」

　岩波電業で、いつもの会話をしているところに、紺野電業が来社した。

紺野電業「隊長、突撃隊長、聞きましたでしょうか。いよいよ決戦が始まります。作戦はいかが致しましょうか」
岩波・岩波「よし、まずは集合できる者だけでも集まって、取りあえずの情報交換が必要だと思う。電設会館は敵に知られてしまうので、うちの道場でやろう」

　岩波は自宅に小さな個人練習用の道場をもっている。

紺野電業「それとも、みんなの都合を聞いて、全員が都合のつくときにしますか？」
岩波・岩波「俺としては、なるべく早く情報をとって、それを伝えて、参謀長の知恵を借りたいと思うのだが」
紺野電業「それって、直接に参謀長を呼ぶとか、こちらから行くとかはどうなのでしょうか？」
岩波・岩波「やはり、先に情報を流しておいた方が、向こうが考える時間ができると思うのだが」
紺野電業「そうでしたね。じゃ〜夜なら大丈夫だと思いますから、集合を掛けます」

草花市のいつもの件名ではなくて、今までになかった大型件名が発注されたのである。
＊
岩波・忍「隊長、全班の隊長がそろいました」
　「こんばんは」「お世話になります」「遅くなりました」
　などという声がして、いつもの10社から3悪人を除いた7社7人に、忍が加わって、8人の会合となった。
　板の間の道場に、座布団が敷かれていて、お茶が用意されていた。
紺野電業「本日の指名通知の件名で、今までにない大型件名です。メンバーは、いつものわれわれ地元Aクラス10社と大手支店業者と市外業者の6社です。計16社の指名です。支店業者名はご覧のとおりです」
　道場の黒板に、工事件名と入札日時とメンバー名が書いてある。忍が書いたのである。
岩波・岩波「ハハハハ、ざま〜みろ。こうなるんだよ」
　岩波がご機嫌に笑っている。
黒木電業「隊長、どうしたのですか。何がおかしいのですか？」
岩波・岩波「実は、このニュースを忍から聞いた時からおかしくておかしくて、ず〜っと、止まらないのだよ」
青島電業「岩波さん、まさか、もう一杯飲んじゃったじゃないでしょうね」
岩波・岩波「いやいや、しらふだよ、今説明するけれど、これが笑えずにいられるものか。ハハハ」
黒木電業「忍隊長、何か変な物を食べさせたていうことはないですか？」
岩波・忍「今から説明がありますから、お待ち下さいね」
岩波・岩波「面白いことに、この前に話した件名の事件が、あちこち飛んでいて、あるところで、"俺は談合をしなかった"という事実があったんだから、その話をしたんだよ。それがキッカケで、蘭

水電工が消されたんだよ。俺はまた指名されていたらどうしようかと思ったほどだったんだが、良かったよ。それで、この発注された規模は、蘭水電工とか善統電工の世界ではなくて、それより格下のランクの業者を選んだそうだよ。そこへ最近営業所を出した4社が該当するようで、支店業者といっても、あまり大きくない会社だそうだよ。役所に直接行って聞いてきたんだよ」
青島電業「それじゃ〜、岩波さんのおかげですね。俺も蘭水電工が指名されていたら、また大げんかになると思っていたんですよ」
岩波・岩波「な〜に、あんなのとけんかするのはわけはないけれど、その6社が蘭水電工とつるんでいるという可能性があるのだ。そこはうちの参謀長が調査しているから、それは情報待ちなんだよ」
青島電業「なんかさ〜、戦争でも始まるみたいで、気持ちが高揚してくるよ」
岩波・岩波「だろう。だから、うちのようになっちゃうんだよ。いちおう、忍も二等兵は昇進して隊長になったけれどね」
　みんなが笑いながら、始まったのである。
　もう、だれもかれも隊長である。

＊

皐月・誠「こんばんは」
「だれ？」「知っている？」「見たことない」「俺知ってる」
「もしかして？」「誰なんだよ？」
　誠が道場に入ってきて、みんながざわめいた。
岩波・岩波「おぉ〜、来てくれたか。ありがとう」
「もしかして」「そうかもしれない」「参謀長？」
　おそらく、そうなんだろうと思って見ていると、岩波親子の約4メートル先から、転んで一回転、受け身をしないで立ち上がり振り向いた。忍の隣に並んだ。

誠の得意の、『前方回転立ち上がり振り向き受け身』
※前作『他言無用・秘密会議秘話』第2話参照
　誠のパフォーマンスに「おぉ〜」という声が出ていた。
　岩波親子は、知っているので笑顔である。
　黒田と紺野は、一度面会しているから、笑顔である。
　他の参加の業者は緊張しているのである。
岩波・岩波「みんなに紹介するよ。この方が、俺が言っている"参謀長"だよ。花木市の皐月電業の皐月専務さんだよ」
「やっぱり」「この人が」「あの話の」「小さいじゃん」
　みんなが、いろいろな思いで誠をみた。
紺野電業「来てくれたのですか、ありがとうございます。あぁ、先日はお世話になりました」
岩波・忍「私がね、誠さんの悪口を言っている人たちを見せてあげると言ったら、"見たい"ということで来たのよ。みなさん覚悟した方がいいわよ」
皐月・誠「忍さん、それで、そう言った人は誰と誰ですか？」
黒木電業「忍さん、悪い冗談をやめて下さいよ〜、頼みますよ〜」
岩波・忍「フフフフ、誠さん、今日は見るだけにして下さいね」
皐月・誠「はい、そうします」
　誠が笑顔でいるので、みんなは安心していた。
青島電業「岩波さん、この方と勝負して、負けたとか言うのですよね？」
岩波・岩波「その言い方は、"信じられない"という言い方だね」
青島電業「そういう失礼なことを言うのじゃないけれど、ちょっと、ま〜、そういう風に思ってね」
岩波・岩波「そうだろうな。じゃ〜ちょっとだけ、試合してみるから見てごらん。皐月さん、そこの杖（四尺棒）を持って、俺と試合してみよう」
皐月・誠「待って下さいよ、杖（四尺棒）では、使い方は一緒ですが、

相手が岩波さんでは無理です、かないません、無理ですよ。ボコボコにされてしまいますよ～」
岩波・岩波「実はさ～、うちの道場には、杖道（四尺棒を使用する）をやっている者がいるから、そいつと"俺が先日棒術と戦って負けたから、練習相手になってやってくれ"ということで、そいつとやったら、簡単に勝ってしまうのだよ。見ていて、だいたい同じような使い方だったけれど、勝ったから"これならいける"と思ったんだが、そうか～」
皐月・誠「そうですよ。岩波さんなら、杖道の相手は問題ではなかったでしょうね」
岩波・岩波「そこに、この町の助役の息子がいて、"なんで棒術と戦ったのですか？"っていうから、皐月さんとの棒術の話と、俺にすれば談合を拒否した立場だから、あのときの件名の話をして、蘭水電工がどうしようもないっていうことを強調しておいたのさ。そうしたら、その話がおやじの助役に届いて、今回の指名になったというわけさ」
　これをみんなが聞いていて、納得した。
　だから蘭水電工が指名されていなかったということを。
皐月・誠「棒術も少しは役立ちましたね。とにかく杖では困りますよ」
岩波・岩波「だけど、うちには六尺棒はないからね」
皐月・誠「私は持っていますよ。持ってきます」
岩波・忍「私が持ってくるわ。鍵を貸してください」
　忍が、誠の車のキ～を持って、六尺棒を取りに行った。
岩波・岩波「いつも持っているのかい？」
皐月・誠「岩波さんだって、木刀と竹刀を車のトランクに入れてあるじゃないですか」
岩波・岩波「だけど、六尺棒は長いからトランクは無理だよな」
皐月・誠「車内ですが、大丈夫ですよ、袋に入れてあるから」

岩波・忍「持ってきましたよ」
岩波・岩波「なんだ。袋っていっても、この布一枚なら、袋から出さなくても、そのまま使えるじゃないか。考えたな〜」
皐月・誠「じゃ〜、どうやってやりましょうか？」
岩波・岩波「いや、まともにやったら、俺がボコボコにされちゃうから、ゆっくりというか、軽く打ち込んでもらいたい。おいみんな、ゆっくりでも"こうなるんだ"というところを見てくれ」

　誠と岩波は、以前にやったように、力まずに試合をした。
　"寸止め"でピタリと止める。
　誠は孫悟空の如意棒のように、短く長く自由自在・上から下から斜めからと変幻自在に打ち込んでいく。
　『庵原・忍体術』棒術の『流れ打ち』
　岩波は受けにまわるしかない。
　誠の攻撃法は、正面からと見せて、少しずらして打っていく。
　柳生流剣術に近いことをする。
　岩波が、攻撃しようとしても、正面には誠はいない。
　防御に忙しくて、攻撃のチャンスがない。

岩波・岩波「どう、みんな？　これを本気になって速くされたら、どういうことか想像できるだろう。さすがの俺も打ち込むチャンスが少なくなってしまうのだよ。誰か試しにやってみてくれ。特に、側面からのすね打ちと槍のような突き、これが対処できない」
　※前作『裏と裏・秘密会議秘話』第2話参照
青島電業「わかったよ　、時代劇で観たけれど、そんなものじゃないね。初めてみたよ。面白いね」
岩波・岩波「青島さん、ちょっとやってごらん」
青島電業「いやいやいや、見ててわかったからいいよ。すねと思えば頭へ、受ければ胴へ、打ち込めば側面へ、見事だよ」
紺野電業「さっき、皐月さんが六尺棒以外は駄目だとかいいましたが、

岩波さんが公園で戦ったときは、コウモリ傘だったじゃないですか。そんな短いのでやったのに、どうしてですか？」
岩波・岩波「あの時は、俺が勝手に打ち込んだので、六尺棒がなくて、コウモリ傘で瞬間的な動きだったのだけど、その技（術・業）を調べてみたら、忍者の剣術の忍秘剣という中にあったよ。ちょっとやってみるから見てみて。話ではわからないだろうから。皐月さん、悪いけれど、その技をやってもらいたい」
皐月・誠「はい、わかりました。では、竹刀を１本お借りします。どうぞ打ち込んでください」
　岩波が、以前に公園で打ち込んだときと同じことを行った。
　誠は、『庵原・忍体術』棒術の『飛龍』を行った。
　前回は額で止めたが、今回はのどで止めた。
　※前作『他言無用・秘密会議秘話』第２話参照。
岩波・岩波「ほら、今日は本物だよ。前回は、眉間・額にピタリと止めて"やめてくださいよ"、今のは"今度は本気ですよ"という業。今は俺ののどを刺しただろう。もちろん、ピタリと止めてくれたけれど。あの時は眉間を突いたのだよ。止めるときは額へ。殺すときはのどへ。殺す気はなくても、自由自在なのだよ。それが目に入らないのだよ。なぜって、剣道で上からの攻撃しか見ていないからというのもある」
皐月・誠「参ったな〜、そこまで読んでいるのですか」
岩波・岩波「それで、肝心なのは、その技を出すのに、手加減をしているという余裕なんだよ。俺は悪いことに、皐月君の頭を打ってしまったのだよ。でも彼は怒らずにじっとしていたよ。次に俺が打ち込んだときに、本当なら、頭にきて本気になるはずが、俺の額にコウモリ傘の先端をピタリと止めたんだよ。それに俺は反省もあったけれど動けなかった。いいかい、コウモリ傘が濡れているから、俺の顔の前を通過すると、水しぶきが飛んでくるので、俺

が一瞬目をつぶる、それを見越して、額に先端を当てた、"これ以上前に出ると痛いですよ"という合図だよ。自分の技に対する自信と"本当は争いませんよ"という人格というか、とにかく俺は負けたと感じた。それからの付き合いさ」

※武集館道場ホームページ　動画参照

紺野電業「そうだったんですか。岩波さんが負けたと感じたということ自体がすごいですよ。それに戦うときに余裕があるということですか、いったい何段なのですか？」

皐月・誠「私ですか。ま〜合計なら、かるく10段は越えているのだけれど、ま〜そんなものです」

岩波・岩波「棒術以外に武器術をいろいろやるし、徒手空拳の技はものすごく面白いよ。ひとつやってもらおうか。誰か有志が出てきてごらん」

　そう言われても、誰も名乗りはあげない。

岩波・忍「あの〜、正直に言いますと、私が灰田電業に使った技は、誠さんから教えてもらった技なのですよ」

黒木電業「そうだったんだ。"あれ！"って思ったよ。あれが」

岩波・忍「ちょっと黒木さん出てきてよ」

　忍に言われて、一番の若手が出てきた。

　黒木電業の二代目である。この中では一番若い。

岩波・忍「誠さん、この黒田さんにやってみてください」

黒木電業「あっ、俺ね〜、悪口なんか言っていませんからね」

皐月・誠「大丈夫、軽く動作を見せるだけですから」

　誠が秘伝の『女天』をゆっくりと説明した。

　二人が相対して、誠の脚が黒田の両足の間に入った。

　誠の膝で黒木の膝をうち側から外側に軽く押しただけで、黒木がよろけた。

　そのときに続けて誠の膝を反対側にも押した。

黒木はしりもちをつくかのように後ろに下がったのを、誠が手をつかんでひっぱった。
黒木電業「あれ、こんな軽くても、簡単に倒れるものなんですか。知らなかった」
岩波・忍「あの時は、片方だけだったけれど、そのまま膝蹴りができたのよ。私がやろうか」
黒木電業「いいよ、いいよ」
紺野電業「黒ちゃん、ファンクラブだろ～、やってみてよ」
　黒田と忍が向かい合って、忍の太ももが黒田の脚の間に入った。
　忍は右脚を入れて、膝を左に倒した。
　黒田が、自分の右側に傾いた。
　忍の右脚の膝蹴りが、途中で止まった。
紺野電業「なんだ～、忍さん、そこで思いっきり膝蹴りをしてもよかったのに」
黒木電業「紺野さん、やめてよ。こういうことだったんだね」
紺野電業「黒ちゃん、感想をどうぞ」
黒木電業「忍さんの脚と接触したら、とろけちゃって、脚に力が入らないから、グラっていっちゃったよ。これはさ～、何回やってもいいよ。膝蹴りがなければね」
紺野電業「なんだって。忍さん、俺にもやってください」
岩波・岩波「はい、本日の受付は終了致しました。またの予約をお願い致します」
　みんなが大笑いとなった。
　以前には、"3悪人"がボスで牛耳られていた。この二人が小さな反乱を起こしたが、まったく変化はなかった。
　いつも、明るいという状況ではなかった。
　ここに、忍という女性が1人参入したことによって、明るさが出てきていた。

岩波も、誠との交流によって、冗談が言えるような明るさが出てきていた。
岩波・岩波「これは、ほんの一例だけど、この皐月さんとけんかしたい人はどうぞ、勝手にやって下さい。だけど、俺は知らないよ」
　岩波が笑って話をしているので、みんなも笑って、遊びの武道見学のようであった。

＊

岩波・岩波「さて、本題に入って、今回の件名について、ちょっとアドバイスをもらおうと思うけれど、参考になると思うから聞いてみよう。参謀長頼みます」
　"こんなの"と思った男が"ちょっとできるかな"と思うだけで、聞く話に真剣みがでてくる。
　"馬鹿にした男"の話なら、聞こうとは思わない。
皐月・誠「では、私の話はあくまでも参考の話ですから、まずもってこれをご承知下さい」
青島電業「皐月さん、"こうしたら取れる"ということは教えてもらえないのですか」
皐月・誠「それは、ちょっと…どうしてもとなれば、やぶさかではありませんが、相当高額の請求書が届くと思います」
黒木電業「忍さん、そこを"お兄様に"頼んでくださいよ〜」
皐月・誠「わかりました。"私のお兄ちゃん"に頼んでおきます」
「お兄様？」「お兄ちゃん？」「誰のこと？」「何だって？」
「兄妹なんかいたかな　」「たしか、一人っ子だよな〜」
　みんなはわからないが、これが通じるのは、岩波親子と紺野と黒木と誠だけであった。
皐月・誠「その前に、余計なことかも知れませんが、みなさんが、間違った判断をしてしまった。ということを、少しお話しさせてください。聞けば、今での『十日会』は、新しいルールを採用して

『DC会』と変わって、今まで金額ランクがない、ノーランクだったものを、ランク分けにしたと聞きました。この時に、過去の点数をどう処理したかが問題となります。普通は、新しくなると、過去のものは消滅します。時々は1年後までとかもありますが、あやふやになって、トラブルの元となります。過去の点数を遡って、設定金額に分類仕分けをすると、新しいランクに振り分けられますが、その場合に、みなさんは損をします」

青島電業「それって、俺たちで過去を調べて、件名ごとに仕分けして、ランクごとの点数を設定したのが、マズいということですか？」

皐月・誠「だいたいの話は聞いたのですが、マズいと判断しました。みなさんより下のランクには有利になっても、ここにおられるみなさん方は大損です」

赤城電業「よくわからない。わかりやすくお願いします」

皐月・誠「2百万の件名は2百万のランクへ。5百万の件名は5百万のランクへ。1千万の件名は1千万のランクへ。というように振り分けたと思いますが、むかしの2百万のランクへ点数があっても、みなさんはクラスが上ですから、もうその金額の件名の指命は受けませんよ。その点数は、置き去りになりますよ。もうお分かりですよね」

緑川電業「あぁ～、そうだよ。俺たちはみんな、1千万円以上の件名に指名されているじゃないか。その下の金額の件名は、Bクラスの会社で、俺たちAクラスは指名されない。いくら点数があっても、使えないじゃないか」

皐月・誠「そうですよね。むかしの3億円事件（1968.12.10）は、今で言うと30億円事件なんですよ。むかしの点数は価値があっても、今は価値が薄れているのです。ですから、分配をしないで、一カ所に集めた方が利口です」

黄月電業「失敗した！　気が付かなかった。誰だ～」

皐月・誠「ですから、今までに、各自が持っていた点数と回数を分解しないで、そのままにして、ここ1年間に、好きな時に使える、とすればいいのではないでしょうか。持っている人から使ってもらえば、平等ということですね」

青島電業「おい、みんな、早速それにしようぜ」

黒木電業「そうなると、大至急やらないと、BランクとCランクの指名があると、マズい！間に合わせないと。明日すぐに訂正資料を作って、改訂します」

皐月・誠「間に合いますか？　一度決定したものが」

青島電業「冗談じゃないよ。その点数で生きていこうとしているんだから、黒ちゃん、紺野さん頼むよ。急いで作り変えてくれよ」

紺野電業「わかりました。でも3悪人は、その方が都合がいいのですよ。マイナス点数が置き去りだから、かえって都合がよかったのですよ」

青島電業「そういうことに、あいつらが気が付いているかな～」

黒木電業「文句言いながら、判を押したから、中身はわかっていないのかもしれませんよ」

紺野電業「とにかく、改訂します。すぐ明日にもやりますから」

緑川電業「急いでくれよ～」

皐月・誠「私に改定案を見せてから、提出して署名捺印をもらえば良かったですね～。すいません。私が詳しく聞けばよかったのですが」

岩波・岩波「いや、皐月さんのせいじゃないよ。気にしないで。考えの浅かったわれわれがうかつだったのだから、でも間に合うよ。大丈夫。ありがとうね」

紺野電業「やっぱり、プロなんだな～。相談に行きながら、最後の詰めが甘かったです。もっと勉強しなくちゃ」

黄月電業「いいよ、いいよ、しかたないさ。とにかく、俺たちで団結し

て、変えるという目的は変わらないのだから、良くなるまでやろう」

皐月・誠「一番の早道は、代表者と役員を決めて、その役員会で決めれば、会員の承認があろうがなかろうが、それで決まってしまうということですから、みなさんの中で、新しい会の代表者を決めて、事務局を作れば、それで終わり、決定です。早い話が、AC会だって、それですからね」

紺野電業「じゃー、代表は岩波社長で、どうですか」

青島電業「おぁ〜、そうしてもらいたい。事務局は紺野さんと黒木さんでやったらどうだ。どうだい、みんな、そうしようじゃないか」

　「頼むよ」「やって」「賛成」「いいよ」「文句なし」

　そんな声が聞こえて、決まった。

草花市文化会館電気設備工事　指名業者（14社）			
白井電業	青島電業	青梅電業（本社・花木市）	
灰田電業	黄月電業	満月電業（本社・美崎市）	
茶畑電業	緑川電業	【海山県・Aクラス】	
	赤城電業	南龍電工草花営業所（本社・東京）	
	紺野電業	北蛇電工草花営業所（本社・名古屋）	
	黒木電業	東虎電工草花営業所（本社・神奈川）	
	岩波電業	西鮫電工草花営業所（本社・大阪）	
【草花市・Aクラス】			

岩波・忍「では、私から改めて説明をします。左の3社は、私たちと同じ指名を受ける、通称"3悪人"です。中央の7社が私たちの"合同部隊"です。今日お集まりの方々は、その隊長さんです。右側は、誠さんと同じ町の青梅電業と、うちの近くの満月電業です。そして最近になって、新たにこの町に営業所を作った、南龍電工と北蛇電工と東虎電工と西鮫電工の4社があって、この合計16

部隊に対しての作戦会議のご指導を、参謀長殿にお願い致します」

パチパチパチと拍手をした。

最初からのあれこれに感心した青島社長が笑っていた。

青島電業「忍さん、いいね〜、うまいよ。だんだんと気分が乗ってきたよ」

つられて、数人も拍手した。

皐月・誠「妹の忍さん、ご説明ありがとうございました。では、知っている範囲での説明をさせていただきます。この青梅電業は、弊社の近くにあります会社です。その花木営業所長の摩崎という者は、私のライバルともいえる男で、プロ中のプロです。満月電業は、皆さんがご存じの、この近くでは最大組織の企業ですね。ここの山畑部長は、私と同じで AC 会の役員です。南龍電工と北蛇電工と東虎電工と西鮫電工は、"大手支店業者"でも、それほど大きくはなくて、その下の"営業所業者"ともいうべき会社です。後は、皆様が十分知り合った 10 社ですね」

赤城電業「皐月さんのライバルっていうと、かなりのすご腕ですか？全部取っていっちゃうとかですか？」

皐月・誠「私の前では、若干おとなしいのですが、他社の話では"皐月さんがいないときはひどいことをする"という話は何回か聞いています。詳しく聞いてみますと"格下の会社とか、ルールに詳しくない者には適当なことを言って、件名を取っていくのだそうです、ま〜だまされないようにすべき人物です。満月電業の山畑部長は、分かっているのか分かっていないのかがわからない人物です。これはみなさんがご承知だと思います。さて営業所を構えた 4 社ですが、どちらも工場内の電気工事が主であって、公共工事はそれほどでもありませんでした。ただし、ここに営業所を構えたのですから、これからはあなた方と同じ土俵にのってくると思

われます。その場合には、草花市の指名方式では、皆さん方の中から2社が振り落とされて、その2社が指名される、ということになるかも知れません。ご注意ください」
黄月電業「だけど、今回の件名は、初めてだから、0点0回で、問題外で考えていいですよね。今の段階では」
緑川電業「黄月さん、そうかもしれないけれど、例の3悪人が別行動だからそっちより、こっちの3人に対する対策の方が重要じゃないのかい」
皐月・誠「そうですね。みなさんにとっては、その3人が問題のようで、その解決法も後ほど説明しますが、今回はまったく別のものとなります」
黒木電業「参謀長、その"別のもの"という意味はなんですか？」
皐月・誠「とうとう、参謀長になっちゃいましたか？　各隊長さんがいて、突撃隊長までいるのだとか。怖いところに来てしまいましたよ。まずかったな〜」
岩波・岩波「駄目駄目、もう一度入ったら、抜けられないよ。諦めてもらいたい」
黒木電業「そうですよ。今の方がわれわれの総隊長ですから、この方が駄目といったら、駄目なんですよ。ね〜忍さん」
皐月・誠「わかりました。おとなしくします。ではお答えします。今回の件名は、どう見ても1億円を越えますね。そうなると、みなさんの『DC会』は"ない"と同じになります。ということは、1億円を越えますと『AC会』の管理下に入りまして、別の『窓口』になります」
青島電業「参謀長、それはどういう『窓口』ですか？」
黄月電業「だけど、草花市なのに、そうなのかな〜」
皐月・誠「それは、"超工事"とも言うのですが、"特1"の1億から3億5千万円と、"特2"の3億5千万円以上というランクがあっ

て、県内を東部・中部・西部の地域別に分けたもので、『県内地方自治体』というものなのです。ですから、『県内地方自治体』中部地区の1億から3億5千万円の点数と回数を調べなくてはなりません」

だれもが、草花市の発注だから、『DC会』で処理すると思っていた。だから"3悪人"をどうするか？ということだけが頭にあった。

緑川電業「聞いたか、みんな、俺は初耳だよ」

紺野電業「そうするとですよ～、皐月さんは、その点数と回数も調べてあるのですか？」

皐月・誠「それがですね～、私が指名に入っていないことと、自分の担当範囲ではないので、役員といえどもAC会本部に問い合わせができないのです。ですからこの地区の役員である、満月電業の山畑部長に問い合わせることになります」

紺野電業「早速、明日に俺が聞いてきますよ」

皐月・誠「そのときに、すぐにも教えてくれるのか、どうなのか？ということがあります。まさかの小細工はないだろうか？もあります」

黒木電業「小細工？そんなことができるのですか？」

皐月・誠「そうなんです。やってはいけないことが、花木市で以前にありました。点数と回数を勝手に変えて発表をされたのです。みなさんは、これ以降は自分の点数と回数をしっかり管理して下さいね」

緑川電業「俺は、今日、ここに来てよかったよ。勉強したよ。こういう講習会ってやらないよな。やってもらいたいよ。俺は毎回来るよ」

黄月電業「そうだね。緑川さんはず～っとメモしていて、うなっていたものね。これね、無料だけど、いくらか置いていきなよ」

緑川電業「いや、悪かった。こういうことなら、お茶菓子くらい、俺が

買ってくればよかったよ」
岩波・岩波「どうだ、やっぱり来てもらってよかったな〜。緑川さん、お茶菓子はいいから、焼酎にしてくれよ」
緑川電業「岩波さん、本当だね。今度本当に持ってくるよ」
青島電業「参謀長は、酒飲みますよね。今度ね〜俺がおごるから、一杯飲みに行きましょう」
黒木電業「青島さん、ちょっと待ってくださいよ〜、それはズルいよ。自分ばっかり特訓を受けようとしていませんか？　自分だけで作戦を聞くとか？　困るよな〜みんな」
紺野電業「そうだよ。そういうことをしてはイカン。それは俺と青島さんだけがやるから」
黒木電業「なんだ〜、もっとヒドいな〜」
　道場の中は、笑顔と笑いとで、楽しい雰囲気であった。
皐月・誠「それからですが、その点数と回数がわかったら、またこうして集まってみたらいかがですか？」
黄月電業「そうだよ。それをやろうよ。そのときにも皐月さんに来てもらって、作戦のご教授をしてもらったらいいじゃないの。賛成の人？」
「は〜い」という声があふれていた。
皐月・誠「いやいや、入り口まで案内をしましたから、後は皆さんで考えたらいいと思いますよ。内部まで案内すると、私のノウハウを全部教えることになってしまいますよ。それはちょっと」
緑川電業「岩波さん、参謀長殿と業務提携契約をしておいてくださいよ。これからも長いお付き合いになるように。頼みますよ。総隊長」
岩波・岩波「緑川さんも、入隊しちゃったね。今度は総隊長だなんて。持ち上げられちゃうな〜」
　だれもが、冗談を言い合う仲間である。

しかし、だれでもが内心は、自分だけが受注したいのである。

皐月・誠「それで、みなさんに宿題を出しておきます。この窓口の話が初耳ということは、この中には０点０回の方が多いかと思います。営業所を出した会社も中部地区へは初めての進出ですから０点０回だと想像できます。そこへもってきて、青梅電業と満月電業は、かなりの点数を持っていると思われます。考えられることを幾つか言いますので、それを考えれば、次の行動が浮かんでくると思います。

　一、進出の会社は、初めての海山県への進出なので、AC会の会員になるのか？　同調するのか？
　一、進出の会社は、勝手なルールを持ち出してくるのか？
　一、これを機会に、地元業者の10社が仲良くできるか？
　一、"3悪人"は市外の会社と組んで、裏JVを組んでこないか？
　一、こちらの7社は単独受注をするのか？
　一、7社のうちの数社がJVを組むのか？
　一、7社の中に、市外の会社と裏JVを希望の会社があるのか？
　一、参加すれば、点数と回数がカウントされるので良しとするのか？無用なのか？

　というような、いくつかの問題点が出てきますから、ここの7社がどういう考え方なのかも重要なのです」

岩波・岩波「皐月さん、よくもそこまで考えているものだね。感心するよ。どうだい、みんな、こういうことまで考えた人いるかい？　俺の頭では無理だよ」

黄月電業「だから、本当に次回も来てもらわないと、困ると思うのだよ」

緑川電業「俺もそう思うよ」

171

皐月・誠「問題は、その点数と回数を話し合いのときに発表するか、その先か？　ということがあります。ですから、満月電業が、自分が取ろうと思うと、先には教えないで、その時に発表して、点数があるからということで取って行く、というのもありますよ。そういう考えがあったときに、手遅れにならない作戦を用意しておかないとなりません」

紺野電業「じゃ〜、全員の希望だからということで、聞きます」

皐月・誠「点数と回数についてですが、AC会の役員が問い合わせできることになっています。もしも、役員がその件名に指名されていなかったときは、その指名された会社が、その地区の役員に問い合わせをすることとなります。普通は、その話し合いの席上でのみの発表としています。どうしても事前に聞きたいとなれば、その会社分だけを伝えて、他社の情報は出しません。これが普通の決まり事で行っているのですが、この地区が実際に行っている方法は、私にはわかりません。今回の場合は、その基本路線でくると思われます。本人が指名されて、その席に座るのですから、その場での発表だけということだと思います。それに教えたくないからです」

黄月電業「"全員が知りたがっているから"と言っても、そこで事前にあの3悪人が手をまわしていると、全員ではなくなるよ」

岩波・岩波「よし、わかった。それは俺が明日やるよ。もしも教えないとなったら、殴り込みをしてやる。それでいいだろう」

皐月・誠「岩波さん、その殴り込みのときに私が同行します。一緒にいきましょう」

岩波・岩波「いや、一人で何とかなるよ」

皐月・誠「あの満月の社長に言いたいことがあるから、ちょうどいいですよ。蹴っ飛ばしてやりますよ」

　※前作『秘密会議・談合入門』第44話参照

岩波・岩波「そういうことかい。よし、ちょうどいい。やろう」
紺野電業「うわぁ〜、あのビルが崩壊するかも」
岩波・忍「あ〜ぁ、誠さんは悪口だけでも暴れるのだから、黒木さん気をつけた方がいいですよ」
黒木電業「あれ、俺は言っていないでしょ〜、そういう言い方は誤解のもとだから、やめて下さいね〜」
青島電業「だけど、俺もあの満月の社長は面白くないよ。俺も一緒に行くよ」
黄月電業「待ってくれよ、あんたたちだけいい格好しないでくれよ。俺も行くよ」
赤城電業「そうじゃないでしょう〜。俺も行くし、全員で行こうよ。"何で教えないのか"ってどなりに行こうぜ」
緑川電業「ここは皐月さんじゃなくて、俺たちのやることなんだよな。皐月さんの出番はその後で、この会合なんだからさ〜」
皐月・誠「だけど、AC会の役員としても"みんなの希望なのになぜ教えない"といえるから」
岩波・岩波「そうじゃないな。"この際やってしまえ"じゃないの、あのさ、俺たちが会いに行くのは、まず山畑部長で、それが駄目なら満月社長なんだからね。それに皐月さんだと暴れすぎるから危険性がある」
岩波・忍「そうよ〜、駄目よ〜、それよりもここに来てくださいよ〜」
岩波・岩波「はい、今の忍の話に賛成の人、手を上げて」
　全員が「ハイ」と手を上げた。
岩波・岩波「はい、以上のとおり決議されましたので、皐月さんは満月電業へは行かないで、ここに来ることに決定となりました。よろしくお願いします。全員・礼！」
　こういう岩波ではなかったのだが、人間が変わっていった。
　しかし、笑わせても、豪傑である。

                                *
　翌日になって紺野が山畑部長に電話をした。
　予想外にも、あっさり回答をくれた。
　いろいろと懸念したのだが、意外であったのか、普通だったのか。
　紺野が残りの6人に電話連絡をした。
　点数と回数は、各社にファックスで送付された。
　岩波の出番はなくなった。全員の出動もなくなったのである。
　そして、その夜に、再び集合した。
　各自には、点数と回数の書いたメモがあった。
　発表を見れば、満月電業が素直に発表するわけである。
　自社が最高点だから"諦めなさい"という予告通知のようなものである。
岩波・忍「みなさん、ご苦労さまです。ファックスしていただきましたものをここにも書きましたが、この結果をみて、ご検討していただきましたでしょうか」
　いちおう、念のためなのか、黒板に書かれていた。
　本当は、こういうものは表面に出さないが、用心して点数を"メートル"と回数を"回目"というようにごまかしている。
紺野電業「黒ちゃん、点数があったんだね」
黒木電業「そう、おやじの記録を見て、今ごろ確認したよ。むかしに白井電業と相指名だったのですよ」
緑川電業「岩波さんもあるじゃないですか」
岩波・岩波「あるような気がしてはいたんだが、自分としてはみんなより少ないと思っていたよ」
緑川電業「それよりも、白井電業が持っているよ」
黄月電業「さらにそれよりも、市外の業者が持っているのが、マズいですね」
　各自が、この点数と回数を見て、各自の思いは異なっていた。

しかし、なるべく感情を出さないように抑えていた。

皐月・誠「みなさんこんばんは。素直に発表されたようですね。これじゃ〜張り合いがなくなりましたよ。だけど、これがもう敵の戦闘攻撃の一発目ですからね」

紺野電業「参謀長、それはどういうことですか？」

	FAX連絡	
白井電業	3980.3m	2回目
灰田電業	0m	0回目
茶畑電業	0m	0回目
青島電業	0m	0回目
黄月電業	0m	0回目
緑川電業	0m	0回目
赤城電業	0m	0回目
紺野電業	0m	0回目
黒木電業	1980.8m	1回目
岩波電業	3980.3m	2回目
青梅電業	3980.3m	2回目
満月電業	3980.3m	2回目
北蛇電工	0m	0回目
南龍電工	0m	0回目
東虎電工	0m	0回目
西鮫電工	0m	0回目

以上が、測量の結果です。

皐月・誠「私が懸念したのは、"もしも自社の点数が少なければ、発表

を控える"ということでしたが、"これなら取れる"という数字ですから安心して発表したのでしょうが、これは"諦めなさいよ"という警告ですよ」
青島電業「そんなふうに思ったとしても、同じ点数と同じ回数の業者がいるのだから、自分だけが有利とは限らないのに」
赤城電業「そうだよね。同じ条件が4社だからね」
皐月・誠「それは違うのですよ。みなさんも忍さんの初めてのときのことを思い出してください。思い出しませんか？」
紺野電業「そうだった。指名年月日ということですか？」
皐月・誠「そういうこともありますが、今回は、まったく同じ件名に指名されているようですから、指名年月日でない手段で攻めてくるはずです」
紺野電業「それを教えてくださいよ」
皐月・誠「教えるのはいいのですが、みなさんが見てわかるように、私は岩波家の親戚のような関係ですから、岩波家に邪魔するようなことであるならば、その戦略をすべてお話しできません」
青島電業「そうか～、それでは参謀長、私が岩波家の分家で、絶対的に従順するとしたら、それはどうですか？」
皐月・誠「表現がいいですね～、では、確認をさせてもらいますね。まず、そういうことをしてもいいでしょうか？」
赤城電業「俺さ～、この前から見ていて、岩波さんと皐月さんは、武道関係というより、信頼というような関係に感じていて、うらやましいという思いをしていますよ、"これが本当の友達というものかな～"って感じました。しょせんは同業者だから商売敵なのだけれど、けんかでも"一緒に行きます"だとか、友情以上の関係に見えますよ。本当にうらやましく思いますよ。いいですね～。俺は今、皐月さんが言おうとしていることがわかります。みなさんはどうですか？」

黄月電業「赤城さん、いい話をするね〜、俺も歳をとったかな。そういうことがわかるようになったよ」

緑川電業「おいおい、俺にも言わせろよ。俺も同じだよ。二人が思っていることは間違いなく俺と同じだと思う。前回に皐月さんが宿題を出したときに、"俺は試験されている"と感じた。ま〜聞いてくださいよ。初めて会った皐月さんだけど、皐月さんは俺たちを見て、観察したんだよ。だからああいうことを言ったと、俺は感じた。忍さんが皐月さんに寄り添うようにしているのを見て、それで兄妹だという。恋人ではないんだよ。信頼関係があるんだというところ、そこに俺は感じるものがあったよ」

岩波・忍「やだ〜、私、何かしていましたか〜」

黄月電業「じゃ〜、赤城さんも緑川さんも、俺と同じ気持ちなんだね。やっぱり、歳をとったかな〜」

青島電業「そんな〜、俺も仲間に入れてくれよ。わかりやすくいえば、"赤穂浪士"っていったら、どうだね。赤城さん・黄月さん・緑川さん、そういうことじゃないの？　そうだろう」

　若手の、紺野と黒木にはぴんとこない。

　黙っていたら、赤城がハッキリと言った。

赤城電業「あのさ〜、宿題を一項目ごと確認してみればわかるよ。皐月さんは、俺たちの気持ちを確かめているよ。ここに集まっているのだから、その必要はないと思いがちだけど、しっかり確認をしたいようだよ。赤穂浪士をみてごらん。あれと同じだよ。みんなもそういう感覚で考えてみたら、決断がはっきりすると思う。俺としては、岩波さんを大石内蔵助と思って、ついていきます。他に言うことはないです」

青島電業「俺も同じだね」

黄月電業「うまい表現されたね。それだよ」

　何をもって、誠がこの3人を刺激したのだろうか？

《一、7社の中に、それ以外の会社とJVを希望の会社があるのか？》

皐月・誠「そうですか、すいませんでした。若造が年上に対して、確かめるようなことを言いまして、失礼を致しました。日本の戦国時代の合戦を調べますと、すべての戦いの全部といってもいいほどに"裏切り者"がいました。ですから、この中にスパイだとか、他社と提携するとかがあるならば、私の作戦発表はできないと思っていました」

青島電業「そうか〜、そこまで感じ取っていなかった。大丈夫だよ、俺だって一心同体だから」

紺野電業「あぁ〜、それは俺も、初めからだから」

黒木電業「俺だって、同じですよ」

皐月・誠「いやいや、ありがとうございます。そういうことならば、この点数結果を見ても、ねたみ・ひがみ・やっかみというものを乗り越えていただきますね。決してみなさんの実績を無駄にしない作戦を考えますので、最後までのお付き合いをお願い致します」

岩波・岩波「おぁ〜皐月さん、頼むよ」

岩波・忍「誠さん、ありがとう〜」

　忍は泣いていた。本当にうれしかったようである。

皐月・誠「それでは、今回の指名を受けたという実績を、将来に残すということから行きましょう。この話し合いがうまくいかないと、この点数と回数はカウントされません。だから、話し合いをして、入札参加をすれば、それは各社の点数と回数として記録されるのですから、どこが受注しても構わないわけです。さて、どこかが受注すると嫌だ、という気持ちはでるのですが、逆に、その会社が落札して、マイナス点数になってくれないと、いつまでも

最高点数でいますから、自分の番がやってきません。仕方ないから、嫌いなやつでも、送り出さなければなりません。"ただし"がつくのですよ。ただし、それが将来的にその会社が指名を受けるかどうかなのですが？　もしも、将来的に指名を受けないなら、食い逃げのようになりますから、将来的にも指名を受けていく会社にマイナス点を与えれば、次は自分の番が出てきます。どうでしょうか、この説明に納得がいくでしょうか？」

青島電業「いや〜、すごいよ。正直言って、会うまではいろいろ言っていたんだけど、こうして聞いていると、こりゃ"あの噂は何だった"と思うよ。いい加減なことも言ったかも知れないけれど、謝るよ。ほんとうに。この道場に神殿があるからさ〜、嘘は言わないよ。よくも業者の心底を読み込んでいるものだ。これはね〜参謀長じゃないね。参謀総長だね」

赤城電業「参謀総長！　聞いていると、本当に、すべてがわかりやすくて、納得することばかりなんだけど、もっと簡単でいいから、ズバリと怒ったり、しかったりもあっていいからね。俺は気に入ってるよ」

皐月・誠「だから、私は、知ってのとおり"親切・丁寧・明るい笑顔"ですから。お気遣いのないように」

赤城電業「俺さ〜、冗談抜きに、焼酎買ってきたんだよ。車に置いてあるから、帰りにもらってちょうだい」

青島電業「なんだ、あんたも、俺もそうなんだよ」

黄月電業「ハハハ、俺もだよ」

緑川電業「ハハハ、俺もなんだよ」

赤城電業「あれ、ということは、用意していないやつがいるよ。あの二人、何だっけ、黒、紺？　違ったかな？」

紺野電業「黒ちゃん、どう？」

黒木電業「俺は、そら、あの、その〜」

紺野電業「そうか〜、良かった。実は俺もさ〜」
青島電業「おいおい、どうしたんだよ。ファンクラブ員」
岩波・忍「お二人さん、大丈夫ですよ。次回もあるのですから」
黒木電業「そうだよ。次回には間違いなく用意しておきます」
　真剣な話なのに、和やかなのである。
　これも、1人の女性がいるからであろう。
皐月・誠「早い話が、この中では、岩波電業さん・黒木電業さん以外では白井電業さんが受注してくれれば、マイナス点になりますから、次回は他の方に権利が回ってきます。次回に、同じような件名があれば、当然ここにいるみなさんは、相指名となりますから、各社が有利になります。ですから、市外業者に受注されると、自社の順番が遅くなるということで、それを阻止しなければなりません。受注の協力をすることが、自社のためにもなることを認識していただきたいのです」
赤城電業「皐月さん、そこはよ〜くわかりました。それでそのためには、なにをすればいいのかを進めてください」
皐月・誠「では、考えられることをお話しします。前回に宿題をだしましたが、それを考えていきましょう。

　《一、進出の会社は、初めての海山県への進出なので、AC会の会員になるのか？　同調するのか？》
　これは、話し合いの席に着かないと、相手の本意はわかりません。
　出席してこなければ、拒否するということですね。
　出席してくれば、ルールに同調するでしょう。
　《一、進出の会社は、勝手なルールを持ち出してくるのか？》
　自分たちが今まで使用していたルールを出してくる可能性があります。これは、こちら側から、多数決で拒否します。
　《一、これを機会に、地元業者の10社が仲良くできるか？》

3社の状況は、現在不明ですから、わかりません。
《一、"3悪人"は市外の会社と組んで、裏JVを組んでこないか？》
　市外業者に、これを利用されて、チームができる可能性があります。これは花木市"連合艦隊"が行った実例があります。
《一、こちらの7社は単独受注をするのか？》
　その会社が、1社で施行可能ならば、それもあり得る話です。
《一、7社のうちの数社がJVを組むのか？》
　これをやれば、いきなり点数を持っている会社が、数社消えていきます。
《一、7社の中に、市外の会社と裏JVを希望の会社があるのか？》
　これは、先ほどのお話で、結束の固いことを確認しましたので、気遣い無用でした。
《一、参加すれば、点数と回数がカウントされるので良しとするのか？無用なのか？》
　こういう大型件名が、今後はいくつか発注される可能性がありますから、実績を作るということで、カウントした方が利口だと思えます。
　以上のように私は考えるのですが、もちろん他にも想像もつかないことが発生します。まずは、指名業者が全員そろっての会合をしてみて、他社の意見を聞くということがいいと思います」

黄月電業「皐月さんが想像している中で、何が一番考えられますか？」

皐月・誠「私が推測するなかで、一番最初に浮かぶのは、3悪人と満月電業とのチーム編成だと思います」

緑川電業「やり手の青梅電業の摩崎を真っ先には考えなかった理由はなんですか？」

皐月・誠「それは例の件名のときに、岩波さんを見ているから、変なことをしたら"危ない"と感じて、意外におとなしくしていると思ったのです。しかし、満月電業の後ろに隠れて、何かするのかもしれません。そういうことはする男ですから」

青島電業「やっぱり、ガンはあいつら3人だな」

皐月・誠「おそらく、そのためには、まず先に営業所4社へ行って、ルールの協力要請をしていると思われます」

黄月電業「そうすると、相手も7人、こっちも7人ということになるのかな」

皐月・誠「そうなると思われます。ですから多数決決裁はやらないことですね。うっかり投票とか挙手の賛成反対決議は避けるべきです」

黄月電業「俺が思うのに、地元のなかで点数があるのが3社あるから、この3社が裏JVを組めば、良いように思うけれど、それは無理かな？」

青島電業「岩波さんと黒ちゃんはいいけれど、あの白井は無理だろうな。話に乗ってくるかな。みんなはどう思う？」

緑川電業「それが、向こうからくるならいいけれど、こっちから話を持ち込んだら、こっちが頭を下げたようなことになって、またむかしに戻ってしまうよ。きっとそうなると思う」

赤城電業「そうだな、白井が話を持ってきたら、"それに乗る"としようよ。そうすれば、点数のある3社が消えてくれて俺たちには良いからさ」

青島電業「赤城さん、あんた調子いいね～」

　何の話でも、とげがなく笑って終わるところが漫才のやり取りのようで面白い。気心を知り尽くした間柄なのである。

岩波・岩波「皐月さん、それは俺が経験した例の"連合艦隊式"ということかな」

皐月・誠「そうですよ。おそらく、あれに近いことが起きると思われます」

岩波・岩波「それじゃ～、忍じゃなくて、俺の出番だな」

皐月・誠「総隊長、そこですが、まずは突撃隊長に先鋒をさせてくださ

い。総隊長が出るのは、まだまだ後ですよ。そのときは二人でやりましょうよ。大きくドカンと」
岩波・岩波「おぁ〜いいぞ〜。でも、忍で勤まるかな？」
皐月・誠「私の忍法を教えますから、それを忠実にやってもらいます。これは忍さんならでの技ですから、私が丁寧に説明し、そのとおりにやってもらいますよ。まずは、それによって、われわれの軍団を相手に認識させます。おそらく敵は、こちらをなめきっていると思います。点数と回数の発表がそれを証明しています。"何だ簡単に教えたじゃないか"これは挑戦状だと思って下さい」
岩波・岩波「これは厄介だな。これは『十日会』を『DC会』にして、あの３人を封じ込めたことが災いしたのかな〜」
皐月・誠「それでは、この町は変わりませんね。大丈夫です。私には、原爆相当のものがあるから、ご安心下さい」
岩波・忍「えぇ〜、原爆？」
皐月・誠「それを持って、突撃するのは、忍さんかも知れないね」
　全員がキョトンとした。

12　顔合わせ

　満月電業の山畑部長から、岩波と紺野に電話連絡が来た。
　指名業者が全部集まって、顔合わせ会をするのだという。
　さっそく、全員に連絡された。
　ホテルだというので、だれもが、いちおうのおしゃれをして出かけた。

岩波・忍「あら、美香。こんにちは」
元岩蔵・美香「こんにちは、忍。よろしくね」
岩波・忍「美香もスカートやめたの」
元岩蔵・美香「そうよ。だれかに言われたもん」
岩波・忍「二人とも同じになっちゃったね」
元岩蔵・美香「例のカバンね」
岩波・忍「雨でもないのに傘だけど、日傘も必要だよね」
元岩蔵・美香「むかしのバイク事故の後遺症で、まだ、時々脚が痛むのよ〜、ま〜ステッキがわりみたいなものよ」
岩波・忍「手加減って、知っているわよね」
元岩蔵・美香「わからないわよ〜、その時にならないと」
　久しぶりに、顔を合わせた二人が、社交辞令のような、そうでないような話をした。

　大型件名になると、いつもの電設会館ではなくて、結婚式場とかホテルを借りる。
　一部屋と、小部屋を借り切るのである。
　大きな部屋に案内されて入った。

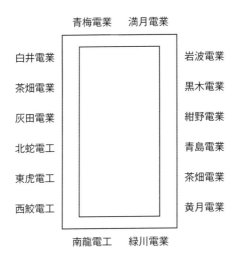

　それぞれが好きな席に座った。

満月・山畑「みなさん、お集まり下さいましてありがとうございます。本日は、今回の件名につきまして、顔合わせと"さわり"部分をお話しするつもりです。できましたら名刺代わりのごあいさつをいただきたいと思います」

白井電業「それでは、私の方からいきましょう。私が白井電業の白井です。どうぞよろしく」

　各自が簡単に会社名と個人名を名乗った。

南龍・美香「南龍電工の神田と申します。このたびはこちらに営業所はできたばかりでございまして、所長が本社に呼ばれておりまして、本日は皆様方にごあいさつができませんことを、まずもっておわび申し上げます。私は営業を担当しておりますので、皆様とは今後は長いお付き合いとなると思います。どうぞよろしくお願い致します」

青梅・摩崎「あれ、あんたは、岩蔵さんにいなかった？」

南龍・美香「はい、その節は摩崎様にはたいへんお世話になりました。

ありがとうございました」

　美香が、恨みを込めて、にらみながら嫌みのように言ったのである。
美香だけが丁寧なあいさつで、他は簡単だった。

岩波・忍「岩波電業の営業担当の岩波でございます。よろしくお願い致します」

満月・山畑「ま〜、おいおいと顔と名前は覚えるでしょうが、女性だけはすぐに覚えちゃうね。こういう席では初めて見るけれど、同時に二人とは驚きました。二人とも奇麗だね」

　満月が、ご機嫌で口火を切ってきた。

満月・山畑「今回の話し合いの前に、北蛇電工さんと、東虎電工さんと、西鮫電工さん、と南龍電工さんに、われわれのルール使用に関しまして、その説明をしましたところ、気持ちよく承諾して下さいましたことを報告致します。北蛇さんも、東虎さんも、西鮫さんも、南龍さんも、間違いないですよね」

北蛇電工「ほとんど全国同じですから、飲み込めました。お付き合いさせてください」

　同時に、他の支店業者もうなずいた。

南龍・美香「はい、所長より承諾のメッセージをもらっております」

満月・山畑「聞いたとおりのことですので、海山県のAC会ルールにて、進めさせていただきます。ではまず窓口ですが、これは『県内地方自治体』中部地区のランクは"特1"で1億から3億5千万円だということで、いいですね」

岩波・忍「岩波電業です。恐れいりますが、AC会の役員さんとも思えぬ発言で、ビックリしております。今の『窓口』ですが、違っていると思われます。再度ご確認をお願い致します」

満月・山畑「間違いないですよ。あなたが知らないのですよ」

岩波・忍「私は父、いいえ社長からハッキリ聞いてきましたから間違いありません」

満月・山畑「岩波さんが、そう言いました。変だな〜、知ってるはずだけど」

岩波・忍「過日に、草花市の『十日会』は解散致しまして、『DC会』として発足致しました。その登録を『AC会』へ報告した結果、正式に承認されました。その『DC会』の規約には、"県庁発注件名と同じとする" と記載されています。ですから、この件名はいくらの金額においても、われわれの『DC会』規約に基づいて行うことなのです。改めてください」

満月・山畑「それはさ〜、『DC会』は認める団体だけど、あくまでも1億以上は『AC会』で運用することになっているんだよ」

岩波・忍「それでは、めくら判を押したということですか」

青梅・摩崎「あんたさ〜、そういう決まり事になっているんだからさ〜、そう勝手なことを言われても困るよ」

岩波・忍「父も他の方に聞いて、確認しましたから、正しいと確信しております」

満月・山畑「だれに聞いたんだね？」

岩波・忍「え〜と、名刺を預かってきました。え〜と、ああ、このカバンの中でした。どうぞ開けて見てください」

　忍がアタッシェケースを山畑部長の机の上においた。

　山畑が気楽に、カバンを開けた。

満月・山畑「ギャ〜…」

　山畑がのけぞって、椅子ごと後ろに倒れた。

　聞いたことのない悲鳴であった。

　忍はすぐに、カバンを閉めて回収した。

※前作『他言無用・秘密会議秘話』第5話参照

```
DC 会規約（AC 会規約の県庁窓口と同じにする）
ランクは以下のように設定する
30 万以下は記録しない
    E       2 百万未満
    D       2 百万以上～5 百万未満
    C       5 百万以上～1 千万未満
    B       1 千万以上～2 千万未満
    A       2 千万以上～5 千万未満
    特 A    5 千万以上～1 億未満
    特 1    1 億以上～3.5 億未満
```

岩波・忍「どうしたんですか？　大丈夫？」

満月・山畑「なにするんだよ！　ふざけんなよ」

岩波・忍「なんですか。レディーに向かって失礼な」

満月・山畑「お前な〜、いい加減にしろよ。ふざけや〜がって、蛇、蛇を持っている。この野郎」

青島電業「なんだ。その言い方は！　なんだか知らないけれど、自分でひっくり返っておいて、女性にその罵声はないだろうに、いくらあんたでも許さないよ。こっちにはこの娘の親衛隊がいっぱいいるから、気をつけてものを言えよな。気をつけろ」

　早速にも、青島の応援が入った。

　山畑が何も言えなくなった。

青梅・摩崎「だれなのですか、私が話をしますよ。間違っていると教えますよ」

岩波・忍「ああ、そうですか。では、その方が"間違った事を教えた"とおっしゃるのですね。いいですよ。その方にハッキリ言ってくれますね」

青梅・摩崎「当たり前だよ。間違っているのだから」

岩波・忍「花木市の皐月電業の皐月専務さんで、AC 会の役員さんを

やっているとか聞きました。この方に確認したのですが、AC会では、"確かに受領して、それを全員一致で承諾した"と聞きました」

青梅・摩崎「……」

満月・山畑「……」

岩波・忍「それでは、証人として、ここにお呼びして、ついでに議長さんをお願いしようと思います。いいですよね」

青梅・摩崎「そんなことは許されないよ。指名されていないのだから、議長だなんて」

岩波・忍「それはおかしいですね。〇〇年〇月〇日の豊美宮市の話し合いのときに、指名されていなかったはずの蘭水電工の馬場部長さんが、議長をなさったと聞いています。そこには、摩崎さん、あなたも出席していましたよ」

　※前作『裏と裏・秘密会議秘話』第2話参照

青梅・摩崎「そうだったかな。しかし」

岩波・忍「みなさん、どうでしょうか。この案件にご賛同願えませんか？」

紺野電業「そういう既成事実があるならば、おまけに摩崎さんが経験しているということであれば、問題ないのですから、いいよな〜みんな」

「それはいいね」「かえって中立でいいんじゃない」

「役員さんなら間違いないじゃん」「すぐ呼んで」

「重要なことだから、しっかり確認したいよ」

　岩波グループの応援が入った。

白井電業「その、今の皐月というやつは、評判の悪いやつだろう。そんなのを呼んできてもらっては困るよ」

岩波・忍「では白井社長さんは、その皐月さんに会ったことがありますか？」

白井電業「そんなのに会ったことはないよ。会いたくもない。どうせいい加減なヤツだよ」
紺野電業「白井さん、そんなことを言っていいのですか。後で泣くことになりますよ。今この中で、皐月さんのことを、悪口言う人が何人いますか？　私が一人一人に聞いてみますから、見ていてくださいね」
　紺野が立って、一人一人に聞いて歩いた。
紺野電業「あなたは皐月さんを悪いやつと思いますか？」
　「いや」「そうは思わない」「知らないから何とも言えない」
　「そうじゃない」「噂とは違う」「ノ〜コメント」「やめてくれよ」
　「いい人ですよ」「いい人です」「いい人だよ」
　「会えばわかるよ、どこも悪くないよ」
　「悪いやつに決まっているさ」「それは言えない」
紺野電業「白井さん、今聞いたとおりで、だれも確実に悪いやつという表現はなかったでしょう。白井さんだけですよね。変ですね」
白井電業「だけど、お前たちだって、前の話し合いのときに、いろいろ言っていたじゃないか」
紺野電業「それは、あの時点では噂だけの話ですよ。それからみなさんが直接会ったりして確認したのですよ。だからこういう回答なのですよ。知らないのに決めつけるのはよくないですね〜」
白井電業「ふん。どうでもいいよ」
紺野電業「じゃ〜、みなさんが悪い人だと断言できないのですから、皐月さんを信用して、お呼びしたらいかがでしょうか」
　「賛成」「そうだ」「そうしよう」「直接聞こう」
　「役員ならいいね」「来てほしいです」
　岩波グループからは、賛同の声が上がっていた。
満月・山畑「別に、皐月さんを呼ばなくても、俺じゃ〜駄目なのかね？」
黒木電業「だけど、肝心な証人だから、ここに来てもらう必要がありま

すよ。われわれは、提出したものが、いい加減に処理されたのか、無視されたのか？　はっきりしてもらいたいですよ」
満月・山畑「本部に確かめないと、はっきり言えないな〜」
青島電業「あのね〜、あんたは、われわれの地区から選ばれたわれわれの代表なんだよ。そんな頼りないようじゃ〜、交代してもらいたいよ。辞めていいんだよ」
青梅・摩崎「そんなことを言わなくても、役員さんとして一生懸命やっているのだから」
青島電業「あんたは、黙っていろよ。この地区の問題なんだから」
満月・山畑「わかりました。じゃ〜ですね、本部に確認しますが、その前にみなさんの意見として『AC会』としてやるのか『DC会』でやるのかという意見を、参考ですよ、参考としてどちらがいいのかということを教えて下さいよ。その意見も本部に伝えますから」
紺野電業「そうですか。参考ですね。参考というなら、挙手でもなんでもいいですよ」
満月・山畑「では、『AC会』ルールでやるのか、『DC会』ルールでやるのかの、賛同者のデータというか、それを教えてください」
　山畑は、忍の蛇と、思いも寄らない皐月の話が出てきて、気が弱くなった。
　誠の予想どおりであった。
　8対8の引き分けのような結果がでたのである。

『AC会』賛同	『DC会』賛同
白井電業	岩波電業
茶畑電業	紺野電業
灰田電業	青島電業
青梅電業	黒木電業
明星電業	赤城電業
北蛇電工	緑川電工
西鮫電工	黄月電工
南龍電工	東虎電工

青梅・摩崎「ちょっと、参考までに、支店業者の方々にお聞きしたいのですが、どうして、このような判断をなされたかを教えて下さいませんか？」

西鮫電工「やはり、総元締めというような部署で決めたことがあれば、それに従うべきかと思いまして」

東虎電工「弊社は、初めてこの地に来たので、まだ右も左も様子がわかりませんが、地元の方々と、これからお付き合いを始めていく訳ですので、今回は、地元の方の方に心情が傾きました」

北蛇電工「既存のルールがあって、そこへ新しいルールが入り込んだかのように感じました。ここはやはり、先のものが優先かと思いました」

南龍・美香「この後の内の所長の決裁はわかりませんが、私としましては、AC会が海山県の頂点にありますので、それに従うべきかと思いました」

青梅・摩崎「貴重なお話を、ありがとうございました」

　この投票結果で、このようにはなったが、本来ならば、『AC会』賛同者が正解である。
　『DC会』賛同というのは、先ごろに過去の草花市の受注結果をラン

ク分けして計算したときの、過去の点数を総合計すれば、3悪人が極端なマイナス点であったので、これをネタにして、全体数の中で、最高点者をチャンピオンにしようとしていたのである。

　それによって、過去を清算する予定でいるのである。

　しかし、『AC会』になるとは想像して覚悟はしてはいたのである。いちおう、希望的意見を主張をしているのが、今回である。

満月・山畑「わかりました。こういうことですので、これを踏まえて、本部と話をしてきますよ。そうじゃないと、先に進めないから」
岩波・忍「山畑さん、もしも、これが多数決で私たちの方が多かったときは、私たちの『DC会』ルールを使うことになりますか？」
満月・山畑「やっぱりね〜、過半数以上とかの、多数の意見となっても、ルールが優先だから、どうなるやら、どうでしょうかね〜。無理だと思いますが」
岩波・忍「全然、私たちの意見が無視されていますね。そうとしか思えませんよ。これは本部の意向ではなくて、"その席上のメンバーによって決められたことは、いかなるものも介入できない"という話し合いの基本がありますね。これを忘れていませんか？」
満月・山畑「そんなこと、だれが言ったの？」
岩波・忍「何をとぼけたことを言っているのですか。皐月さんが、AC会の不動会長に聞いたということで、間違いない話なのですよ。あなたは適任ではありませんね」
青梅・摩崎「あのさ〜、その皐月さん皐月さんていうけれど、余計な口出しだと思いますよ」
岩波・忍「そうですか。じゃ〜、皐月さんに摩崎さんがそう言ってくださいよ。私からも言っておきますよ」

　女のヒステリーのようにわめいた。

　こうなると、男の方が弱い。

次の言葉が出ない。

南龍・美香「岩波さん、あなたは女性なのですから、もっと女性らしくやったらどうですか？」
岩波・忍「何言っているのよ。あんたなんかみたいなよそ者には私たちの苦労がわからないのよ」
南龍・美香「それは、わからないわよ。それよりもあなたはヒドい女ね。なんなのよ、蛇なんか持って」
岩波・忍「"蛇なんか"って何言うのよ。私のかわいいペットよ」
南龍・美香「気持ち悪いわよ。趣味が悪いわね」
岩波・忍「勝手に言われたくないわよ。見てもいないのに。かわいいのよ。見せてあげるわよ」
南龍・美香「見たくもないわよ」

　忍がカバンを持って、美香に歩み寄ってきた。
　美香は、椅子から立ち上がって、忍に向かった。
　お互いに歩み寄ったのである。
　美香の手には、コウモリ傘がある。
岩波・忍「ほら、開けて見なさいよ」
　忍がカバンのハンドルを握って、美香の前にぶら下げた。
南龍・美香「"見たくない"って言っているでしょう」
　美香が持っているコウモリ傘の取っ手を持ってグルグルと水車のように回した。
黄月電業「やめなさいよ」
緑川電業「やめなさい」
　近くの男たちが止めようとして言った。
岩波・忍「触らないでよ〜」
南龍・美香「触らないでよ〜」

男は、この言葉を言われると、何もしていないのに、何もできなくなる。痴漢と間違われたくないからである。
　女同士のけんかは、めったに見ないので、観客のようになってみていた。止めるような雰囲気ではない。
　二人に、殺気が出てきている。
南龍・美香「気持ち悪いわね〜、そんなカバンどかしなさいよ」
岩波・忍「ほ〜ら」
　美香は、目の前にある忍のカバンをコウモリ傘で突いた。
　秘伝『飛龍』に似た突き方である。
　父が買ってくれた、高級な皮のアタッシェケースに突き当たった
　安物のプラスチック製ならいいのだが、皮に傷が付いた。
　これは、忍が大切にしているカバンである。
岩波・忍「やったわね〜」
南龍・美香「そんなカバンは捨てなさいよ」
　美香が突いた傘の先端を持って振り回した。
　今度は取っ手部分が武器となっている
　忍が下がって逃げる。
　美香が傘をグルグル回しながら迫ってくる。
　美香が膝を曲げて腰を下ろしながら、忍のすねを狙った。
　忍も腰を落としながら、カバンをそのまま床に落として、カバンで防御した。
　コウモリ傘はカバンに当たった。
　忍は、危うくすねを打たれるところだったのを防いだが、その時に、しりもちをついてしまった。
　しゃがんだ美香が立ち上がって、忍を見下ろした。
　忍が『庵原・忍体術』の秘伝『落下』を仕掛けた。
　美香もしりもちをついて倒れた。
　※前作『他言無用・秘密会議秘話』第8話参照

お互いが床にしりもちをついて、動きが止まった。
　二人が、お互いにしりもちをついた格好でにらみ合った。
　動きが止まったのである。
　やっと男たちが気が付いた。
　アクションを見物していたのである。

黒木電業「二人とも大丈夫ですか？」
　二人が静かに立ち上がって、しりのほこりを払った。
　お互いににらみ合った。
　だれもが、度肝を抜かれた。
　摩崎は、泣き虫と思い込んでいたのに、この美香の姿に驚いた。
　同時に摩崎は、以前に見た岩波社長を思い出していた。
　これで終わったかと、気が抜けたところに、
　「え〜い」「と〜」
　気合いとともに、二人が飛び上がって、お互いの顔面を突いた。
　どちらも当たらなかった。
　空手の、"空中飛び突き"である。
　※前作『裏と裏・秘密会議秘話』第１話参照
　着地して、またもにらみ合っていた。
満月・山畑「もう、やめてよ。やめて、だれか止めて」
岩波・忍「…」
南龍・美香「…」
　岩波側のグループ全員が椅子から立ち上がった。
　これを見て山畑があわてた。
満月・山畑「みんな席に戻ってください。お静かに。とにかく、今日は
　　　ここで、お開きとさせてください。解散します」
　山畑が逃げるように帰って行った。

*

忍たちの岩波グループは全員退室した。

美香は残って、椅子に腰掛けていた。

男どもが寄ってきた。

白井電業「あんた、すごいね〜、大丈夫かね」

灰田電業「あの岩波の娘、しょうがないな〜」

茶畑電業「けがはないかね？」

　3悪人が親切に、声を掛けた。

南龍・美香「ありがとうございます。大丈夫です。あの娘、たちが悪いですね〜」

白井電業「そうなんだよ。親も親だけどね〜」

南龍・美香「私は、絶対に立候補しますよ。どうせあの娘も立候補するでしょうから」

灰田電業「いやいや、いいよ。俺たちが立候補して取るから」

南龍・美香「でも、皐月さんに、いろいろ聞いているような感じだったじゃないですか」

青梅・摩崎「あんた、まさかと思ったよ。あの親も暴れん坊だけど、娘までとは驚いたよ。しかしよくやったよ。見直したよ」

　摩崎が本音を言った。泣き虫がこんなに強かったとは思っていなかったのである。

青梅・摩崎「皐月さんとは、前の会社では親しかったじゃ〜なかったかな？」

南龍・美香「岩蔵ですか。あの社長だって、内心は面白くなかったですよ。だって倒されたというじゃないですか。ひどいことされたと言っていましたよ」

白井電業「やっぱり、ろくなやつじゃ〜ないんだね」

南龍・美香「そうですね。とにかく、私は立候補して、取りますよ。所長にも報告します」

白井電業「それはいいよ。またけんかとなって、大変だから」

南龍・美香「だって、あの岩波が立候補してくるのだから」
白井電業「いやいや、われわれの方には、強い味方がついているから大丈夫だよ。われわれが取るから」
南龍・美香「われわれって、摩崎さんとですか？」
白井電業「いや、この方は満月電業さんの味方で、満月電業さんがわれわれの味方なんですよ。こっちで取りますから」
南龍・美香「こっちでとおっしゃっても、一対一ではトーナメントも何回もやることになりますね」
白井電業「いやいや、こっちはJVを組んでやりますから、すぐに決着がつきますよ」
南龍・美香「じゃ～、弊社が立候補すると、かえって邪魔になりますか？」
茶畑電業「邪魔ということはないですよ。応援をしてもらえればいいのですよ」
白井電業「御社にも行ったのですが、所長さんに会えなかったもので、また寄らしてもらいますよ」
南龍・美香「摩崎さんも立候補しないのですか？」
青梅・摩崎「ああ、満月さんと、この3社がJVを組むから、私は不用だよ。ま～取れるでしょう」
南龍・美香「ああ、所長は不在なので、用件は私が受け承っておいて、私から伝えます」
白井電業「じゃ～ね、今の話のように、満月さんと私たちがJVを組んでやるので、ご協力を賜りたいとお伝えくださいね」
南龍・美香「それだけで、よろしいですか？」
白井電業「だから、投票とか決をとろうというときには、私たちに応援してくれれば、いいわけですよ。頼みますよ」

　敵の忍と戦ったという結果が、近づいて気安くなっていた。

中年のおやじは、話し相手が若い娘であると、気が緩む・優しくなる・口が軽くなる・からかいたくなる、ということである。
　優しく愛敬たっぷりに接したのである。
　まさか！　にも気が付かずに。

13 マキ誕生

　数日前に美香が忍に電話した。
　「実は、私は岩蔵電業を辞めたのよ。話し合いの数が全然少なくて、たまに出席しても取れないし、"泣かされた"ことをみんなが知っているから、みんながからかうのよ、もうあそこにはいたくもないし、そこに草花市に新しい営業所をつくる電気屋さんが、社員を募集したのよ。営業職募集と経理員募集があって、応募したら、地元のルールを知っていて、両方ができるなら採用するとなったの」
　「そうだったの。言わないから、知らなかったわよ。でもそんな募集は見なかったけれど。チラシがあったかな〜」
　「実は、後で詳しく話をするけれど、皐月さんに相談したのよ。そうしたら、いろいろ言われたの。それで"忍と絶対にけんかしない"という条件をのんでくれれば、新天地を紹介すると、言ってくれたのよ」
　「それ、どういうこと？」
　「その営業所の所長が、善統電工の宮野さんの大学の後輩で、"今度草花市の所長でくることになったのでよろしく"ってあいさつがあって、その時に社員募集の話をして、その話が宮野さんから皐月さんに連絡があったのよ。そこで私にその話をもってきてくれたの」
　「そうだったの。"絶対にけんかは駄目"だと言ったのね」
　「そうよ。忍と同じ町での営業だから、必ず相指名になるから、そこは上手にやるように、という命令でした」
　「命令？　上司ではないのに？」
　「他にも指令があるのよ。詳しく言うから、忍は、私と行動を共にして、そのとおりにやるの、上手に付き合ってね。そして、何があっても怒らないでね。これって皐月さんからの極秘命令なの。承知してね。く

れぐれも勘違いしないこと」
　美香は、何を言っているのか？
　忍は、気になって、詳しく聞いた。
「そう、よくわかったわ。極秘命令ね。了解しました」
「ところで雨もないのに、傘を持つのね、日よけということね」
「むかしのバイク事故の後遺症で、時々脚が痛むのよ。だからステッキがわりみたいなものよ。仕方ないわよ」

*

　忍と美香のけんかは、最初から仕組まれた芝居だったのである。
　敵か？　味方か？　が、けんかしたことにより、明白に見えた。
　美香は、白井グループに近い存在と判断された。
　同時に、満月電業の山畑に近づいたのである。
　そして、3悪人の作戦は美香が直接聞いて分かったのである。

*

　これより前に、誠は美香をドライブに誘った。
岩蔵・美香「どこへ連れて行ってくれるのですか？」
皐月・誠「砂浜に座って、海を見るだけだけど、いろいろと話がしたいのですよ」
　誠は、私立中学校・工業高校・工業大学で女子のいない学校ばかりであった。
　建設業で女子には会わない。道場でも同じ。談合にはいない。
　そういうことで、談合は100点になっても、女性との交際法は50点にもならない落第点である。
　だから、慣れていないのである。この誘いもかなり勇気が必要であった。

「海が好きなのですか？」
「わが家の先祖は網元で、海岸線のそばに住んでいたから、懐かしい

ことと、気持ちがいいから」
「今日は天気も良いし、いいですね、それで、どういったお話でしょうか？　どうぞ」
「そうですか。俺の話をしてもいいですか？」
「あれ？　皐月さんはいつも"私"って言っているのに、今、初めて"俺"って言ったのを聞きました？」
「それは、仕事のときの言葉遣いで、普段は俺ですよ」
「それはそうですね」
「さて、実は会社では話しにくいと思ったので、こうして誘いました」
「あの〜、忍とは会っていますか？」
「ここのところ、会っていません」
「忍は、皐月さんのことを、なんと呼んでいるのですか？」
「岩波社長は、私の父親に気性が似ていて、その話をしたら、"俺がおやじなら、それじゃ〜忍と兄妹だ"なんて話になって、誠さんとか時々兄さんと言ったり、時には兄ちゃんなんて言ったりしていますよ」
「兄さんだなんて、馴れ馴れしいですね」
「いや、全然気にしていませんよ。私が末っ子で弟・妹はいませんから、もしいたらこういう感じかな〜、って思うくらいです」
「私はなんて呼んだらいいかしら？」
「なんでも構いませんよ」
「私も忍と同じように、呼んじゃおうかな」
「構いませんよ。まだ、ありますよ。参謀長とか」
「あれ、参謀長ですか？」
「ということは、いろいろと指導しているのですね」
「本人に指導というよりも、岩波さんと過去の実体験の話をすることが多いですね」
　誠の話を聞く前に、まずは忍のことを聞きたい。
　美香は、どうしても忍のことが意識されていて、気になっているよう

である。
「美香さんは、悩み事があるようですね」
「そうですか、また社長から聞きましたか？」
「ちょっとだけだから、詳しく話してください」
「私が初めて参加した話し合いで、私が泣いたので、摩崎さんばかりでなくて、何人かにからかわれたり、笑われたりしていて、とてもつらいのです。他の職場に代わろうかと思っているのです」
「そんな評判になっていたのですか？　知らなかった」
「岩蔵電業が、皐月電業さんとは相指名になることが少ないからですね」
「それで、どこか転職先に予定があるのですか？」
「まだ、これからですよ」
「どういう仕事をしたいのですか？」
「私はバイクの事故で、脚が悪いのですが、そうかといって、座ってばかりの経理系は逆につらいから、他は何ができるのか？　それも自信がないし、実は困っています」
「もう、営業は諦めましたか？」
「本音を言いますね。忍がうらやましいです。男と同じ仕事ができること。自分の知恵で受注できること。それをやっていることが、ものすごくうらやましいのです。なぜかそれだけが頭から離れないのです」
「じゃ～、同じことをしますか？」
「だけど、今のままでは、つらいだけだから」
「新天地で、花木市ではなくて、他の町ですよ」
「でも、知らない町では、せっかく皐月さんに教えてもらったものも使えません」
「同じ海山県内なら、県内共通のルールですから使えますよ。ただし、市町村ごとに違うルールがあるだけです」
「でも、近くでは、やっぱり、どうかな～」

「草花市って知っていますよね」
「それは知っていますよ。忍の町だから。そこですか、え〜」
「実は、縁あって親しくなった善統電工の宮野という男がいるのですよ。彼からの情報なのですが、大学の後輩が草花市に新しくできる営業所の所長になって赴任してくることになったそうです。その営業所は現地採用の社員を募集するのだそうです。そこで、知り合いの方がいませんか？　という連絡をもらったのですよ」
「そこに、私が行くということですか？」
「そういうことですが。嫌なら、嫌でいいのですよ」
「どうしようかな。誠さんは、行けという意味ですか？」
「ですから、先に美香さんの気持ちなのですが？」
「今、急な話で、急ぎますか？」
「では、海を見ながら、話しましょうか。私の本音もいっしょに」
「あら、誠さんの本音って、聞きたいです」

　車が目的地に着いた。車から降りて、海に向かった。
　だれもいない砂浜に、海に向かって座った。
　日ごろは身近なところしか見ていないが、地平線の先までを見ていると、心が落ち着く。
「まず、誠さんの本音っていうのを聞きたいです」
「それはですね。美香さんは、女性側から見ているから、男性側の見方がわからないと思います。それは反対側の立場でも同じですがね。まず忍さんが成功したのは、ちょうどいいタイミングに当たって、そこにルールの活用が当てはまったというラッキーな面があったのです。そこに男性からの暴力があったらしく、防衛のために膝蹴りをしたら、それが大当たりになったというわけです。片や、美香さんは、それに刺激されて、思わぬ行動をとってしまった、というだけなのです。そこですぐにも引くというか逃げれば良かったのですが、相手が意地の悪い摩崎

だったのが不運でした。簡単に、運・不運と思ってくださいよ。あれこれ深刻にならないように、深読みしないように」
「その話をしたかったのですか？」
「そうですよ。その解決法まで聞いて下さいね」
「解決法、ですか？」
「他人の失敗を大きく広げられたように思うのでしょうが、失敗ではないのですよ。そこは計画がなくて、うっかりしていたから、摩崎にしてやられたわけですよ。ですから、今度は計画的にやればいいのです。そして驚かす。そうなれば、それはそれでまた広がりますよ。前の話は消えますよ」
「どういうことかしら？」
「男が初めから女性を侮っていますが、それを目覚めさせるのです。それは一人では大変なことです。私の母親が言う話で、美香さんが聞いたら怒るかも知れませんが言いますよ。ごめんなさいね"利口な女が3人集まっても、馬鹿な男1人にかなわない"と、そう言うのです。それほどまでに男は立派だということなんです」
「怒らないわよ。そうかもしれないわ」
「怒っても良かったんだよ」
「だけど、この海を見ながら、その話を聞いても、雰囲気的に興奮しないわよ。あ〜、そうか、だからここに来たのね」
「バレましたか」
「や〜ね。それで、続けてください」
「だからですね、"うんと利口な女が2人"ならどうだろうか」
「"利口な"じゃなくて"うんと利口な"ですか？」
「そうです。美香さんと忍さんですよ。それを言いたかったのですがね」
「忍と？」
「3人はいらないので、2人でペアになって、男どもに攻撃を仕掛ける

です。まずは摩崎を脅かすことからですが」
「誠さん、腕を抱いてもいいですか？」
「どうして？　寒いの？　この時期に？」
「恋人同士のように、寄り添っていたいのよ、迷惑ですか？」
「そんなことはないですがね」
「私たち、さっきから全然笑っていないから、これから二人は自殺するかと思われるわよ。だからこれがいいの」
　誠の腕に美香が腕を組んできた。
「どうぞ続けて、全部聞くわ」
「それでですね、美香さんは先ほどの営業所に経理兼営業で入社してください。所長代理として営業を担当します。聞けば、専属の工場専門だから、民間の建設業への営業はほとんどなくて、時々の官公庁だそうです。時々にしても、いちおう大手ですから、あちこちの指名はありますよ。そこへ海山県のルールを知っているということで入社するのです」
「ルールを知っているなんて、本当は知らないのだから、バレたら、またばかにされることになるのね、嫌だな～」
「はい、質問です。だれが推薦したのでしょうか？」
「は～い、誠さんです」
「笑ったね～。は～い、その私が責任を持ちます」
「どういうふうに？」
「指名を受けたら連絡をください、その時の対処法を俺が教えます。それなら簡単でしょ」
「ほんと！　それならその話に乗りたいわ」
「そうであれば、宮野さんと岩蔵さんと３人で営業所へ面接にいってください」
「岩蔵社長も？」
「そうなのですよ。彼が"俺が行って理解をしてもらう"と言うので

すよ」
　「どうしてだろう？」
　「他社の営業を経験していると、疑惑が出るのですよ。他社に貸し借りがあって、自分のところにマイナスではなかろうか？　とか、また辞めて、自社の情報を持って、他社に行くのではなかろうか？　とかですが、それを、円満退社の証明と、こういう人物ですという紹介をしたいそうです。無事に入社させるためにです。岩蔵社長とは、どういう関係なの」
　「実は、あの社長は私のバイク事故の相手なのです。私の脚に後遺症が残ったので、気を遣って優しくしてくれるのです」
　「そうだったのですか。隠し子かと思った」
　「やだ、あの顔で？　似てないでしょう〜」
　「ま〜とにかく、宮野さんも、そうしましょうということなので、うまくやってください」
　「誠さんはきてくれないの？」
　「大丈夫だよ。宮野さんが付いていってくれるから」
　「採用されたら、引っ越しします。忍のそばへ」
　「近くは駄目ですよ。今からが重要な話なのですがね…」
　誠が美香に、自分が知っているだりの草花市における、3悪人によって草花市の件名が今まで勝手に差配されていたことなどを説明をしたのである。
　「そんなことってあるの？」
　「あるよ。花木市でもそれに近いことがなかったとは言えないよ」
　「それじゃ〜、忍も大変なんですね」
　「そこで、町の大掃除を忍さんと一緒にやってくれませんか？」
　「私が、できるの？」
　「だから、一人では無理だからということなんだけれど、これには、岩波さんに付いてくれる人たちがいるから、それに協力態勢を取ってほ

しいのだけれど、"陰陽作戦"というような形態でやってもらいたい」
「"陰陽作戦"？」
「今からの話は、極秘の話なのですが、この話を聞いて、これを漏らすとしたら、俺は美香さんを殺しに行くかも知れないよ。冗談抜きにそういう中身なのだけれど、やってくれる？」
「それって、忍のため？」
「やっぱりそれが気になるみたいね。そうじゃなくて岩波社長のためなのですが、大きくいえば草花市のためだけど、それじゃ～、話に乗れないかな？」
「誠さんは、今後、私が困ったことは助けてくれますよね？」
「お金意外ならね」
「そんなことは言わないわよ。逆にあげてもいいですよ。ないけれど」
「なんだ～、残念」
「わかりました。やります。誠さん」
「よ～し、密談だけどさ、始まるよ。え～と、李香蘭とか川島芳子とか"くノ一"とか、007は知っているよね」
「知っていますよ。中国で活躍した女スパイ・女忍者・男スパイね。秘密の機関で、情報機関・諜報機関・特務機関とかいわれる組織ですよね」
「チャーリーズエンジェルも知っているよね？」
「あれも秘密機関の女たちね」
「そう、秘密機関の代表だよ。俺がチャーリーで、美香さんと忍さんがエンジェルだよ。そういった方がわかるかも」
「そうすると、誠さんが、ボス・頭領・機関長とかということね。参謀長じゃないのね？」
「参謀長は岩波さんが言っているのですよ。いわば岩波グループでの名前ですよ。私と美香さんは別の組織として動くのですよ」
「そうすると、私は誠さんの直接の配下・部下ということなの？」

「そういうことです」
「きゃっ、そうすると、私たち２人の秘密機関ということね、それじゃ〜ボスとミカですね」
「そう、女スパイだよ。影の主役をやってもらいたい」
「了解、ボス。そうすると、その誠さんのいつもの丁寧な話言葉はやめて、岩蔵社長のように、ザックバランな話し方にしてくださいよ。私が話しづらいから。ね〜そうさせて」
　美香が誠の腕を引っ張った。
　腕を組んで、肩を並べている男女。
　遠くから見ている者には、まさか諜報機関のような話をしているとは想像もつかない。
「忍が表の陽で、私が裏の陰で影なのね」
「そういうのは嫌かもしれないけれど、同じ者が並んだらぶつかり合うから、その方がいいと思う。だけど、影の方が本当は主役なんだよ」
「私ね〜、今、変なこと思いだしたわ。これ別れただんなとビデオでみたような気がしてきた。なんだったけかな〜」
「ひょっとして、忍者映画？」
「そうよ、そんな気がする。あれは？」
「思い出さない方がいいよ。私にはわかっているけれど。実はそのまねだから」
「そうでしょう〜、確かに大活躍だったような気がする」
「やっぱり、誠さんは、頭領かな、首領かな？　私は忍者かな？」
「そうだね。くノ一だね」
　二人で大笑いだが、秘密作戦の打ち合わせは真剣に続いた。
　美香は、自分が忍の下に付くのでなくて、誠とのコンビだとわかって、その話に乗ってきた。

　誠の考えは、別々の組織が協力して、お互いに有利にするという、花

木市で章桂電業と桔梗電業が組んだ方式を、経験して考えたことであった。
　だれにもわからずに、人知れずに、古い戦略を用いて、お互いを有利にしてあげようという親切心である。
　この作戦は、誠が苦労するだけで、誠には何の実利もないのだが、
　成り行き上、そうなったということと、自分が表に出られないために、こういう作戦を考えたのである。
　誠の営業には直接的には有効ではなかったが、この二人が関係した情報は間接的に有意義であった。
　この美香と忍の二人の女は、元々の性格が、今とはまったく逆だったのである。
　忍は、地味で無口でおとなしい。何かしようと合気道を始めた。
　結婚したが、暴力亭主だったので、子供を連れて逃げたくて、そして別れた。
　今は、"もうおとなしくはしていられない"という気構えである。

　美香は派手で、活発過ぎるほどであった。
　バイクによる交通事故で、片脚が不自由になった。
　だんなは、掛かる治療費と介護から逃げた。離婚となった。
　それからは、急に静かになって、おしとやかになった。
　お互いに、変わったのである。

「二人でも、秘密組織だから、暗号名とかコードネームとかつけましょうよ」
「あぁ〜、それいいね」
「私はボスって呼ぶわ」
「私はね〜、そうだな、マキと呼ぶよ」
「何？　何ですか？　マキ？」

誠が砂の上に"MIKA"と書いた。
「これを入れ替えると、MAKIになるだろう」
「なるほど、いいわよ。ボス」
「近いうちに、指名業者の顔合わせ会があるはずなのだが、そこで、頼りになる存在として、敵側に近づいてもらいたい」
「どうするの？」
「まず目的は、摩崎の意識を変えさせる。なめきった根性を変化させる。それには強さを見せる必要があるので、忍ちゃんとけんかします。それは引き分けとなるようにする。これで、泣き虫ではない、"戦う娘"と思わせる。やがて、それは花木市に流れてきて、美香ちゃんのイメージは払拭される。忍ちゃんとのけんかだから、相手側は、自分の方に引き込みやすいと勝手に判断して、美香ちゃんに近づいてくる。そこで敵側の情報をつかんできて、俺に教えてほしい。どう？　できるでしょ」
「あの摩崎に！　いいわ。やるよ。ボス」
「それで、例のコウモリ傘を使ってくれれば、まわりの者は近づけない。『水しぶき』から『風車』そして『足下』の攻撃をする。傘を振り回している間は、だれも近づいてこない。近づいてきたら、"触らないで"という。それを言われると男は近寄らない。忍ちゃんはカバンで受ける。そのままやっていると、いつまでも続くので、忍ちゃんが転ぶ、忍ちゃんが『脚下』という業をかける、美香ちゃんが転ぶ。この時点で二人が床に座っていて動いていないから、まわりの者たちが声を掛けてくる。そこで静かに立ち上がって、みんなが安心した瞬間に大きな気合いでお互いに突き合う。着地してまたにらみ合って別れる。この"静と動"のパフォーマンスをして派手に見せる。それを、会議中のどこかに入れるのだよ」
「そんなこと、私にできる？」
「できるさ、リアルになるように、まず俺と立ち回りを稽古する。忍ちゃんには、別に俺から言っておく。二人が戦うのはその場一回の本番

のみ。真剣に必死でやらないと、まずいので、そこを承知してもらいたい」
「誠さんが殺陣師なのね。それって面白そう。後はせりふなのね。それは、どうかな？　けんかしたことないもん」
「だからさ、その時だけ。"忍のやつめ"って思うのです、その時だけだよ」
「うん、わかった。やるわよ。名優目指して」
「それ、それだよ。頼むよ。もうね〜、その翌日には、そのニュースがここ花木市には流れてくるはずだよ"その泣いた娘が、信じられない、今度気をつけよう"と変わるはずですよ」
「そうすると、忍が良い役で、私が悪役っていうことになるような気がするのだけど、いいよ、ボスの命令に従います」
　美香がニコリと笑った。
　悪役でもいいよ、泣き虫が変わるなら、そんな思いが強かった。
「悪役とは限らないよ。観客の判断で変わるから。それは見方であって、岩波側からは美香ちゃんが悪役だけど、3悪人側から見れば、忍ちゃんは悪役だから、同じだよ。だから、後はせりふだね」
「そうか〜、確かに、考え方ってどうでもなっちゃうような気がする。楽しみますよ。"諜報員くノ一・2号、別名・マキ"よ〜し」
「なに？　その、2号は？」
「忍が、会員番号1号だから、私は2号なのよ。2号よ」
「あのさ〜、俺の前で2号といわれると、俺の2号さんと間違えられそうだよ」
「いいのよ、それは私が良いのだから」
　誠が気にしていたよりも、その気になってくれた。
　美香が真剣に聞いているので、柔らかく言うつもりで"ちゃん"というようにかわいくしたのだが、ますます近い親密感があったのだろうか笑顔であった。

13 マキ誕生

ここに、秘密兵器ともいうべき、くノ一が誕生したのである。
その名、美香＝コードネーム・マキ＝コードナンバー・2号

14　話し合い

満月・山畑「それでは、みなさん、前回の顔合わせ会が終わりましたので、今日は『話し合い』ということで始めたいと思います。よろしいですね」

「お願いします」「はい」「やってください」「いいよ」

いくつかの声が聞こえていた。

前回の顔合わせ会の時と、同じ店舗の同じ部屋である。

だれの目線も、忍と美香へ向いている。

またけんかをするだろうか？　どういう顔でいるのだろうか？

忍と美香は、お互いに目線を合わせないようにしていた。

それもまた、みんなが見ていた。

だれにも、この二人は"仲が悪い"としか見えなかった。

満月・山畑「宿題がありました。その回答を致します。『AC会』か『DC会』かということですが、その回答をする前に、もう一度確認をさせてください。と、言いますのは、これを『AC会』で扱えば、以降の『県内地方自治体』中部地区の指名を受けたときに、その点数と回数が記録されております。『DC会』で扱えば、『県内地方自治体』中部地区の指名を受けても、今現在の点数と回数のままです。この先に、1億円以上の件名が幾つか出てくれば、『DC会』での積み重ねの点数と回数は増えていきますが、もしも、それがなかったときには、一回こっきりですから、受注した方は、"取り逃げ"で、譲った方は"取られ損"ということになります。そこのところを考慮して、もう一度考えていただきたいと思います」

紺野電業「ご配慮ありがとうございます。その次の宿題の『DC会』において、1億円以上の件名を取り扱えるかどうかはどうなっていますか？　それを教えてください。もしも取り扱えるとなれば、それはそれなりに、『DC会』内部規定の変更なりをして、うまく配分できるようにしようと思います。例えば、市内業者だけのJVも考えられますし、金額ランクの枠を変えるとか、も考えられます。ですから、まずそこを先に回答してください」

青梅・摩崎「そのJVを組むというのは、どういう内容ですか？」

紺野電業「それはですね〜、あくまでもわれわれ市民の税金ですので、われわれ市民の中で有志がJVを組むということで、市外の方は遠慮していただくとか、そういうことなのです」

満月・山畑「それはですね〜、いくら草花市の発注といっても、県の補助金も入っているでしょうし、全部が全部草花市の予算でやるのではないので、その理論は通らないと思いますよ」

青島電業「それなら、今回の件名は、間違いなく草花市単独の予算で執行されているもので、県と国の補助金は含まれていないですよ」

満月・山畑「市外の業者が駄目というならば、そこにいる北蛇電工さんと東虎電工さんと、西鮫電工さんと南龍電工さんは、どうなのですか」

黒木電業「それは簡単にわかるじゃないですか。市内に営業所があるのだから、市内業者だと思いますよ。満月電業さんと青梅電業さんは、隣の町に営業所があるから、別ですよ。地図上で見て下さいよ」

青梅・摩崎「それは、北蛇さんでも南龍さんでも、JVを組んでもいいということですか？」

黒木電業「それは、条件が整えば、組む場合もありますよ」

青島電業「そういう考え方が基本なんですよ。市外の業者の方でも、どうしてもやりたいという希望があるならば、JVのP（パート

ナー）の方へなら、考えてもいいですよ」
赤城電業「とにかく、俺たち地元が優先ということで、まさかとは思う
　　　けれど、もしも市外の業者がS（スポンサー）としての立候補
　　　ならば、俺たちは徹底的に戦う覚悟があるのさ」
白井電業「今の話は、具体的に言うと、ここの青梅電業さんと、満月電
　　　業さん以外は、どこと組んでもいいということだね」
緑川電業「そうですよ。まさか、白井さんは、俺たちとは別と思ってい
　　　るのですか？」
白井電業「それは、正真正銘の地元だけど、あの〜、ちょっと休憩をと
　　　らないか。トイレタイムだよ。どうも歳をとるとな〜」
満月・山畑「そうですね〜、トイレ休憩としますか、そう、しばらく休
　　　憩としましょう」
　白川が山畑の顔を見て、合図した。
　白川、灰田、茶畑、山畑が部屋を出て行った。
　忍と美香が他人にわからないように、目配せをした。
紺野電業「まだ、皐月さんを呼ぶって話は、回答をもらってないけれ
　　　ど、早くしたほうがいいんじゃない。待ってもらっているんだか
　　　ら」
青梅・摩崎「皐月さんが来るのですか？」
紺野電業「そうですよ。近くで待機してもらっています」
　それを聞いて、摩崎が部屋を出て行った。
　黒木が、立ち上がって、みんなに見せるように万歳をした。
　これを見て、みんなが笑っている。
　　　　　　　　　　　　　＊
　部屋を出た3悪人と、山畑が相談をしている。
　満月電業をSとして、3悪人がPとなる4社JVを、どうするのか？
という話になっている。
　白川の考え方が変わってきたのである。

満月の山畑が、今一番の苦しい状態になっていた。

そこに摩崎が加わってきた。

青梅・摩崎「皐月さんが、近くで待機しているそうですよ」

これを聞いて、ますます困惑したのは山畑であった。

満月・山畑「うちは、もう手を引いた方がいいのかもしれない」

すっかり弱気になっていた。

＊

紺野電業「長いトイレだね。女性のように化粧直しでもしているのかな〜、な〜みんな、そう思うよな」

緑川電業「本当だね。だけど、ま〜だいたい、そんなものかもよ」

黄月電業「そうだね。いいよ、ゆっくり待ちましょう」

ようやく出て行った者たちが全員席に着いた。

青梅・摩崎「みなさんの意見は、しっかりと承りました。それでですが、弊社としましては、地元の業者さんが、おやりになるのに反対ではないのですが、せっかく指名をいただいて、そしてみなさんにお譲りしながら、点数と回数の見返りがないというのは、いささかつらいところです。そこのところはどのようにお考えでしょうか？」

摩崎が、真剣に考えたようで、自社の損得を考えた質問を投げかけてきた。

紺野電業「それは『AC会』扱いでやれば『AC会』へ、『DC会』扱いでやれば『DC会』へと、それぞれの記録がカウントされますよ」

青梅・摩崎「それが『DC会』ルールで扱って、点数と回数が記録されても、この草花市に店舗がない場合には、今回の意見のように、立候補できないということになりますか？」

青島電業「そうですよ。俺たちが言っているのは、あくまでも地元優先だから」

青梅・摩崎「そういうことでしたら、何とか『AC会』扱い方でやって

いただけませんか」
青島電業「それはさ、お宅がこの件名で立候補をしないというならば、それはそうしてもいいですが、満月さんもいるのだから、お宅だけというわけにはいかないでしょうね」
青梅・摩崎「山畑さん、ちょっと、いいですか」
　摩崎が山畑に外に出るように促した。
青梅・摩崎「ちょっと、すみません。すぐ戻りますから」
　二人は部屋を出て行った。
　この二人が、何を相談しているかがわかっているから、じっと待っていた。
　山畑が中を覗いて、白井を手招きした。
　白井も出て行った。
　敵が全員出て行けば、悪口も言っていられるのだが、茶畑と灰田の２人が残っているので、それは言えない。
　全員が無口である。
　ようやく出て行った３人が戻ってきた。
満月・山畑「お待たせしました。参考なのですが、地元でJVという話がありましたが、どういう会社が何社くらいで組むという予定なのでしょうか？　よければ聞きたいのだけれど」
紺野電業「それは、岩波電業さんの意見がありまして、われわれはそれに賛同しておりますから、それを岩波忍さんからお話しさせます」
岩波・忍「岩波忍です。たいへん失礼でございますが、父のメッセージをそのままお伝え致します。"長年にわたり不平等な扱いを受けてきたけれど、今後が全員の協調ということであるならば、過去を一切忘却し、現在点数のあるものが全員でjVを組むことを希望する。ただし、異論があるならば、有志数社により自由競争もやぶさかではない"ということでございます。以上です」

白井がうなだれた。
　考え込んでいたが、ようやく顔を上げた。
白井電業「それでは、今度の『DC会』のことをを言っていると思うのだが、そういうことに一緒にやっていくなら、うちとも一緒に組んでくれるということのようだけど、そう解釈していいのかね？」
紺野電業「岩波さんは、"地元が分裂することなく、共存共栄で仲良くやっていくためには、好き嫌いなく、点数のある者からマイナス点になって、次の方に譲っていこう"とおっしゃっていました。どうでしょうか？　具体的に言うならば、白井電業さんと岩波電業さんと黒木電業さんがJVを組んで受注しませんかということです」
白井電業「そうかね。茶畑さん、灰田さん、そういう話があるのだけれど、どうですか、俺に協力してくれないかね？」
灰田電業「今後も長い付き合いになるのだから、それでいきましょう。うちはいいですよ」
茶畑電業「うちもいいですよ。仕方ないでしょう」
白井電業「山畑さん、そういうことなんですが、どうですか？」
満月・山畑「そういうことで、収まるなら、ま～いいでしょう～」
白井電業「岩波さんの話に同意しますから、それでやってもらえるかい。JV比率とか何とかは全部任せるから、世間相場で頼むよ」
青梅・摩崎「そうすると、白井・岩波・黒木JVということで決定ということですか。点数はどうなりますか？」
満月・山畑「今の話で、チャンピオンを決定したとなれば、点数は『AC会』の記録を使ったのだから、これは『AC会』へ入札結果報告書を出してもらって、記録ということですね」
青梅・摩崎「そういうことになるなら、いちおうのJV比率をここで発表してもらえませんか」
満月・山畑「あぁ～、その前に、北蛇電工さんも、東虎電工さんも、西

　　　　鮫電工さんも、南龍電工さんも　以上の内容なのですが、ご承認
　　　　してもらえますか？」
北蛇電工「これは勉強になりました。また教えていただきます」
東虎電工「今回が初めてだから、それで結構です」
西鮫電工「以後これと同じことで進むなら、結構です」」
南龍・美香「結構でございます。ご協力をさせていただきます」
　3社のJV編成は、S＝岩波50％、P＝白井30％、P＝黒木20％と決定した。
　白井はJVの経験がなかったので、Sを岩波に譲ったのである。同時に他社への遠慮もあった。
満月・山畑「それじゃ～、後の『短冊』は任せますから、終わりますか」
岩波・忍「山畑さん、ちょっとお待ちください。前回の宿題の正式回答をお答え下さい」
満月・山畑「だから、『AC会』で決まったから、それでよし。次は議長ですが、これについては、たまたまそういうことがあったということにしておいてくださいよ」
南龍・美香「議長さん、それでは答えになっておりません。弊社でもその回答に深い関心をよせております。今後の重要な手引きになると思うことなので、しっかりしたお答えをお願いします」
　女性2人に厳しく責められて、答えるしかない山畑であった。
満月・山畑「え～と、ですね～、間違いなく『AC会』で受理して承諾したので、それを認めるしかない、ということです。ただし、今のように、『AC会』ルールを使えば、他の市町村でも点数と回数が使えるので、『AC会』の方がよろしいのではなかろうかということです。これもまた"ただし"がつきまして、その指名されたメンバーで決めることができるので、それは自由であるということです」

岩波・忍「では、皐月電業さんのお話は、間違いなかったと解釈してよろしいですね」

満月・山畑「はい、これは、彼も役員ですから、いい加減なことは言っていないです」

岩波・忍「議長が、メンバー以外でもいいというのは、どうなのですか？」

満月・山畑「これも、部外者を呼ぶのはよろしくないのですが、同時に多数の件名が出たときには、総合司会を設けたりしています。そのときに、総合司会者は、自分自身が指名されていない件名も処理しているのが事実なので、結論としては、認めるということになります。確かに、皐月さんのご意見は間違っておりませんでした」

岩波・忍「そういたしますと、処理が難しいとかというときに皐月さんのような、詳しい方を呼んできても、問題はないということですね」

満月・山畑「それはもう、メンバーの方が、必要であると判断するならば、問題はないと思います」

南龍・美香「ご回答をありがとうございました」

岩波・忍「ありがとうございました」

「うぉ〜」岩波グループ全員が、動いた。

 3悪人側は、一連の動きを見ていて、岩波グループには、皐月という指導者がいるという想像がついた。

 "もう、前のようにはいかないかもしれない"という気持ちになっていた。

 誠の意見は、すべて正解だったのである。

 これにて、誠の信頼は、ますます深まっていった。

 内心で喜んだのは、女性2人である。

 自分が、参謀長、ボスと思う人物の意見が、間違っていなかった、と

いうことは、信頼しても大丈夫という証だったからである。
「私の先生は、間違いない人なんだ」と。

15　事前会議

　話し合い（談合）の前には、準備がなされていたのである。
　誠の諜報機関である美香より電話があった。
　「ボス、マキです。敵側の作戦が判明しました。満月電業を頭にして、3悪人がJVを組んで、受注するという作戦のようです。これは確かな情報です」
　「ご苦労さまでした。ありがとうね。その"ボス"って言われるとなんかギャングみたいですよ」
　「いいのよ。頭領より今風でいいのよ」
　「すっかりその気になっちゃったね。李香蘭かエンジェルだね」
　「忍の方が、軍隊みたいだから、こっちも合わせたのよ」
　「それでボスね、怖かったですよ。忍が真剣だったから、どうなるかと思いました。でも、確かにスケベおやじどもが近づいてきて、女と思ったのか、安心しきって、ペラペラとしゃべりました」
　「そうだろうね。男は美人に弱いからね」
　「また〜、うまいから」
　「いや、本当にそう思うよ」
　「それから、別に指名通知が届いていて、そのメンバーもわかったのです。その対応法を教えてもらえませんか？」
　「そうですか。それじゃ〜、先にそれをファックスしておいてください。それからそれに"2号より"なんて書かないでね。みんなに勘違いされるからね。送り先は"MAKIより"としてくださいね。」
　「ではファックスしますから、そちらの回答をお待ちします」
　「それから、そっちの営業所連合の調整も頼むよ」
　「そっちも、バッチリですよ。ボス」

＊

　話し合いの日に前日の夜に、岩波家の道場に、岩波グループが集合した。

　いつものように板の間に座布団を敷いて、座り込んだ。

岩波・忍「今日も、参謀長が来てくれました。明日の話し合いのための予備知識のお勉強会となります」

皐月・誠「ご苦労さまです。では、明日は決戦日です、これでこちらの作戦成果が判定されます。では、重要なことを話しますが、すべて聞いたら流してください。それをああだこうだはもう関係ありません。すべて事実ということですから」

岩波・忍「ただ今の参謀長のお話のとおり、戦闘直前の会議です。議論・討論ではなくて、突撃行動の計画案の発表になりますので、心してお聞きくださいますよう」

皐月・誠「では、ここにお集まりの方々を、すべて信頼できる方と信じて、お話し致します。もしもこの情報が漏れたときは、みなさんでその裏切り者に処罰なりをあたえてやってください」

紺野電業「参謀長殿、その作戦のとおりに実行すれば、必ずや勝利するという内容で、われわれはそれぞれがその役割を実行すればよいということでしょうか」

皐月・誠「そうです。時間がありませんので、ああしたら・こうしたらではなくて、明日は私の説明どおりに、そのまま実行に移してください。では、始めます。私の諜報機関の情報によれば、敵の3悪人は、満月電業を頭にして、3社がJVを組むということです。それを阻止して、分断し、敵を捕虜として私が軍に引き入れて、その捕虜の力によって、別の捕虜を無抵抗にして、全社に当方の主力部隊を認めさせるという作戦です」

紺野電業「参謀長殿は、諜報機関をお持ちなのですか？　スパイですよね。そういう組織を持っているのですか？」

皐月・誠「はい、既に敵に潜入させてあります。そして、既に敵の作戦を盗み取ってきております。この情報は間違いありません。そして、この情報の前の作戦が変更となったのです。前回の『AC会』賛同者は、白井電業・茶畑電業・灰田電業・青梅電業・明星電業・北蛇電工・西鮫電工・南龍電工の８社で『DC会』賛同者は、岩波電業・紺野電業・青島電業・黒木電業・赤城電業・緑川電工・黄月電工・東虎電工の８社という８対８でしたが、実は本気になれば８対６か、９対７だったのですが、わざとそうさせておきました。実はちょっとある細工をして、支店業者を扇動しました。なぜなら、それによって、敵が私たちの中から、だれかを引き込もうとして来るのを網を張って待っていたからです。もしもそういう者が来たら、逆にその者を議題にかけて、"ひきょうな行為をする者"として吊し上げて、こちらを優位にしておいて、再投票をすれば、絶対的にこちら側の票数が伸びることができると確信していたからです。もしも、そういう者が現れなくても、再度の評決を行えば、必ず過半数を取れる下工作をしてありました。一度に攻めないで、ジワジワと追い詰めていこうと思っていたのですが、確実な情報を得ましたので、作戦変更をして、急襲作戦にしました」

青島電業「すごいな～、この人何者？　ちょっと岩波さん、あんたも普通じゃ～ないよ。こういう人と付き合っているのかい。ビックリするな～」

岩波・岩波「まだ、驚くのは早いよ。青島さん、まだ驚くことが出てくるから、離れるなよ。しっかり付いていってくれよ」

青島電業「よ～し、わかったよ」

皐月・誠「では、敵の作戦は、満月電業という大きな会社を頭にしての、このJVを全体に認めさせて、主導権を握って、われわれを制圧する作戦なのです。われわれは、その子分を攻めるのではな

く、頭である満月電業を脅かすことにあります。それは市外業者であることを協調することから始まります」
青島電業「はい、市外業者は駄目よ。市内業者で取りたいよ、っていうわけだね」
皐月・誠「次に、満月電業が外れた3悪人を、こちらに引き寄せます。これを機会に仲良くさせて、今後の運営も都合良くさせます。敵の頭は白井電業です。これがぐらつけば、この子分たちはもう手足がないと同じになります」
紺野電業「何でも、頭を取ってしまえば、後はたいしたことはないということですか。なるほど、そうすれば戦う回数が少ないよ。いちいち相手にしていたら、満月と3人だから、計4人と4回戦うけれど、頭を狙えば2回戦えばいい、そういうことなんだ」
皐月・誠「そういうことです。ですが、4回戦を2回戦で行うのですから、その1回戦は全力を出してください。1回戦で負けると、2回戦はありません」
岩波・忍「参謀長、それをもっと具体的に説明をお願いできますか？」
皐月・誠「はい、それぞれの役割分担を行います。なるべく分散して、攻撃ですが、こちらの主力を表面に出しておいて、側面からその他の者が同じ意見を言います。それによって、主力を攻めても、応援部隊が大勢いると思って、敵は攻撃力が弱まります。各自の役割があることを忘れてはいけません。一人の一言も重要なのです、見ていれば、主役がやってくれるだろう、では成功しません。全員が何かの役を引き受けてください」
黒木電業「スゲ〜。これが本当の作戦というものなんだ。初めて知ったよ。そうなんだね〜。勉強になった」
岩波・忍「黒木さん、あなたも主役、だれもが主役なのよ。全員で討ち入りなのよ。やりましょうね」
　そして、それぞれの役割分担が細かく指示された。

予行演習まで行った。

黄月電業「ここまでやってくれれば、俺でもやれるよ。いいね、俳優気分だよ」
緑川電業「俺も俳優気分だよ。エキストラじゃないよ。通行人Ａ・Ｂじゃないよ」
黄月電業「だけど、これが本番となったら、わかんないよな」
黒木電業「もしも、だれかの出番をとか、せりふを忘れたとか、っていうときは、俺がやります。任せてくださいよ」
緑川電業「じゃ～、頼むよ。ところでさ～、傘を持った女がいたじゃないか、忍さん大丈夫だった？　俺の横で始めたから、俺はビックリしちゃって、手も足も出なかったけれど、すごかったね～」
黄月電業「そうだよ、俺もすぐそばにいたんだけれど、近づけなかったよ。あの女、荒っぽいことするよな」
岩波・忍「ご心配をありがとうございます。大丈夫です。今度から油断しないようにします」
赤城電業「蛇がカバンに入っているとか言っていたけれど、ほんとうなのかね？　飼ってるの？」
岩波・忍「まさか～、あんな気持ち悪いものを。あれはですね、参謀長の指示でやったのです。忍術なのよ。見せましょうか、あの蛇を」
　※前作『他言無用・秘密会議秘話』第５話参照
赤城電業「いいよ、気持ち悪い」
岩波・忍「大丈夫ですよ。おもちゃのゴム製ですから」
黄月電業「え～、あれは、おもちゃだったのかい」
黒木電業「それを見て、ひっくり返った山畑、おかしかったな～」
岩波・忍「そうなのよ。それなのに、あんなにビックリしちゃって、その姿をみんなに見られたから、大きなことが言えなくなったので

すよ」

黄月電業「そうだよな。あんな恥ずかしい転び方したら、ビックリもしているから、どう繕っていいのかということで、他人のことよりも先に、まず自分をどうしようかと思ってしまうよな」

岩波・忍「そうなんですよ。それが付け目だったのですよ」

紺野電業「それはさ〜、今、蛇がいたことと、おもちゃだったことがわかったから笑えるけれど、見たときは、何でひっくり返ったのか？　変だと思ったんだよ。だけど笑っちゃうよな」

緑川電業「今まで、話し合いは単純だったけれど、最近はいろいろなものを見るよ。とにかく今までこんなの見たことないことを」

青島電業「もっと早く、こういうことができていたら、よかったのだけど、これを参考にしてやっていこうよ」

皐月・誠「私としては、こういう大作戦を展開しなくて、平和で簡単に話し合いができることを希望します。これが終われば、3悪人とも仲良くやっていけると、思っています」

これらの準備がなされていたからこそ、成功したのである。

その後は、草花市の件名では、3悪人も『DC会』ルールを尊重して、地元がまとまるようになったのであるが、新規参入の4営業所（北蛇電工・東虎電工・西鮫電工・南龍電工）が参入してきたために、いつもの10社の中から2社が指名されなかった。

営業所4社は、2社ずつが交代で指名されるようになった。

それは、草花市の指名基準が、3千万円以下は"10社の指名"となっていたからである。

3千万円以上には、この北蛇電工と東虎電工と西鮫電工と南龍電工は、常に指名されていたから、順調に点数と回数を増やしていった。

それでも、ルールどおりに順序よく回転していって、トラブルはなかった。

ルールというものは、それに慣れてしまうと、それが当たり前だとなって、取れなくても仕方ないと諦めてしまうことになる。

　さらにその後には、草花市に誘致運動が続き、大きな会社が工場をつくり、町が大きくなっていく状況をみて、また別の電気工事業者が営業所を設立してきた。
　その結果、ランクで指名選定されるなら、また地元の１社が消えることになるのだが、地場産業育成という名目によって、支店（営業所）業者は、１件名で２社〜４社と限定された。
　これによって、地元Ａランクの10社と支店（営業所）業者数社はいろいろな組み合わせで指名されるようになった。
　それによって、点数と回数の変化は、今まで以上に変化していった。

16　1号＆2号

　美香が誠に電話をした。
　「ボス、マキです。やっぱり大手は違いますね。指名の数が多いですよ。それが所長がいい人で、みんな任せてくれるのです。おかげさまで面白いです」
　「それは良かった。忙しいのはいいことだよ」
　「岩波の社長と忍が、この前の件名のことで、お礼を言いに来てくれたのです」
　「そうですか。岩波さんは常識のある人だからね」
　「それがですね～、余計なことに、北蛇電工さんが来て、オーバー過ぎるくらいに、あのけんかの話をしたのですよ。それで所長がビックリして、岩波さんに"けがはなかったですか？"って電話したからなのです」
　「あれ、事前に連絡してあったのではなかったかな？」
　「そう、事前に協力の要請はしてあったから、了解してくれていたのですが、話がオーバーだったからですよ」
　「それで、マキの"立場が悪くなった"ということはなかったかな？」
　「実は、所長が善統電工の宮野さんに相談したそうですが、宮野さんから"それは皐月法だから心配無用"と言われまして、それからは"ドンドンやれ"になりました。やりやすいです」
　「そうだったのですか。宮野さんがね～、ありがたい」
　「まだあるのよ。宮野さんが"他社から何を言われても、会社のけんかではなくて、女同士の個人的なけんかだから、会社は関与しないように"とまで言ってくれたので、もう他社からの情報は無視するようになりました。ね～、いいでしょう～」

「先日の件名は、マキのあの情報で取れたようなものだから、大手柄でしたよ。あれを参考にして、他業者が話した内容は、漏れなく記録しておいてね」

「それが、あのけんかのせいなのか、みんなが興味があるのか、注目しているのか、話し掛けてくるのです」

「それは、マキが美人だからだよ」

「そう〜？　その気にさせないで。でもね〜、あのけんかのときの業者はいいのだけれど、そうじゃない会社は、ただのスケベおやじで気持ち悪いときがあるのよ」

「まだ宣伝が足りないのかな〜、でも摩崎とか山畑のニュースで、市外にもそのうちに広まると思うけれど」

「私には、忍のように親衛隊が付いていないから、忍はいいね」

「なんとなくだけど、マキの気持ちがわかるような気がする。忍ちゃんとの相指名は多いですか？」

「時々あります」

「どうしていますか？」

「言われたとおりに、お互いに知らん顔ですよ。内心は笑っているけれど、だって忍の方が芝居がへたなのよ」

「じゃ〜、今度は体術で勝負しよう。近い内に稽古するから、俺の振り付けのように、二人でまたけんかしましょう」

「きゃ〜、あれ良いわ。ストレス発散。最高〜。じゃ〜、また殺陣を教えてくれるのですね」

「あくまでも、話し合いの部屋の中だけですよ。その部屋から出れば通報されたりで世間に出てしまうからね。その部屋の中ならば世間に出しようがない。証人もいないことになる。そこだけの狭い部屋での殺陣の案を作っておくから、スケベおやじ対策として、やってみますか」

「運動不足解消、ストレス解消、男対策、後は〜」

「どうも違うな。暴れたいだけかもね」

「わかる〜、わかっちゃった」
「それから、うちの南龍電工は工場内工事が専門で、屋外へ出ていないので、公共事業で受注した件名は、すべて岩波電業さんに下請けとして施行してもらうことになったのよ」
「それはいい話ですね。それこそ、会社と会社は問題ないけれど、女同士が勝手にけんかしているということで、それを所長が大目にみてくれるのだから、こんな良いことはないですね」
「ボス、私ね、頼みがあるのですが？」
「まだ他に、なんでしょうか？」
「前にも言ったのですが、私に対しての言葉遣いが丁寧すぎませんか？上司と部下だから、もっとザックバランでやって下さいよ。私が話しにくくて困っちゃう」
「これね〜、宮野さんの影響が強く出ちゃっていると思います。あの人が、丁寧な口調なので、影響され過ぎたかもしれませんね。では以後は花木市弁でいきますよ」
「懐かしいわ〜、楽しみにしていま〜す」

＊

美香が忍に電話を掛けた。
「マキです。わかる〜」
「美香でしょう〜、なに？　マキって」
「これね〜、私のコードネームなのよ、ボスは皐月さんで、彼はボスなのよ」
「ボスって、ギャングの親分のこと？」
「違うわよ。秘密機関のボスよ」
「あぁ、秘密機関って、あれ？　まさか、李香蘭とか川島芳子とか"くノ一"のあれなの？」
「そうよ、忍が軍隊だから、こっちも合わせたのよ」
「そう言われてみれば、ピッタリ合うわね」

「忍が１号で、私が２号なのよ。忍がそっちの組織を操るのよ。私はこっちの方を操るのよ。男には負けないのよ」
「そうよね、普通じゃ駄目なんだからね。"裏の営業"なのだから、そのつもりでやりましょうよ」
「それでどう？　その裏の営業の方は？」
「それが今は見習いみたいなものなんだけど、あの件名のおかげで、忍の堂々と話すのも見させてもらったし、点数も増えてきたし、そろそろ芽が出るころとは感じるわ」
「ということは、ルールも覚えたのね」
「うん、ボスに聞いて、教えてもらいながらやっているのよ。まずは基本ね。そのうちに、忍のように、応用技と裏技を使えるように頑張るつもりだよ」
「その応用技と裏技っていうのが、難しいのよ。うちでは参謀長だけが頼りなのよ」
「男頭と女頭というのがあるんだって、それでいくと、女頭というのは応用がきかないらしいのよ。変なことを考えるよりも、素直にわかりませんといって、聞いた方が早いわよ。私はすぐにもボスなのよ。そうするとボスが優しくしてくれるのよ」
「ちょっと、美香、駄目よ、そんなに甘えちゃ〜、ずるいよ」
「本当はさ〜、南龍電工は、ボスに給料を支払うべきなのよ」
「そうか〜、うちも参謀長に給料をやらなくちゃ〜」
「私が、指導料のお手当は？って聞いたら、払えない金額だから無理するなって言われたのよ。参考までにいくらかと聞いたら、１億円だって」
「えぇ〜、それは無理ね。それに近い話が、この前のうちの会合でもあったわ。そうよ、ものすごく高いから、支払えないはずだって、言っていたわよ」
「これはね〜、とぼけて、無視した方がいいわね」

「そうね〜、私もそうするわ」
　二人で、仲良く笑っていた。
　同級生が、同じ職業と同じ目的をもって、協力態勢になっていった。
「それで、まだ話は続くのだけどね、忍はいつも親衛隊が付いているからいいけれど、私の方は、会社が独特だし、新参者だし、仲間っていないのよ。ボスが言うのには"あまり親しくならない方が、受注しやすい"というので、気にもならないし、それでもいいのだけれど、中にはスケベおやじがいて、気持ち悪いっていう感じで、やたらべったりとされたりして困る話をボスにしたら、"甘くみないでよ"というのをまたやろうと言うのよ。また"芝居のけんか"なんだけど、その殺陣を考えてくれているから、また付き合ってね。今度は武器なしの徒手空拳だって」
「やった〜、あれって好きよ私。意外と面白いわよ」
「忍も私と同じ気分なのね。ボスに言われたわよ。"暴れたいだけじゃないのか"って、見透かされていたわよ」
「わぁ〜、楽しみ〜、やろうよ。男どもを、あっと言わせるのよ。定期的にやろうよ。それでいつやるのよ？」
「二人が相指名で、嫌な男のいるときなんだけれども、いつでもできるように稽古しておかなければならないから、すぐにも始まるはずよ」
「じゃ〜、参謀長が直接に殺陣師をやってくれるのね」
「そうよ、ボスなんだけど、私たち二人だけのときは、何と呼ぶのかな〜」
「私なんか、最近はお兄ちゃんなんて、言ったりするわよ」
「そんなこと言って、しかられないの？」
「ううん、何ともないよ。聞いたら、"気にしない"って言っていたわよ」
「兄妹でもないのに、変ね〜」
「フフフ、兄妹はね〜、何を言っても、何をしても、怒ったりしない

のよ。いいでしょう〜」
「あぁっ、ずるい。そういうことなの、でも、それじゃー、恋人になれないわね」
「そ〜か、それはまずかったわ。とにかく稽古のときは、先生だよね」
「そうだね。それって、常識だよね。手加減してね」
「こっちこそ、頼みたいわよ。優しくね」
　誠が知らないうちに、皐月さん、誠さん、兄さん、お兄ちゃん、参謀長、ボス、先生、
　仕事の話は、忍からは→参謀長。参謀長からは→忍（ニン）
　美香からは→ボス。ボスからは→マキ
　仕事を楽しんでいるかのようである。
　誠は、いくつもの顔を持つ男になった。忍者なら"上忍"である。

17　殺陣

　誠と忍と美香が、皐月道場に集合となった。
　３人が、ジャージ姿である。武道衣の着用にすると美香が持っていないので、それを考慮して誠が決めた。
岩波・忍「先生、よろしくお願いします」
皐月・誠「はい、こちらこそ。子供は大丈夫なのかい」
岩波・忍「はい、母が、孫がかわいいようで、ずーっと面倒見てくれています。だから出かけるのは、何とかなります」
南龍・美香「先生、よろしくお願いします」
皐月・誠「はい、では、いちおう道場ですから、道場らしくして、あいさつをして、後は柔らかくやりますよ」
南龍・美香「先生、その言葉遣いも、柔らかくて結構ですからね」
皐月・誠「そうだったね。それで、今日は稽古だから、呼び捨てで名前をいうから、そのつもりでね」
忍＆美香「はい」
皐月・誠「では、並んで。はい“正面に礼！”“お互いに礼！”さー始めるよ」
岩波・忍「とにかく、口げんかから始まって、そこからですね」
皐月・誠「その前の条件があって、必ず室内で行うこと。若干の運動スペースがあること。男どもが止められないこと。だけど、そういう中で行うとなると、接近戦となると思う。前回のように武器を振り回せば、だれも近づかないけれど、刃物を持てば、絶対にだれかがその武器を取り上げに来るから、それを避けるためには、手に何もない方がいいかもしれない。今回は舞踊ショウのように、男どもを釘付けにさせて観客にさせる。ずーっと観ていたい

な〜、てな具合にしようと思うけれど、どうだろうか」
南龍・美香「華麗に舞うのね」
岩波・忍「武道じゃないの？」
皐月・誠「武道だよ。ほら、ジャッキー・チェンのような、動きのやつだよ。あれって観ていて楽しく思わないかい」
南龍・美香「そう言われれば、見とれるというか、面白いよね」
皐月・誠「そうなんだよ。楽しいような雰囲気があるじゃないか。あのまねだよ」
岩波・忍「あれは、動きが連続だから、見いっちゃうのよね。そうすると激しい動きになるわね」
南龍・美香「あんな動きをしたら、長続きしないし、疲れちゃう」
岩波・忍「バシバシ当たって、痛そうだな〜」
皐月・誠「だからさ、ここに殺陣師と監督がいるじゃないか」
岩波・忍「お兄ちゃんは、何でもこなせるのね」
南龍・美香「あぁ〜、先生に向かって、お兄ちゃんだなんて、ね〜それは駄目だよね〜」
皐月・誠「あぁ〜、なんでもいいよ」
　こんな笑いながらの稽古なのである。

皐月・誠「それでね。いざけんかのときだけど、ニンからけんかを仕掛けて、マキが受ける側にしてもらいたい」
岩波・忍「なぜなの？」
皐月・誠「それは、マキは社員だから、先に手を出すと、それが会社の耳に入れば、首になりかねない。ニンならば、先に手を出しても首にならない。そういう保険のためだよ。首になると困るから」
岩波・忍「あ〜ら、美香に随分と優しいのね〜」
南龍・美香「だから、ほら、私は兄妹じゃなくて、2号だから」
岩波・忍「あ〜ら、私は1号だったわ、忘れてたわ」

南龍・美香「それって、どっちが大切にされるかしら？」
皐月・誠「ま〜、そういう風に、やって頂戴よ」
　なんだかんだと、仲のよい仲間になっていた。

岩波・忍「映画のようにやるってことなの？」
皐月・誠「そうだよ。片方ずつの演技で、相手が演技中は休むような感じで、力を入れないで受ける、という交代制だよ。一人の演武を片方が見る。ガチッと受けないから痛くない。こうやるんだよ。
　まず先に、ニンが回し蹴り。マキがしゃがんで避ける。ニンがやった回し蹴りをそのまま回転させて、着地したら、反対の脚でまた回し蹴り。それが終わった、マキの番で、同じ事をしたいけれど、マキの脚の条件が違うから、マキは手業を重視してやる。
　だから、ニンが足技で、マキが手業で攻める。それを主にするけれど、途中で交代もする。蹴ってきたら、またマキはしゃがんで、避ける。パンチのときは、こうして、連続で突く。時々、裏拳を使う。突いてきた腕を合気道のようにしないで、こう持って、それを利用して回し蹴りをすると、高く脚が上がる。美香は首を曲げてそれを避ける」
　誠が、見本を見せながら、二人に、手取り足取りの大忙しである。
　二人にそれぞれの異なることを指導するには大変である。
　一番疲れるのは、誠である。
皐月・誠「その回し蹴りを、相手が腕で受けたら、膝から下の力を抜いて、2回とか3回と、膝から下だけで、振るように蹴る。当たらなくてもいい。パンタロンの裾がヒラヒラ、中の脚がチラチラ。ヒラ・チラ・ヒラ・チラをしてほしい」
忍＆美香「何ですか？　それ？」
皐月・誠「そうやって、見え隠れの妖しさを出してくれれば、男は見とれて、止めに入らずに、見物で終わるはず」
忍＆美香「な〜る〜ほ〜ど〜」

皐月・誠「マキ、膝蹴りができるよね。それならこうして。片方が攻撃したら、片方は受けるだけ。地面に両手を着いて、脚を回転させて、相手の脚を蹴る。見物人は攻撃側を主に見ているはず。だから、受け手側は、休憩のつもりで、身体を揺らせて、当たらないようにする。時々ジャンプもする」

　受けないで、受け流す。止めないように。受け流されたら、その方向へ進む。逆らわない。

　ああして…こうして…

　誠の説明どおりに、ゆっくりとした動きでリハーサルをする。

　少しずつ、空手風になっていく。

岩波・忍「お兄ちゃん、これでいいの？」
皐月・誠「そうだよ。この方が当たったように見えると思う」
南龍・美香「ボス、これが当たったときには、これでいいの？　それともこうなの？」
皐月・誠「とにかく、力をいれないことだよ。勢いをつけるのはわかるけれど、まず力を抜く。そうするとスピードが速くなる。当たったのを利用して、そのまま流せば、痛みは減るけれど、止まって受けると痛みが出てくる」
岩波・忍「このときに、脚をもっと上げるには、どうしたらいいの？」
皐月・誠「それはね〜、相手の腕をつかんで、それを階段の手すりのようにして、そちらに体重をかけると、脚が上がるよ」
南龍・美香「相手の脚を払うのに、ふらつくのだけど、どうしたらいいの？」
皐月・誠「マキは、片脚を守るために、反対に脚が強いはずだから、座っても立っても、スクワットが簡単にできるのだから、攻撃されたら、座るようにして、その時に床に両手をついて安定させてから、もう片方を、床すれすれに回転させて、忍の脚を払う」

岩波・忍「美香、ちょっと早めに動いてみてよ」
南龍・美香「じゃ～いくわよ」
岩波・忍「うわ～、迫力あるわ。怖いわね～」
南龍・美香「忍のも迫力あるわよ。焦るわよ～」
皐月・誠「さて、そういう手順でやったときに、何分できるかだけど、何かのタイミングを作って、同時に終わる方がいいと思う。観客が、見とれていて、手が出せないけれど、同時に終われば、止めなくて、止まっているわけだから、だれも身体に触ってこないと思う」
南龍・美香「そうかー、だから、前回の時に、お互いにしりもちをつかせて終わらせたのね」
岩波・忍「そういうことか～。何でぶざまな格好で終わるのかと思ったんだよ」
皐月・誠「私の想像だったけど、立っていると、抱きしめて止めたりするかもしれないと思ってね。寝転んだような格好なら、手を出して、引っ張ってくれるだけだと思ったのさ」
南龍・美香「いい男なら、抱きしめて止めてくれても良かったのだけれど」
岩波・忍「あ～ら、美香はそうなのね～。私はね～、お兄ちゃん以外は嫌なのよ～」
南龍・美香「あ～ら、うっかりしちゃったわ～まずかった～」
皐月・誠「それでですがね。けんかを止めるときに、コツがあって、勝っている方を止めると、勝っている方が暴れるのですよ。負けている方は、止めてくれたことによって助かるので、言うとおりにおとなしくなるのです。だいたいこれは70％あたっているはずです」
岩波・忍「そういうことがあるのか、じゃ～美香が負ければ、いい男が止めてくれるかもしれないから、そうする？」

南龍・美香「そうね〜、それならそうしようかな、と言いたいけれど、いないじゃないの。おやじばっかりよ」
皐月・誠「いつも、引き分けの方が、次回も次回もって挑戦できるから、うまく引き分けと作りたいね」
岩波・忍「そうか〜、定期的にやるんだからね。それでいこうか」
皐月・誠「で、その終わり方なんだよ。お互いに数歩離れて止まれば、だれかが寄ってきて、"やめろ"というだろうね。そうは簡単に抱きついて止めたりしないかな？　どうだろうか？」
岩波・忍「私と灰田とけんかしたときに、紺野さんが止めにきました。抱きついてきましたよ」
　忍が灰田の腕をつかんだときに、紺野が飛び込んできて、忍に抱きついた。
　それを忍が思い出した。
皐月・誠「あぁ〜、ファンクラブ員だからね」
南龍・美香「えぇ〜、忍に、ファンクラブがあるの？」
岩波・忍「そうよ、あるのよ。いいでしょう〜」
南龍・美香「いいわね、いつも親衛隊に囲まれて。私なんか一人ぼっちなんだから」
皐月・誠「じゃー、私がファンクラブに入りますよ」
岩波・忍「駄目よ。お兄ちゃんは私の会の会長なんだから」
南龍・美香「なによ〜、それって本当なの？　ボス？」
皐月・誠「いや〜、それが．あっ、忘れた」
南龍・美香「いいわよ。でも今、会員になったから、脱会はできないわよ。ボスはいつも言っているからね、発言は"契約書"って、まさか、その本人が、それを破るなんてないわよね」
皐月・誠「はい、皐月二等兵、決して脱会は致しません。敬礼」
南龍・美香「よろしい、休め」
岩波・忍「まったくもう、美香ったら、やるわね〜」

皐月・誠「さて、さっきの話に戻るけれど、責任感があるよりも、体力に自信があるとか、そういう使命を受けてるとか、身内だとか、だいたいそういう者が"止め役"をするのですよ。紺野さん立派だね。あぁ～そうだ、彼もファンクラブ員だったね～」

南龍・美香「一番若い黒木さんが走っても行くと思ったけれど、紺野さんだったの」

岩波・忍「近かったせいもあるけれど、父から"今度から内の娘が参加するからよろしく頼む"と言われていたからだと思う」

皐月・誠「そういうことですね。使命感があったのでしょうね」

南龍・美香「私の場合に、止めに入ってくれる人がいるのかな～」

皐月・誠「いますよ。私なら、これ幸いに抱きついて止めますよ」

岩波・忍「私のときはどうなの？　聞きたいわ」

皐月・誠「もちろん、同じだよ。間違いないよ」

南龍・美香「じゃ～さ～、二人がけんかのときに、ボスがいたら、どっちを先に止めますか～～、はい、質問です」

皐月・誠「……」

岩波・忍「お兄ちゃん、後で、ゆっくり、聞かしてね」

南龍・美香「私も同じ。後でね」

皐月・誠「あのですね、抱きついて止められたら、"触らないでよ"これだよ。こう言われると、男はタジタジだから」

岩波・忍「お兄ちゃんね～、前にもそういう話があって、教えてくれたけれど、それで気になったんだけど、それって、経験があるのでしょう～、あるのね！」

皐月・誠「それはねー、道場で教えるときに、"右手を30度に曲げて、それを45度に捻って"なんていうのをしゃべっているより、触って動かした方が早いのだけれど、そこで男が女に触ると、女は男の目を見るんだよ。それがどうもやりにくい。わかんないかな～。そういう体験から、そうだろうなという想像ですよ」

岩波・忍「あれれ、さっきから、私の身体をあれこれ触っていたように思うけれど？」
南龍・美香「そういえば、私もそうだったけれど」
皐月・誠「あのね〜、それはね〜、ほら、妹と２号だからだよ」
南龍・美香「そうね〜、いいのよ。その方がわかりやすいから、でも忍は気にしてるようだから、触らない方がいいかもしれないよ〜、ボス」
皐月・誠「勘弁してくれないかな〜、先に進もうよ」

　こうして、面白い話をしながら行うので、それが休憩となって、極端な疲れを感じることなく、長時間の稽古ができた。
　もしものことを考えて、数多く行ったのである。

岩波・忍「さすがに、疲れました」
皐月・誠「マキは、大丈夫、今まであまり運動経験がないとか聞いたから、心配だけど」
南龍・美香「ありがとう。大丈夫ですよ」
皐月・誠「気になって、脚を見ていたのだけれど、少しずつだけど、上に上がっていったね」
南龍・美香「そうなのよ。わかりました？　やっぱり、今までが大事にしすぎて運動不足だったと思う。動かせば動くのだと、今日はつくづく感じました。ありがとうございました」
皐月・誠「そうか〜、大事にし過ぎたかもね。でもそれ以上の無理はしない方がいいよ。徐々にならしなさいよ」
岩波・忍「嫌なことって、なが〜い時間に感じるけれど、楽しくやらせてくれたから、あっという間に感じた」
皐月・誠「本当は、ビシバシやりたかったのだけど、かわいい妹だから、"親切・丁寧・明るい笑顔"でやったんだよ」
南龍・美香「でた〜。久しぶりに聞いたわ」

岩波・忍「これって、どこかで見たような、聞いたような？　だけど、思い出さないのよ。どこのコマーシャルだったかな？」
南龍・美香「そうなのよ。私も、同じに思う」
皐月・誠「では、今日はこのくらいだけど、次回はこれを少し速くやってみようね」
南龍・美香「これが撮影して、早回しでみんなに見せれば、いいんだけれどな～」
岩波・忍「あぁ～、それいいな～。カットとかもできるしね」
皐月・誠「悪いね～、これは舞台公演だから、生なんだよ」
　一同３人は、大笑いで本日の稽古は終了である。
皐月・誠「正面に礼！　お互いに礼！」
　本来ならば、門下生代表が、
　「正面に礼！　先生に礼！　お互いに礼！」
　とやるべきなのであるが、先生がいなくて、
　先生ではなくて、お兄ちゃんだからである。
　美香は、マキという名で呼ばれることによって、新しく自分が生まれ変わったような気がしていた。

*

　そして数日後に、次の稽古の日になった。
皐月・誠「順番を決めて稽古したけれど、ここまでやれば、もしも順番が狂っても、臨機応変に対応できるじゃ～ないかと思う。試しに、適当に軽く戦ってみて」
　二人が軽く、あれこれの攻撃をすれば、受ける・避けるができた。それが交互でも、できるようになった。
　初めに、遊びながらであったものが、自信がでてきたら、少しずつ任務・仕事という感覚に変わってきた。
皐月・誠「ここまでできれば、本番は間違いないと思うよ。口げんかの言葉で、興奮するだろうから、本番は力が入って、スピードも出

るはず。だけど、肉体的なことは決して言わないで、会議の中の、意見の違いを表に出してけんかをするわけだから、理性が働いて、遅くなることも考えられる。少し、気が高ぶるようなこと言った方がいいだろうね」
　そんなアドバイスまでして、いちおうの終了となった。

　忍が、指名通知書を誠に見せた。
岩波・忍「参謀長、今度指名を受けた件名は、この件名なのですが、うちは初めての指名なんです」
南龍・美香「ボス、うちも同じなのです」
　誠に対しての呼称も、仕事のときの呼び名になった。
皐月・誠「それって、初めてということは、０点の０回ということだけど、他社の点数と回数はわかった？」
岩波・忍「それが、紺野電業も指名されたので、紺野さんが満月電業の山畑に電話して聞いたら、"自分も指名されているから、その話し合いのときに発表する"って言って、教えてくれなかったそうです」
皐月・誠「それが普通なんだけれど、その問い合わせの会社だけには、その会社の点数と回数は教えるはずだよ」
岩波・忍「紺野さんは、それで、自分の０点と０回は確認したんだけど、他社がわからないということなのです」
皐月・誠「それで、マキの方はどうなの？」
南龍・美香「所長が本社に問い合わせをしたら、過去にここからの指名はなかったそうです」
皐月・誠「ということは、もしかして、全社が０点の０回ということが考えられる。これはチャンスかも」
南龍・美香「点数がないのに、チャンスなの？」
岩波・忍「あぁ～、それって、前に聞いた。あれね」

前に、誠に講義された内容を思い出した。

　"0点の0回は、初めてということですよね。もしかしたら、その次の指名があるのか、ないのか？　ということもありますよね。それを受注すると、不思議にその後は、何回も何回も指名をされることが多いのです。だから、金額に関わらず、受注してしまえば、もう後はなんとかなるような窓口となります"

　誠が、その説明を、美香にも話をした。

南龍・美香「へぇ～、あの青梅電業が摩崎が、受注しないでいたら、その後に指名から消されていたなんて、そんなことがあったのですか」

皐月・誠「金額が、小さいということで、立候補しなかったんだよ。それを俺がもらったら、その後にうちは続いて指名をもらった。まずは、その点数と回数の確認からだね」

　※前作『秘密会役員・窓口と応用』参照

岩波・忍「だけど、あの山畑が教えてくれないから、その場での判断になりますね」

皐月・誠「ハハハ、またマキの出番だよ」

南龍・美香「私ですか、何をしたらいいですか？」

皐月・誠「マキは、"蛇騒ぎ"のときに、山畑を擁護したような状況を作っているし、"ACかDCかの投票"では、AC会側に投票しているから、山畑はマキの方は、自分の側にいると思っているはず。そこで、くノ一忍法のお色気作戦で近づいて、全社のデータをもらってくるんだよ」

南龍・美香「そうか～、そうだったのか。なんで蛇のときに、忍にけんかをふっかけたのかな～とも思ったし。なんでDC会側に賛成させなかったのかな～とも、思ったのです。山畑に近づくための下準備だったのですか」

皐月・誠「そうだよ。ACかDCかについては、再度の投票なら、すぐ

にも反対側にまわれるから、いいと思ったんだよ。たまには、ミニスカート姿になって、山畑のところに直接行って、聞き出してきてもらいたい」

岩波・忍「参謀長は、そういう作戦を前から計画的に実行してきていたのね」

南龍・美香「そうなの。"私が指令を受けた"っていう話を忍に電話をしたじゃないの、あのときからだったのよ。そういう私は、そこまで深くは考えてもみなかったけれどね」

岩波・忍「美香、あんた李香蘭よ。その美貌は使うべきよ。きっと成功ね」

皐月・誠「俺の想像では、全社が０点のような気がするんだよ。その時に、マキが受注して、忍の会社に下請け発注をしてもらいたい」

南龍・美香「えっ、私が取るの？　忍じゃ〜ないの？」

皐月・誠「そうだよ。会社に受注したという実績を残さないと、営業不適格者となってしまうし、その仕事が岩波電業にやってもらうのだから、忍は損はないし、それが一番だよ」

岩波・忍「そうなると、私の出番はないのね」

皐月・誠「そこだよ。そこで、今日までの稽古が役立つのさ。まず点数の確認をして、それがわかった、もう一度集まって、細かな打ち合わせをしよう」

南龍・美香「なんか、ワクワクしてきちゃった」

　こんな悪いことを話していて、それを実行しようとしている。

　これが仕事だとは、だれが思うのだろうか。

　仕事ではない。犯罪である。

18　決戦

　美香が久しぶりにミニスカート姿になって、満月電業の山畑部長に面会した。

満月・山畑「私に用とはなんだろうか。美人の来客ならいつでもOKだよ」

　山畑が、上機嫌で美香を迎えた。

南龍・美香「いろいろとお世話になります。前には、気持ち悪い蛇女で困りましたね」

満月・山畑「そうだよ。あの女、普通じゃないよ。生意気で、困るよ。あの時よく言ってくれたよ。あんただけだよ、ああ言ってくれたのは、おまけにけんかまでさせちゃって、悪かったね」

南龍・美香「いいえ、あまりに見ていられなかったものですから。それから、DC、DCって、あれも困りましたね」

満月・山畑「そう、あれも、あの投票はあんたはAC会側の意見だったね。本当はAC会なんだからさ〜、困っちゃうよ。だけど、あんたのように理解者がいてくれると助かるよ」

南龍・美香「いいえ、私はただ正しいと思ったことをしただけで、深い考えはなにもないのです。何も知らないし」

満月・山畑「青梅電業の摩崎さんが言っていたけれど、前の会社のときに、泣いたんだってね〜。だけど、あのけんかを見て、そんな弱い人には思えないけれどね〜」

南龍・美香「いいえ、私なんか、弱虫だから、助けてくださいよ〜。今日も助けてほしくて伺ったのですよ」

満月・山畑「そうかい。俺が何を助けるんだい？」

南龍・美香「今度指名を受けた件名ですが、うちの点数と回数を教えて

ほしくて参りました」

満月・山畑「ああ、それならね〜、おたくは０点の０回だよ」

南龍・美香「それはわかっているのですが、他社さんの点数はどうなのでしょうか？」

満月・山畑「それはね〜、話し合いのときに発表するから、そのときにわかるよ」

南龍・美香「そこを、なんとか今、他社の分も教えていただけないでしょうか？」

満月・山畑「それはね〜、それを知りたければ、そうだ、あんたは皐月さんを知っているのだから、そっちから聞くとかでもしたら、うちからは遠慮するよ」

南龍・美香「皐月さんですか？ 知ってはいますけれど、あの人は〜？」

満月・山畑「どうしたんだね？」

南龍・美香「ご存じなかったですか？ 摩崎さんからも聞いていなかったのですか？ あの人は、私が前に勤めていた岩蔵電業の社長さんをドカーンと倒した、とんでもない人なんですよ。おかげて岩蔵社長は今でもあちこち痛がっていますよ。あんなヒドい人は嫌ですよ」

　※前作『他言無用・秘密会議秘話』第１話参照

満月・山畑「そうらしいね。そういう男なんだよ。あの岩波電業さんともけんかしたらしいよ、仲直りして今は良いようだけど、とにかくメチャクチャな男だから，気をつけた方がいいよ」

南龍・美香「そうでしょう〜、そういう人と付き合っているから，ああいう変な女ができちゃうのですよね〜」

満月・山畑「そうだよ。そのとおりだよ。あんたわかっているじゃないか。気が合うね」

南龍・美香「みんな思っていると思いますよ。まさか？ あの女が点数を持っているとかって、ないですよね？ どうしてもあの女には

取らせないわ。まったくも～、憎たらしいですよ」
満月・山畑「いや、あそこも点数はないから、大丈夫だよ」
南龍・美香「いや、そんな気休めは言わないでください。話し合いの席での発表までは、気になって、眠れませんよ～」
満月・山畑「そうかい、そんなに気になるのかい。それじゃー内緒で教えてあげるけれど、全社とも０点０回なんだよ。だから安心していいよ」
南龍・美香「本当ですか？　そんなことはないでしょう～、御社は会社が大きいし、あるのではないですか？」
満月・山畑「いやいや、本当だってば、ほら、この手帳を見てごらん」
南龍・美香「あら、本当だわ～、そうなのですか。よかった」
満月・山畑「他人に言っては駄目だよ」
南龍・美香「わかっています。大丈夫ですよ。それじゃ～、また寄らせてもらってもいいでしょうか？　頼りにしていますから」
満月・山畑「急ぐのかい？　そうでなければ、お茶でもゆっくり飲んでいきなさいよ」
南龍・美香「ありがとうございます。じゃ～お言葉に甘えて、いただいて参ります」

　山畑は、自分の嫌なこと、嫌だったことが、美香と共通点を見つけて、心が開いた。
　山畑は頭の中で、"美香は、岩波側ではない。皐月と友好ではない。自分の側にいる"と思い込んだ。
　共通の敵には、共同で戦おうとしてしまう。
　相手が若い女性であるから、特に近づこうとする。
　油断して、他のことも、あれこれと話をした。
　それによって、満月電業は指名されたときの相指名業者などの情報も耳にした。

誠の諜報員・マキは、見事に任務を果たしたのである。
＊
南龍・美香「ボス、任務完了しました」
皐月・誠「たいへんでした。では、稽古をしながら、作戦会議をやろう」
　皐月道場へ、忍・美香・誠が集合して、殺陣の稽古を行った。
　もう、殺陣を作って、順番を指定しなくても、勝手にけがもなく戦えるようになっていた。
　華麗なる武道ショーとなっていた。

　休憩時間となった。
南龍・美香「それで、最近の受注状況は順調なの？」
岩波・忍「業界新聞を見たと思うけれど、あの通りよ」
南龍・美香「うちも同じよ。ワンパターンで、面白くないわよ」
岩波・忍「ただ、点数が多いから。回数が達したから、ばっかりでさ〜、変なことはないといえば、それでいいのかもしれないけれど、何か、刺激がないわ」
南龍・美香「そうよ、ハラハラ、ドキドキ、ワクワクっていうようなものがないのよね〜」
岩波・忍「うちの方では、黒木さんが、"作戦会議をやるような件名がないかな〜"なんて言っているわよ。懐かしいよ。私もまたやりたいわ〜」
　女同士が、あれこれ井戸端会議になっていた。

皐月・誠「それでは、マキからの情報を聞こう」
南龍・美香「なんとか情報は手にいれたけれど、なんだかんだと、ガードは堅かったのよ、いくつも山畑が喜ぶ話をしたら、ようやくとろけて、しゃべったわ」

岩波・忍「美香のお色気だけで、とろけたじゃないの？」
南龍・美香「あのけんかがなければ、おとなしい乙女だったのだろうけど、きっとけんかを見たからだと思う。ちょっと緊張していたわ」
岩波・忍「そうか〜、おとなしくしていれば、つけあがって。ちょっと荒っぽいところを見せると、警戒する訳ね〜。男はいい加減ね〜」
南龍・美香「私は、警戒してくれた方がいい、もう泣かされるのは嫌だから」
岩波・忍「そうなのよ。私もそうよ。嫌われてもいいから、強い方がいいわ〜」
皐月・誠「すいません。そのいい加減な男ですが、仲間にいれてくれますか？」
南龍・美香「あぁ〜そうでした。点数と回数は、全社同じで、0点の0回に間違いありません」
岩波・忍「そうすると、全社が一斉に立候補ということもあり得るわね」
南龍・美香「全員のトーナメントね。時間掛かるわね」
岩波・忍「全社の指名年月日が同じだから、決め手がないわね」
南龍・美香「レディーファーストにしてもらいたいわね」
岩波・忍「美香、お色気作戦はどう？　やってみたら？」
南龍・美香「私は、ほら、右と左の脚の太さが違うでしょう〜、だからミニスカートは嫌だし、胸を出すのも変だし、ウインク？　こんなもんかな？」
皐月・誠「あっ、そうだったんだ。ごめん、そういうことは考えなかったから、"ミニスカートを履いてなんて"言ってしまったよ。悪かった」
南龍・美香「気にしないでください。指令となれば、何でもしますよ。

　　　　大丈夫です」
岩波・忍「美香すごいね。徹底しているのね。感心」
南龍・美香「そうよ〜、ハラハラ、ドキドキ、ワクワクを求めて頑張るのよ〜。今度は忍のお色気作戦かもよ」
岩波・忍「何言ってるのよ。もうイメージが"男"になっているから、難しいかもよ」
南龍・美香「そんなことないわよ。"川島芳子のように男装の麗人"っていうのもあるからさ〜」
皐月・誠「さてさて、作戦会議をしませんか？」
岩波・忍「ハイ、参謀長」
南龍・美香「ハイ、ボス」
　どうしたら、他社を差し置いて、美香がチャンピオンになれるのか？その作戦会議が行われたのである。

　　　　　　　　　　　　　＊

　今までに、発注されたことのなかった官庁から指名された件名である。
　ゆっくり話し合おうとでも思ったのか？
　前回と同じホテルの部屋を借り切っての話し合いとなった。
　トーナメントがあることを想定して、小さな部屋も借りている。
　全員が席に着いた。
　見渡してみれば、前回とまったく同じメンバーである。
　座る位置が若干異なっただけだが、上席には、前のと同じように、満月電業と青梅電業が座った。

満月・山畑「本日はごくろうさまです。このたびの最新医療機器研究所の件名ですが、この窓口は、従来にない役所からの発注でありまして、それでも『窓口』が設定されております」
白井電業「それは『AC会』の規約の中にあるのかね？」

満月・山畑「そうです。窓口はすべて設定してあるのですが、ごくわずかしか発注しない諸官庁もありまして、これらを『その他中央官庁』という名称になっております」

白井電業「すべてを網羅しているということだね。ま〜とにかく、今回はDC会でないことだけは間違いないので、あなたはAC会の役員さんで、詳しいのだから、そのルールに沿って進めてください。ゆっくり拝聴しますよ」

昭和58年10月1日より、『AC会』の『窓口』で扱うもの。

対象工事	区分	ランク	方法
（その他中央官庁） 洋上保安庁 国建省 健康省 耕山省 郵輸省 総務府 定判所	県内共通	B　0〜2千万未満 A　2千万以上〜5千万未満 特A　5千万以上〜1億未満 超1　1億以上〜3.5億未満 超2　3.5億以上	相互貸借

※運営規程より一部抜粋

岩波・忍「待っていただけますか？　『その他中央官庁』というお話ですが、私どもが調べた範囲では、"そうではない"っていう判断もあるのですが、間違っているとは言いませんが、それに限定することは問題があると思われます」

満月・山畑「そんなことをだれが言っているんだね？　また、まさか皐月さんかね？　彼だって承知のはずだよ」

岩波・忍「まさしく、その皐月さんですが、解釈の違いというのでしょうか、山畑さんの言うのとは違っていました」

南龍・美香「岩波さん、あなたは議長さんのお話がまだあるかも知れな

いのですから、少しおとなしくしていただけませんか？」
岩波・忍「うるさいわね〜、この前もカバンがどうのこうのって、いちいち邪魔しないでちょうだいよ」
南龍・美香「あなたが変なことしたと思ったからしたまでよ〜」
岩波・忍「気に入らないわね〜、今日こそ決着をつけてあげるわ」
南龍・美香「望むところよ。やってみなさいよ」
　二人がどなり合いながら、お互いが近づいていった。
　だれかが止めようとしたときには、忍の蹴りが飛んでいた。
　美香がそれを受けて、稽古をしたとおりにけんかした。
　それは激しく、スピード感もあって、綺麗なものであった。
　特に蹴ったときの、パンタロンの中から見える綺麗な脚に男どもは見とれていた。
　止めることを忘れていた。

皐月・誠「待った。待ちなさい。やめなさい」
　いきなり部屋に入ってきた誠が、この二人のけんかを止めた。
　二人が止まった。
皐月・誠「忍さんやめましょうよ」
岩波・忍「やらせてよ〜」
　忍は、興奮のあまりに、誠にも攻撃してきた。
　誠はこれをかわしていたときに、美香までも攻撃してきた。
　誠は、この二人を相手に応戦である。
　なんとか、合気道で、忍を投げ飛ばした。
　投げ飛ばされた忍が起き上がったときに、紺野に止められた。
　残るは美香である。
　しばらく蹴りと突きの応酬をしてから、腕をつかんで逆手をとった。
　美香が痛がった。
　実は、これも、稽古でリハーサルが行われていた。

スケジュールにしっかり入って組み込まれていたのである。
　これによって、だれもが介入できない。
皐月・誠「あなたも、もうやめましょう。ね」
南龍・美香「ちょっと、あんた。私は立候補するから、あんたは遠慮し
　　　なさいよ」
岩波・忍「冗談じゃないわよ。私も立候補するから、覚悟しなさいよ」
皐月・誠「ま〜ま〜、とにかく座って、座って」
　なんとか、二人の華麗なる演武ショウは終わった。
　しかし、みんなに聞こえるように、立候補宣言をした。
　ここが重要なポイントである。

皐月・誠「どうしたんですか、山畑さん？」
満月・山畑「皐月さんこそ、どうしてここに？」
皐月・誠「私は、こちらの草花市の方々に、"今回の件名はよくわから
　　　ないので、ぜひ来てほしい"と頼まれてきたのですが、遅れてし
　　　まいました。すいません」
満月・山畑「頼まれたって、皐月さんが？」
皐月・誠「どうぞ、進めてください。見ていますから。ところで、この
　　　原因はなんなのですか？」
満月・山畑「それがね〜俺がこの『窓口』は『その他中央官庁』だとい
　　　うと、この岩波さんが違うと言うのですよ。皐月さんも違うと
　　　言ったとか？」
皐月・誠「私が、代わりに議長をさせてもらえませんか？」
　この発言を聞いて、草花市の業者が全員拍手をした。
「みたい」「やって」「いいぞ」「まってました」
満月・山畑「皐月さん、これだけは言わしてください。そうなると、私
　　　の立場はどうなりますか？　皐月さんはよそ者ですから、この地
　　　区の話への介入はご遠慮ください」

皐月・誠「これは、たいへん失礼しました。ごあいさつが遅れてしまったのですが、弊社が小さいので、営業所なんていう大きなものはもてないのですが、出張所を草花市に設けてあります。早い話が、草花市への仲間入りをさせていただきました。ですから、よそ者っていうことはないですよ。それは認めてくださいよ」
白井電業「最近だけどさ、間違いなく、皐月電業という看板があるよ。みんな見ているよ」
「仲間だよ」「付き合いがいいよ」「地元に協力的だよ」
そういう声がしたのだが、山畑が諦め切れないようで、立ったままであった。
東虎電工「皐月さんですね。私たち支店業者の内でも、お噂は聞いています。ひとつどういう進め方なのか、見せてくださいよ」
やはり、大きな会社からの発言は無視されない。
さすがに山畑も引き下がった。
椅子に座って、隣に誠を導いた。
皐月電業の出張所ができた、というのは初耳だったのである。
なんのことはない。
岩波家の庭先にある道場を出張所として、看板を取り付けて、転送電話を設置し、その電話は転送されて花木市の本社で受信するだけである。
皐月・誠「や～、摩崎さん、悪いね。ちょっとお邪魔します」
いちおう、うるさい摩崎に声をかけておいた。

皐月・誠「私は、皐月誠と申します。山畑さんと同じくAC会の役員であります。担当地区は中部地区ではありますが、ご希望がありまして、まかり越しました。いちおう、ルールには精通しておりますので、皆様の会議の誘導役として議長を務めさせていただきます。よろしくお願い致します。まず窓口についてですが、確かに

『その他中央官庁』という窓口がございます。しかし、そこには洋上保安庁・国建省・健康省・耕山省・郵輸省・総務府・定判所という官庁の名前が明記されております。ここが問題で、このたびの発注元は、このいずれにもない、ところです。よって、このような場合には、ご出席の皆様方のご意見によって『その他』と認めるか？　あるいは今後の発注を見越して、別枠で、この窓口を新たに作るかということになろうかと思います。幸いにもこの草花市は最近華々しい発展がありますので、今回のところから、また二期工事が発注されるのかもしれません。そこのところを考えて、みなさんで、この窓口を設定していただきたいと思います」

「さすが」「わかった」「みごと」「わかりやすい」「いいよ〜」

いろいろなヤジが飛んだ。

満月・山畑「そうか〜、そう言えばよかったのか〜」

皐月・誠「さ〜、どうでしょうか？　この中のメンバーで決めたことは、部外者は関係ありません。極端なことを言えば、自由競争にしたいとなれば、それもそれで認められます」

青梅・摩崎「皐月さん、それを言っては困るよ〜」

皐月・誠「そうでしたね。今の私の説明を、まず頭に置いていただきまして、次のヒントを申しあげますと〝先ほど私が言った役所の指名があったならば、すべてを一緒にすれば、点数が増えます・ここだけに決めれば、よそのものは含まれないので、わかりやすい〟というのもあります。いろいろな考え方がありますので、お考え下さい」

しばらく無言で、みんなが考えた。

皐月・誠「みなさんの意見を聞いても、それは各社の都合ですので、それがいいか、悪いか？　という議論にはなりません。何でも多数決というのは良くないのですが、この場合は、投票用紙を配っ

て、それに○か×かを記入していただいて、窓口を決定したいと思うのですが、いかがでしょうか？」

「賛成」「それでいいよ」「そうして」「それで決めよう」

そういう声がしたので、ノートを破って、小さな紙片にして配布した。

皐月・誠「そして、その他の官庁に入れる方は○印を、単独にしたい方は×印を書いていただきます。今回は16社ですので、偶数となります。同数の場合には、決定になりませんので、その場合はどうするかとなりますが、どうしましょうか？」

白井電業「それじゃ〜さ、あんたが1票入れてくださいよ。それでいいじゃないかな。どうだいみんな」

「それがいい」「そうしてください」「いいと思います」

反対するような声はなかった。

皐月・誠「それでは、私も1票入れさせていただきます。この開票結果にて、今日の件名を処理しますが、後々になって、"やっぱりあああだった"というような意見の変更があったときは、ご意見をお聞かせ下さい。今回の発表結果もAC会本部に参考資料として、連絡しておきます。みなさんがあっての会ですので、意見などはドンドン地区担当者なりに申告して下さい。私でもお聞きします」

「いいね〜」「これが役員だよな」「親切だな〜」「いい人じゃん」

この投票結果は、別枠で、この窓口を単独にするという意見が多くて、それに決まった。

こうなれば、山畑も文句が言えない。

まして、うるさい誠がやったことだから、さらに言えなかった。

皐月・誠「結果は、この窓口を新たに作るということですが、そうなりますと、金額のランクの設定が必要になってきます。まさかノーランクということはないと思うのですが、その点はいかがです

　　　　か?」
紺野電業「もしかして、その他の官庁と合併したいというときに、困ら
　　　　ないように、それ以外は、その他の官庁のルールを使ったらいい
　　　　と思います」
　「それはいいな〜」「紺野さん頭いいね〜」「そうしようよ」
皐月・誠「それでは、意見多数ということで、そのようにします。で
　　　　はどのランクでしょうか?」

青梅・摩崎「指名された会社のクラスからみても、“Aランクの2千万
　　　　以上〜5千万未満だと思います」
南龍・美香「それは間違いないと思います。4千万円ぐらいです」
岩波・忍「うちでも、約4千万円という金額が出ています」
皐月・誠「では、既に見積もりを済ました方がおられるようですの
　　　　で、それで決定します。さて、立候補ですが…」
岩波・忍「はい、お願いします」
　忍が、勢いよく、大きな声で発言した。
南龍・美香「はい、お願いします。あんたね〜、まだ議長さんの話の途
　　　　中で、そういう発言はないでしょう〜」
　美香も、負けない声で発言した。
　そして、忍に文句を言ったのである。
岩波・忍「あんたこそ、なによ〜、同じことをしているじゃないの」
南龍・美香「あんたが、したからでしょう〜」
　二人が椅子から立ち上がって、大きな声で言い合った。
皐月・誠「わかりました。わかりました。それじゃー、とにかくです
　　　　ね、他の方の立候補もお聞きしますよ。ちなみに、どの窓口でも
　　　　全社ともに0点0回です。あれ、まってくださいよ。この際、あ
　　　　なた方お二人で、徹底的にやったらいかがですか? 他の方々、
　　　　どうですか? 見守りませんか? それともどなたか立候補する

方いますか？」
　こう言われると、見物したいという気持ちになってしまう。
　野次馬根性で、めったに見ない・見られない女同士の一騎打ちを見物したいのである。
皐月・誠「もしもよければ、お二人でトーナメントをやってもらうことになりますが、大きな音でもしたら、私が部屋の中に入りますが、承知してもらえますよね？」

「その方がいいよ」「仲良くやってほしいよ」「大丈夫かな～」
皐月・誠「他の方は、立候補はいいですか？」
　立候補するつもりできた者もいたのだが、この二人のヒステリックな行動を見て諦めたようである。
　二人は、部屋を出て行った。

青梅・摩崎「皐月さん、部屋の前で待っていなくて、大丈夫？」
皐月・誠「そうですね。じゃぁ～、私が部屋の前で立って、待機していますよ。みなさんは休んでいてください」
　誠も、二人の部屋へ向かった。
　ドアの前で立って、待機である。

　　　　　　　　　　　　＊
臼井電業「おい、すごいな～、初めてみたよ、あれは空手か？」
紺野電業「岩波さんは、合気道なんだけれど、いつの間にあんなことができるようになったんだろう～」
満月・山畑「これで、二度目だよ。普段はおとなしいように見えるんだけどな～」
青梅・摩崎「女はわからないよ。泣いたときに弱いやつと思ったんだけどな～」
黒木電業「本当に、ビックリだよ。今ごろ、またけんかしているだろう

ね。大丈夫なのかな〜」
赤城電業「どっちが強いのかね？」
茶畑電業「どっちだと思う？　俺は岩波さんだと思う」
緑川電業「俺もそう思う。合気道があるからさ、空手と合気道の両方だから、岩波さんだよ」
黒木電業「やっぱり、皐月さんだね。二人を止められたものな〜、とても俺じゃ〜無理だよ」
青梅・摩崎「それは言える。そういう面では、良かったと思うよ」
　地元は、地元同士で、あれこれと。

西鮫電工「あれは、拳法じゃ〜ないかな」
東虎電工「そう言われれば、拳法のような感じだったね」
北蛇電工「回し蹴りの時に、パンタロンがひらひらして、中の白い脚が見えて、エロチックだったね」
西鮫電工「なんだ〜、北蛇さんは、そこばっかり見ていたんじゃないの」
北蛇電工「そうさ〜、また見たいよ」
西鮫電工「あれで、南龍の所長は何も言わないのかな？」
北蛇電工「それがさ〜、俺が話をしたんだよ。そうしたら、まったく関与していないよ」
東虎電工「それって、どういうこと？」
北蛇電工「それが、よくわからないけれど、女同士のイザコザと仕事は別のようなことを言っていましたよ」
　営業所業者は、営業所同士であれこれと話をしている。
　それを両方が聞きあって、さらにあれこれと続く。

紺野電業「気になるな〜、トイレに行きながら、見てくるよ」
　そう言って、数人が廊下に出て行ったが、その部屋の前には、誠が一

人立っているだけである。
紺野電業「どうですか？」
　紺野が、誠に近づいて、小声で声をかけた。
　誠が、唇に指を当てて、「シー」という動作をした。
　紺野はわかったとばかりに、離れていった。

　20分ほどして、誠は部屋に戻ってきた。
紺野電業「どうですか？」
　だれもが心配そうに、誠を注目した。
皐月・誠「私が外にいることを承知しているからでしょうか？　意外に冷静になって話をしているようには感じますが、やっぱり、ちょっと感情がでてくるというか、声が大きくなったりしますよ。それですが、このまま、いつまでもというわけにはいかないので、私が中に入って、二人を呼んできて、お説教をして、中間報告を聞きますよ」
青梅・摩崎「皐月さんのお説教なら、おとなしくなるでしょう」
紺野電業「あんまり、きついのもかわいそうですから、手加減を」
皐月・誠「大丈夫ですよ、ほら、いつもの"親切・丁寧・明るい笑顔"だから」

　誠がノックして二人の部屋に入った。
　カーテンを閉めて、電気を消して、耳にイヤホンをはめて、ラジオを聞いていた。休憩である。
皐月・誠「それでは、そろそろ行こうか」
　3人が、部屋に戻ってきた。
　3人はくそ真面目な顔である。

皐月・誠「では、席に着いてください。ちょっと時間が気になったの

　　　　で、戻ってもらいましたが、お二人の間では、決着はつきましたか？」

　二人が返事をしない。

　部屋の中は、静まりかえっていた。

皐月・誠「お二人に申し上げます。いくらでも時間はありますが、こうして、待っているという方々がいらっしゃいます。お互いさまですから、あなた方だけが短時間とはしませんが、後どのくらいで決着がつくでしょうか？」

　また二人が返事をしない。

　忍が席から立ち上がった。

　みんなが注目した。

岩波・忍「本日は、私どものために、皐月さんにおこしいただきまして、ルールに関する説明と、その解釈のしかた、民主的な解決法などなど、多数のご指導を賜りましたことを、お礼申し上げます。非常に理解しやすく勉強になりました。田舎の草花市ではありますが、今後はこのような大型件名がいくつか出てくると思われます。その時にもご指導を賜りたいと思います。この件名につきましては、南龍電工様にお譲り致します。皐月様には、今後ともDC会のために、ご指導ご鞭撻をよろしくお願い致します。みなさんには、貴重なお時間をいただきまして、誠にありがとうございました」

皐月・誠「そうですか。私のために？　ありがとうございます。すごい決断ですね。おみごとです。では、トーナメントの結果は、お聞きのように、南龍電工をチャンピオンと決定致します」

南龍・美香「ありがとうございました。みなさまにもお世話になりました。ありがとうございました」

皐月・誠「では、『短冊』は南龍電工さんにお任せしまして、解散と致します。皆様ご苦労さまでした」

この忍の演説内容は、地元の DC 会員には胸に応える内容であり、納得する内容であったがために、だれもが忍を攻めることはなかった。

　美香が、忍に向かって歩いてきた。
　全員が緊張をしていた。
南龍・美香「本日は、誠にありがとうございました」
　深々と頭を下げてお礼を言った。
岩波・忍「ひとつ、貸しましたよ。返してもらいますからね」
南龍・美香「必ず、お返ししますよ。でも、すぐではないですよ」
岩波・忍「今度、思いっきり、勝負しましょうよ」
南龍・美香「はい、いいですよ。いつでもお相手します」
岩波・忍「忘れないでよ〜」
南龍・美香「お互いに。では、またお会いしましょう〜」

　参謀長と忍（ニン）
　ボスと美香（マキ）
　実は、この３人で、すべてを動かしたのである。
　さて、次の件名はどういう作戦なのだろうか。

19 女の噂

　草花市『DC会』のAクラスが、電設会館で集会を開いた。
　しかし、岩波社長も忍も呼ばれていなかった。

紺野電業「業界では先輩となる、岩波電業さんに、"これからは若い者がやれよ"と言われてやってきて、最近は大先輩の白井電業さんからも"これからは若い人に任せる"っていわれて、俺が取りあえずやってきたのだけれども、幾つかの話し合いを経験してくると、いかにわかっていないか、いかにいい加減だったかを思い知らされる。そこで、みなさんに、了承してもらいたいことがあって、集まってもらいました」

　何を思ったのか？　紺野電業の紺野社長が真顔で説明を始めた。

紺野電業「もう、みなさんのは、直接見て・聞いてで、岩波忍という人物をわかっていると思います」

茶畑電業「岩波さんの所の忍さんかい？」

紺野電業「はい、そうなんです。そのことなのですが」

緑川電業「それが、どうかしたのかい？」

紺野電業「はい、ま～これから、いろいろ聞いてもらいたいのですが、正直言いまして、今や、岩波忍という者にはかないません。どういうことかというと、ルールに関する知識、その応用力、さらにその応援者がいて。とてもとても、私が数人集まっても戦うことができないほどの人になっているのです」

茶畑電業「そんなことは、見ているから感じてはいるよ。それで、紺野さんは何を言いたいの？」

紺野電業「それでですね～、これからの運営をどうしようかというと、

　　　　やはり、そういう意味で、その忍さんに、この会のリーダーに
　　　　なってもらおうかと思うのですが、どうでしょうか？」
青島電業「わかった。わかった。わかったよ。今までと違って、支店業
　　　　者が多く出てきて、この町も競争がやりにくくなったことがまず
　　　　一番だよ。市外の業者に仕事を取られたくないし、取られれば税
　　　　金は地元には落ちないし、われわれがなんとかすることになるの
　　　　だけれど、紺野さんが手に負えないというように感じるけれど、
　　　　正直なところを言いなさいよ。恥ずかしくなんかないよ」
紺野電業「さすが、青島さんは、お見通しですね。実は私がリーダーな
　　　　んて持ち上げられても、ただのお飾りです。これはやっぱり実力
　　　　のある方に、やってもらいたいと思うのです」
青島電業「紺野さん、わかったよ。最初にあんたに"やれ"って言った
　　　　のは岩波さんだよ。だけど彼は剣道と居合道の方が忙しいとか
　　　　いって、あまり表面に出てこないけれど、やっぱり彼だよ。彼が
　　　　いなくちゃ、まとまらないよ。だからさ、岩波さんに会長という
　　　　ものを頼んで、その会長代理に忍さんになってもらえば、最高
　　　　じゃないのかな。みんな、どう？　俺はそう思う」
赤城電業「今の案はいいよ。それでさ～、その案の推進者ということ
　　　　で、青島さん、あんたと、紺野さんが副会長。というのも了解し
　　　　てほしいな」
青島電業「俺は、そういう"長"がつくものは駄目だよ」
黄月電業「何、言っているの。社長だって、"長"がつくじゃないの」
紺野電業「それで、この前のけんかを見たでしょう～、すごかったです
　　　　ね。忍さんが、いつの間にあんなことができるようになったの
　　　　か？　すごかった」
青島電業「それは、あんただけじゃないさ、みんなだよ。あれはビック
　　　　リさせられたよ」
茶畑電業「美香という女もやるね～、いい勝負だったじゃないか」

黄月電業「迫力満点という感じで、見とれてしまったよ。止めるところじゃなかったよ」

赤城電業「そこへ、皐月さんが飛び込んできたら、あっという間に二人を止めたのも、見事だったね」

黒木電業「俺も、正直いって、見とれてしまいました」

白井電業「あの若い娘の脚が上がると、ズボンの裾がヒラヒラして、おまけにチラチラ脚が見えるので、色っぽくて、そこばっかり見ていたよ」

灰田電業「白井さんも若いこと言うね〜。確かに色気があったよ」

茶畑電業「みんな一緒だね。あの女は、忍さんのライバルだね」

紺野電業「それですがね〜、忍さんが、自分が取りたくて、皐月さんを呼んだのに、あの娘が取っちゃって、皐月さんは、同じ花木市出身だから、あっちに味方したのかな〜。深い関係かな〜」

黒木電業「違うでしょう〜。だって、忍さんが自分で"降りた"って言ったのだから」

青島電業「それはそうだったけれど、何でそうなったのだろうか？」

黄月電業「その深い関係かな？」

白井電業「そうだな。忍さんは、バツイチの子持ちだからな」

黒木電業「でも、美しさは、二人とも一緒でしょう〜」

茶畑電業「わからないよ。男と女は」

黒木電業「俺は、皐月電業とは何回か話し合いの席で一緒になったことはあるけれど、俺たちがだれかと話をするのに、皐月さんはだれとも話をしないんだよ。いつも何か考えているんだよ。そのくせ、しゃべりはじめれば、あのとおりだけどね」

白井電業「それはね〜、ず〜と、女のことばかり考えているんだよ」

　全員が大笑いで、話は決まったようである。

　翌日には、その話は岩波電業に持ち込まれて、岩波は、無理矢理にも承諾させられた。

そして、今後の、点数と回数の問い合わせ責任者は紺野から忍に変わった。
　満月電業の山畑は、嫌な顔をした。しかし、逆らえなかった。
＊
　草花市に営業所を設けた4社の懇親会があった。
南龍・南雲「単身赴任ですか？」
北蛇・北上「家族は連れてきました」
東虎・東神「思ったよりいいところですね」
西鮫・西田「この町は、つい最近までいろいろな問題があったそうだけど、かなり改善されてきたって聞きました」
北蛇・北上「俺も聞いていますよ。表面上は仲良しに見えますがね」
西鮫・西田「おたくの営業の女の子はすごいね〜」
南龍・南雲「あぁ〜、ご迷惑をお掛けします」
北蛇・北上「まったく関与しないと言ったけれど、なぜですか？」
東虎・東神「それって、どういうこと？」
北蛇・北上「女同士のイザコザと仕事は別だと言いましたよね」
南龍・南雲「まったくということはないですが、この地のルールはわからないし、任せるしかないし、ま〜そのうち落ち着くでしょう」
西鮫・西田「そうなんですよ。ルールは全国共通のようで、少し違うから、しばらくは勉強をしなければならない」
東虎・東神「南龍さんの、その娘は経験者のようだけど、よく女性の営業を採用したね」
南龍・南雲「それは大学の先輩が紹介してくれたものですから」
北蛇・北上「そう言えば、善統電工に先輩がいるって、言っていたね〜」
西鮫・西田「それじゃ〜、間違いなく使える営業だよ。確かにすごいもの」
南龍・南雲「そんなにすごいのですか？」

北蛇・北上「前にも話をしたじゃないですか。見たことないからでしょうが、すごいよ。あれは男顔負けだよ」
南龍・南雲「みなさんが、すごい・すごいって言うのですが。あんなおとなしい娘が、そうなんですか？」
東虎・東神「あれが、おとなしい？　南龍さん、見せたいよ」
南龍・南雲「先輩が"任せておけばいい"って言うのですが、ちょっと気になってきましたよ」
西鮫・西田「見ていると、皐月電業の皐月という男が切れ者だよ。もしも相指名になったら、要注意だよ。俺はあの男は気になる存在だよ」
南龍・南雲「その皐月という男と、善統電工の宮野先輩はかなり親しいようですよ」
東虎・東神「聞きましたよ。蘭水電工と戦争したって」
西鮫・西田「この県は、蘭水電工の縄張りだから、やりにくい」
東虎・東神「あの馬場部長は、全国の会議をやると、下の方で、おとなしくしているけれど、この地元では、随分と大きな顔しているそうだよ」
北蛇・北上「普通は、電力系は、電力会社の仕事が独占的に受注できるから、民間の仕事には手を出さないのだけれど、何でもかんでも取っちゃうということで、地元でも嫌われているそうですよ。そういうのだから、ま〜、上手に付き合うしかないよ」
東虎・東神「その蘭水電工とけんかしたっていう、皐月電業の皐月専務とかいうのが、話し合いで、よく出てきているんだけれど、どういう者なんだい？」
南龍・南雲「先輩の話ですと、皐月電業という前身は、中国大陸において、戦争中には善統電工以上の規模の会社だったそうです。そこの二代目の弟だそうです」
北蛇・北上「そんな大きな会社？　なんていう会社なんですか？」

19 女の噂

南龍・南雲「それは、確か"武漢水電工業株式会社"ですね」
*
　誠の父延太郎は戦時中に中国で、中支派遣軍が占領した地域の電気内外線・水道衛生・暖房等の復興工事にあたっていた。
　これは国の政策であり、中支派遣軍が侵攻して行く先々の電気水道会社を吸収合併していったので、終戦間際には信じられないほどの大企業になっていたのである。
　その名は、武漢水電工業株式会社（実名）。ちなみに、国家に戦闘機を2機も寄贈したのである。
　3機目を寄贈する、寄贈式の日が終戦記念日となって、正式な寄贈がなされていないために、記録は2機となっている。
　もしも戦争に負けていなかったら、今ごろは…という話は今さらである。
　延太郎は、終戦となって日本人が中国から日本に帰国する引揚げ部隊の大隊長を拝命して、全員を船に乗せ、そして一番最後の最終大隊引揚げ船に乗って帰国したのである。
　そして、内地に戻ってから、皐月電業を創業したのであった。

　その武漢水電工業には、食い詰めた大陸浪人、兵役を逃れようとした大陸浪人、浮浪者などが駆け込んで来ていた。
　青梅電業の青梅社長もそうであったが、特に、蘭水電工の馬場は、同じ町の出身だからと言っては、たかりに来ていた。
　相撲が強くて、体格の良い延太郎は、大らかであって面倒見がよくて、それらの面倒をみてあげていた。
*
東虎・東神「あぁ、それ！　うちの役員は戦争中にそこにいたんですよ。時々、話をしますよ。聞いていますよ」
南龍・南雲「御社もそうなんですか。宮野先輩の話では、皐月電業の会

社案内書をもらって、社内でみせたら、役員とOBにも"元は武漢水電に勤めていた"という者が何人もいたそうです」

東虎・東神「飲み会で、よく聞かされましたよ。"俺が中国では、どうのこうの"って、そうか〜、そうなんですか」

南龍・南雲「日本では、古参の老舗だそうですね」

東虎・東神「そうですよ〜、役員が自慢していましたよ。そういえば、善統電工さんにも、その時の仲間が在職しているって、言っていましたよ。もう退職なさった方もいるとか」

　誠の父親の延太郎が中国大陸で開業した武漢水電工業株式会社の退職者は、全国の電気工事業に就職していた。

　敗戦によって、追い出されて、日本に帰還したからである。

　※前作『裏と裏・秘密会議秘話』第2話参照

南龍・南雲「そうなのですか。じゃー、先輩も、その上司に頼まれたのかしれません。なんせ、バレー部の先輩で、怖かったので、今でも怖くて、逆らえばOB会で、ひどい目に遭わされそうで、言いなりなんですよ」

東虎・東神「それはね〜、いろいろな繋がりがあって、今があるのだから、その皐月さんに興味が沸いてきましたよ」

北蛇・北上「それでは、われわれ電気工事屋の元だよね。敗戦で変わったということだね。今は大きな会社ではないようだから」

西鮫・西田「だけど、普通は大きな会社が、秘密会の役員をやるのに、それでも役員をやっているね〜」

南龍・南雲「それが、頭も切れるけれど、腕も立つとかで、受注率は高いとか、敵も多いが味方も多いという、いろいろ聞きました」

東虎・東神「俺は、満月電業のあの役員が中途半端に感じているんだよ、その点、彼のほうがシッカリしている、そして詳しい。地元の業者の噂でも、彼を認めている者が多いね」

北蛇・北上「確かに、同じ役員でも、知識が違いすぎる。満月の方は、

いい加減だよ。指導力もない」
西鮫・西田「あの皐月という名前が出るたびに、満月の山畑がオドオド
　　　しているよな。あれじゃー駄目だよ」
東虎・東神「俺はさ〜、一度、皐月という男の正式な議長ぶりを見てみ
　　　たい。キッチリシッカリやるように感じる」
北蛇・北上「それでさー、この県のルールを、ちょっと知りたいのだけ
　　　れど、南龍さんとこの、あの娘に教えてもらえないかな〜」
南龍・南雲「うちが教えるのですか？」
北蛇・北上「それはうちも同じですよ〜、うちもそうしてもらいたい
　　　よ」
東虎・東神「それは、うちも同じですよ。あの娘詳しそうだもの」
南龍・南雲「そうですか。役にたちますか？」
東虎・東神「なに言っているの、しっかりしているよ〜」
北蛇・北上「それに、どうせ聞くなら、若い娘の方がいいよ」
　彼らは、海山県には、初めて赴任してきたので、お互いの交流を深めようとしていた。
　まだ受注競争のスイッチは入っていなかった。
　そして、少しずつ交流を深めながら、団結していった。
　善統電工は南龍電工と東虎電工とは本社が近いこともあって、親しい関係にあった。
　そして、善統電工の宮野と南龍電工の所長が先輩後輩であることが幸いした。
東虎・東神「俺たちが、ああだこうだよりも、あの娘にやってもらった
　　　方は早いよ。そうしよう〜」

　　　　　　　　　　　　　＊

　花木市の花木電設会館では、県の出先機関の件名で、集まっていた。
青梅・摩崎「俺は、このあいだ、女のけんかを２回も見たよ」
秋月電気「どこでですか？」

青梅・摩崎「うちは、西の方にも営業所があるから、そっちの方の話し
　　　　合いの中での出来事なんだけれど、前に岩蔵電業にいて"泣いた
　　　　娘"がいたでしょう、その娘が今は、南龍電工の草花出張所にい
　　　　るんだよ。それが大立ち回りをやるんだよ」
竹中電業「あんたが泣かしたんだよ。それで会社を辞めたって聞いては
　　　　いたけれど、そっちへ行ったのかい」
青梅・摩崎「それは、本人の問題で、俺のせいじゃないよ」
春風電気「それで、どうなんですか？」
秋月電気「相手はだれなんですか？」
青梅・摩崎「それは、岩波電業の娘なんだけれど、これも本気で大立ち
　　　　回りをやるんだよ」
冬霜電気「どういうふうに、大立ち回りをするのですか？」
青梅・摩崎「蹴った・突いた・張った・打ったというふうに、空手か拳
　　　　法のように、ビシバシとやるんだよ。それはすさまじいよ」
椎名電業「そんなにすごいのかね？　だれも止めないのかね？」
青梅・摩崎「この前は、皐月さんが来て、止めたよ」
樫山電業「あぁ～、皐月さんなら止められるかも知れないね」
竹中電業「何が原因で、殴り合いまでするのだね？」
青梅・摩崎「それが、訳がわからないよ。ライバルなんだろうね」
春風電気「女のけんかっていうと、髪の毛をつかみ合って、というのが
　　　　多いけれど、殴る・蹴るっていうのは、見てみたいね～」
秋月電気「そんなのを、話し合いの席でやって、けがしても、病院でい
　　　　ろいろ聞かれても、答えられないな」
冬霜電気「そういうことだね」
春風電気「平和が一番。そういうのはやめてもらいたいね」
青梅・摩崎「その南龍電工は、意外にあちこちで、うちと相指名になる
　　　　から、今度はここへも来るかも知れないよ」
椎名電業「今日の件名みたいに、皐月電業さんが相指名でないときなん

かに、その娘が出席してきたら、どうすればいいんだね？」
青梅・摩崎「そのライバル女がいなければ、おとなしいから大丈夫だよ。だけど、結構うるさくなった。ちょっと面倒だよ」
樫山電業「摩崎さんがそう言うくらいなら、かなりだね」
青梅・摩崎「俺も、おとなしくしているくらいだよ」
　摩崎の話は、ここから広がっていった。
＊
美香が忍に電話をした。
「忍、この間はありがとう。やっと受注して、一安心だよ」
「よかったね。うまくいったわよね。男ども、あわてていたもん」
「ボスの作戦どおりだったわね。よかったわ」
「そう、参謀長いいわね。またやりたいね」
「そうよ、男どもには負けないわよ」
「そうよ。また稽古しようよ」
「うちのまわりの営業所が交際を始めたのよ。それで私のところに"この辺のルールを教えてほしい"なんて言ってきたのよ」
「あら、先生になっちゃったわね」
「う〜ン、違うわよ。ただ近づきたいだけよ。スケベおやじが」
「私は、紺野さんたちが、かなわないから、交代したいって言ってきたわよ。うちの方の男たちって駄目よ〜」
　若い女性が、目立って活躍を始めた。
　しかし、いくら頑張っても、一生懸命やっても、しょせんは裏の営業である。
　犯罪の積み重ねである。

　昭和13年に、諜報や防護、宣伝など秘密戦に関する教育や訓練を目的とした大日本帝国陸軍が創立した陸軍中野学校がある。
　擬装用の部隊名は、東部第33部隊。

ここの校歌の他に、33部隊の名から「三三の歌」(惜別の歌) というものがある。

　歌の下手な誠であるが、いつも口ずさむのはこの「三三の歌」であった。

一、赤き心で断じて成せば
　　骨も砕けよ肉また散れよ
　　君に捧げて微笑む男児
　　　　二、いらぬは手柄浮き雲の如き
　　　　　　意気に感ぜし人生こそは
　　　　　　神よ与えよ万難を我に
三、大義を求めて感激の日々
　　仁を求めてああ仁得たり
　　アジアの求むはこの俺たちだ
　　　　四、丈なす墓も小鳥のすみか
　　　　　　埋もれし骨をモンスーンに乗せて
　　　　　　散るる世界のすべてが墓だ
五、丈夫生くるに念忠ありて
　　闇夜を照らす巨燈を得れば
　　さらに要せじ他念のあるを
　　　　六、南船北馬今我は行く
　　　　　　母と別れて海越えて行く
　　　　　　友よ兄等よ何時また会わん
　　　　　　友よ兄等よ何時また会わん。

　女の談合屋、1号と2号、この先はどうなるのやら。

竹乃 大 (たけの だい)

1947年静岡県生まれ
電力系会社入社（半年）
老舗電気工事会社勤務（17年）
特殊電気工事会社経営（26年）
現在・武集館道場館長
第3種電気主任技術者・1級電気工事施工管理技士など30種の資格取得

著書『秘密会議　談合入門』　2015 文芸社
　　『秘密会役員　窓口と応用』　2016 静岡新聞社
　　『他言無用　秘密会議秘話』2016 静岡新聞社
　　『裏と裏　秘密会議秘話』2016 静岡新聞社

女談合屋

2016年7月25日　初版発行

著　　　者／竹乃　大
発　行　者／薩川　隆
発　売　元／静岡新聞社
　　　　　　〒422-8033　静岡市駿河区登呂3-1-1
　　　　　　電話 054-284-1666

印刷・製本／藤原印刷株式会社

ISBN978-4-7838-9932-7